青春风 流年

青春风编辑部　编

青春
像盛夏一样热烈灿烂，
愿我们都可以成为
永远热爱、永远浪漫、
永远清澈的存在。

漓江出版社
·桂林·

图书在版编目（CIP）数据
青春风．流年 / 青春风编辑部编．-- 桂林：漓江出版社，2024. 10. -- ISBN 978-7-5801-0008-5
Ⅰ. I247.7
中国国家版本馆 CIP 数据核字第 2024LJ4995 号

青春风·流年
QINGCHUN FENG · LIUNIAN

青春风编辑部 编

出 版 人 刘迪才
出版统筹 文龙玉
责任编辑 文龙玉
助理编辑 周冬辉
书籍设计 张芳芳
封面绘图 木鱼星 H
责任监印 黄菲菲

出版发行 漓江出版社有限公司
社　　址 广西桂林市南环路 22 号
邮　　编 541002
发行电话 010-85891290 0773-2582200
邮购热线 0773-2582200
网　　址 www.lijiangbooks.com
微信公众号 lijiangpress

印　　制 河南瑞之光印刷股份有限公司
开　　本 787 mm × 1092 mm 1/16
印　　张 10
字　　数 280 千字
版　　次 2024 年 10 月第 1 版
印　　次 2024 年 10 月第 1 次印刷
书　　号 ISBN 978-7-5801-0008-5
定　　价 22.80 元

声明

基于对知识和创作的尊重，本书向所选文章、图片的作者给予补贴。因条件所限未能及时联系的作者，我们在此深表歉意，当您看到本书时，请与我们联系，以便我们向您支付补贴和赠送样书。因篇幅有限，部分文章有删节，敬请谅解。

联系方式：0371-68698015

目录

普鲁斯特的夏天

一闪一闪亮晶晶

拿到关于他人生的角色卡

趁月色渡过星河

春心永不移

普鲁斯特的夏天

月亮永不悬落

檐 萧

1

周五很晚的时候，柳星才从图书馆出来。

晚饭还没吃，书还得接着看，她合上笔记本之前，原本打算回宿舍随便啃点面包、饼干充饥，走出来看到一楼旁边咖啡馆亮着灯，便鬼使神差地拐了进去。

安静的空间里，脚步声异常明显，低头收拾吧台的人看过来，不知道有没有认出她，仍旧平铺直叙地问：“喝什么？”

柳星又换了一种没喝过的特调，付款时打了个哈欠，察觉到对方的视线停留在她身上，抬头时，他已经转过身，熟练地操作起咖啡机。

柳星在那放着寥寥几个甜品的玻璃柜和其他杂七杂八工具的空隙里，注视着他沉静的身影，忽然想起上上次，也就是第一次见到他时的场景。

那天时间稍晚，但状况和今天类似，柳星在一次性解决完作业和先去吃点东西之间摇摆不定，最后发觉好像是饥饿导致注意力分散严重，于是蓬头垢面、满身疲惫地走出图书馆。经过这间路过千百次但从未走进去的咖啡馆时，她忽然嗅到了烘焙咖啡豆的浓香，它像无形的线缠绕着她吸引她进去。

她第一次走了进来。

不知道是咖啡好喝，还是碰巧，那天深更半夜，吧台还有两三个人在排队。柳星嗅着馆内弥漫着的香气，无聊时四处张望，看看角落里昏黄的灯光，柜台里诱人的牛角包、贝果，再到招牌咖啡的介绍，最后目光停在队伍尽头——一位站在吧台里面的男生身上。

吧台灯光集中，给他的五官打了一层柔光。柔和的灯光下，他低头工作的画面赏心悦目。

可能是察觉到了她的目光，他忽然抬头，视线在她身上短暂停留，之后转身，留下半个被咖啡机遮挡的朦胧侧影。

柳星觉得赏心悦目是氛围使然，看他和看街角的花、屋檐上的月亮没有什么分别。

两分钟后排到柳星，男生拿着做好的咖啡又出现了，他的五官清晰地出现在眼前，眼睛内双，黑睫毛又卷又长，皮肤白净。

柳星内心“哇哦”一声，瞬间觉得刚才的想法太草率了。街角不会有这种花，即便有，也一定会很快被人捡回家。

尤其是他从容地分拣订单，在成排的罐子中挑出某种咖啡豆，研磨成粉后倒入滤纸中，缓缓注水。一步步操作有条不紊，给人一种忙中有序的从容感。

柳星仿佛觉得自己也从千头万绪中挣脱了出来，不必再匆匆忙忙。

若是平时，没有在课题中挣扎煎熬一整天，她大概不会有这种体会。

但是，蓬头垢面的人是没有多余的心力去做什么的。

反而是味觉的反馈最直接。翌日傍晚，柳星又去了那间咖啡馆。

她去之前，觉得嘴馋占大部分因素，毕竟咖啡味道实在不错，但发现帮她做饮品的人不是见过一次的熟面孔时才后知后觉，哦，想看帅哥也占了十分之一二比重的。

多少有些遗憾。

她还有事要忙，听到号码牌被叫到，拿起自己的咖啡大步向外走去，视线里原本以为空荡荡的拐角，在她转身后忽然出现异样，她下意识地看过去，发现昨晚的男生就坐在那里。

角落挺隐蔽，又足够安静，以至她临走时才发现。

他面前的桌上放着两本书，书旁放着一台打开的笔记本电脑。大概遇到了什么问题，他忽然歪着头，灰心丧气地往椅背上一靠，放空的视线在半空意外跟她相撞，顿了一秒，又各自移开。

再就是这一次，时隔三天后的深夜碰面。

咖啡很快做好了，男生递过来的时候，柳星伸手去接，杯身直径有限，两个人的指尖相碰。

柳星拿到咖啡没有急着走，停顿时，对方察觉，率先问：“还有事吗？”

柳星点点头：“咖啡能不能预订？”

“可以。”对方说着，调了一下收银台的显示屏，她面前便出现了一个硕大的二维码，“扫这个加一下。”

柳星笑起来：“工作号吗？会不会回复不及时？加你的行吗？”

“加我？”男生狐疑地重复了一遍，抬眸看她，表情说不上是意外还是出神，反正像是看穿了她的意图，顿了顿，开口拒绝，“不行，我不常在。”

“不常在”的意思是？

“你是兼职吗？”

“嗯。”

“好吧，谢谢。”

柳星添加了工作号微信，不需要验证就和某某咖啡成了好友。

2

好友列表变动频繁，加上柳星忙忙碌碌，过了两三天才记起加了某某咖啡好友这回事。

她当即找出对方头像，发信息问："店里还招兼职吗？"

某某咖啡："在招，你也是A大的学生吗？"

柳星想了想，问："对，兼职的都是本校的学生吗？"

某某咖啡："是的。"

柳星没想去兼职，她就是套近乎的，本来以为加工作号聊胜于无，没想到这么快就有了线索。

既是本校学生，又有着令人瞩目的外貌，柳星利用"咖啡馆"关键词去表白墙搜索，果然，很容易就知道了他的名字和院系。

关阅，材料学。没女朋友。

脑海里浮现出他那张棱角分明的脸，她知道了他的名字，他对她还一无所知。

柳星照了照镜子，除了第一次见到他时蓬头垢面丸子头凌乱，这几天她再也没有那么狼狈过。虽然眼底下泛着些乌青，但美貌几乎只打了百分之九十九点八的折扣，怎么要微信却失败了，这不科学。

经过前三次不算观察的观察得出的结论，晚上总归人比较少，柳星决定让晚饭时间规律一点，顺便把晚饭后的学习时间挪到咖啡馆。

实践第一天，关阅不在，学习效果还行。

实践第二天，喜欢的偏僻位置以及四周都有人，她站在门口看了两眼，转身想走，抬头和吧台里的关阅隔空对视了一眼，又改变了主意，朝他走了过去。

她指着喜欢的位置，直白地问："你明天晚上能不能帮我占个座位？八点左右我就过来。"

不知道关阅有没有记住她，但他考虑片刻后点头同意，开口还是一副公事公办的语气："最晚八点十分可以吗？"

"可以。"

柳星想象中的占座，放个咖啡杯或者别的什么东西就好，但翌日晚饭后过去，发现占座的是关阅本人。桌上放着纸、笔和书，但他靠着椅背在看手机，发现她进来，收拾东西给她腾位置。

被认出来，算不算混了个脸熟？

柳星以为他坐在那儿是凑巧，把背包放到对面，问道："你要走吗？我是不是抢了你的位置？"

关阅把手机放到书上，任由屏幕自行熄灭，说道："没有，忙完过来偷个懒。"

"你随便坐，不影响我。喝咖啡吗？请你。"

"不用。"

又被拒绝。但有一次就够了，柳星没再提请他帮忙占座的事。只是两天后路过，她发现那张桌子上不是放着书就是坐着人，却又总是在八点钟空下来，她怀疑关阅是在等她，但是为什么？

咖啡馆的营业额不像缺她不可的样子。

某天傍晚柳星带着这个疑惑，再次前往咖啡馆，期望那一次出现变数的时候，却碰到了她新学滑板的舍友。她一时技痒，教舍友的同时滑了两圈，其间想起来要迟到了心思恍惚了一瞬，下一秒就天旋地转，意外摔倒在地。

这个时间点，附近来来往往的同学还挺多，她哎哟一声站起来，想看看四周逗留的哪些眼熟的同学需要拉黑，结果一眼就看到了关阅。

他不光眼熟，还站得挺近。

柳星朝他走过去，高高举起的手虚虚横在他眼前，念咒语似的说："你今天没有见到我，没见到我……"

关阅任她挡着，不躲不避，冷不丁地问了一句："手没事吧？"

跌倒时手先触地，隐痛从手掌，又或者是从这句话开始的。

心动忽然有了具体节点。好像从前只是贪图他的颜值，现在又多了一点别的因素。

比如温柔，比如认真。

柳星收回手，活动了一下关节："没事。"

关阅刚巧看到了她手掌擦破点儿皮，闻言盯着她手腕，眼神里写满怀疑。

柳星瞬间改口："其实有一点，你要跟我一起去买创口贴吗？"

"不用。"关阅从口袋里翻出来几个递给她，柳星才发现他手指上也贴着崭新的创口贴。

"你这是怎么弄的？"她指着他的食指。

"不知道，感觉到疼的时候才发现。"所以他才会在这个时间出现在这里，结果刚好撞见她。怎能不算巧合？

柳星叹气："哦，咱俩同病相怜，可不可以加个微信互相打气？"

关阅一秒恢复冷酷模样，仿佛递创口贴的不是他："不用，我这个伤口再过两个小时就痊愈了。"

"但我需要。"柳星竖起手肘说道。

关阅停顿了几秒，从口袋里掏出手机，说："手机号。"

柳星凑近，在他手机屏幕上输入一串数字，然后摸出自己的手机，如愿地看到屏幕亮起。

她存下号码："再联系哟。"

在柳星的认知里，手机号码等同于微信名片，虽然她不知道关阅为什么绕这个弯儿，但没关系，她可以再往他的方向迈几步。

她贴上自命名的"爱心创口贴"时，跟舍友信誓旦旦地说就快追到他了，但转头用手机号搜索、添加好友却遭遇了恋爱史上的第二次滑铁卢。

屏幕显示"该用户不存在"。

真是岂有此理。

3

柳星回头想想，关阅从头到尾也没说要加她微信。

但还是有点气。

气头上的柳星认为还是学习靠谱，一分耕耘就有一分收获，于是后来几天专心扑到学业上。咖啡馆没再去，人也没再见，倒是某某咖啡给她推过几条充值优惠、限时折扣的信息，她没想到要问什么，就没回。

如此忙活了三四天，好不容易周末能喘口气，柳星又被舍友拉去社团救场。

他们社团在两天后的跨年活动中有一场表演，但就在昨晚，社团里负责伴奏的竹笛乐手和别的团员发生争执，一气之下撂了挑子。

柳星因为年少看武侠剧时，被拿着竹笛既当武器又当乐器的一位少侠吸引，一时兴起学了几年。但毕竟她很久没参与过表演，技能生疏，所以忙完第一天就被紧急拉过去参与排练。

每当这种时候，柳星都觉得肌肉记忆是一件特别神奇的事情，即便她拿起笛子时大脑空空，但一旦上手，那些曾练习过的音符就如同散落的一粒粒铁屑靠近磁铁一样自动回归到身体里。

练习了两遍，第三遍刚好顺利跟完全程，柳星松了一口气，问舍友意见时，无意间从排练室后门围观的人群中看到了关阅的身影。

第四遍排练结束，他居然还在。

柳星负责的部分完成度不错，所以暂时被放过，换来短暂的自由。

她拿着笛子晃到关阅跟前，问："我表现得还不错吧？"

关阅点点头，双手错落交叠，朝她这边倾斜，然后她耳边响起细微的掌声，只属于她的掌声。

围观人群中，有人转身出去，柳星往他那边靠了靠："你怎么会来这边？"

关阅说："刚好路过，听到声音就上来看看。"

"好看吗？"

"好看。"关阅语气笃定，不然他怎么会因为并不新奇的故事，在这儿停留了五分钟又五分钟。

一定是这个故事有什么她还未发现的独到之处。

柳星站在他旁边以他的角度去看台上，之后两分钟，耳边只有排练声和旁边低低的议论声。她站累了，用竖起的笛子朝关阅左右摇晃两下，然后回到排练室的座位上窝着。短暂休息了一会儿，再回头他已经不见了踪影。

确实，他再待下去，她都要怀疑他的动机了。

散场时天色已晚，柳星和社团的人一起去吃饭。好巧不巧，餐馆对面也是一家咖啡馆，她每每扭头都能看到，数不清是第几次，她找到关阅的号码终于拨了出去。

接通后，柳星单刀直入地问："你今天在咖啡馆吗？"

"在。"

"帮我做一杯热的燕麦拿铁，我十分钟后路过去拿，好不好？"

"好。"

跟关阅约好时间柳星就准备离开，看在他接电话很快的分上，她打算去咖啡馆待两分钟，跟前几天生气的自己冰释前嫌，但有位社团成员忽然过来找她说话，导致她在预计十分钟的基础上，又迟到了七八分钟。

就……分分钟想掀桌。

她匆匆忙忙赶到咖啡馆，进门先道歉，却发现店里空荡荡的，意外道："怎么就你一个人？你们几点下班啊？"

不会因为她推迟了营业时间吧？

"十一点，如果晚上没什么人就留一个人值班。"关阅转身去拿杯子，"燕麦拿铁是吧？稍等一会儿。"

柳星松了一口气，自行免去迟到罪责，想起被忽略的问题："我'十分钟后'那杯呢？"

他如果说没做，她就可以占领道德高地问他为什么，是不是有什么预谋，但关阅回头看她，慢悠悠地说："我喝掉了，有什么问题吗？"

"……没。"气势忽然就弱了下来。谁让她迟到。

咖啡馆再度安静下来，柳星没话找话："你为什么在这儿兼职啊？"

关阅把咖啡递给她，继而去清理用过的工具，说道："这家咖啡馆的老板是之前认识的一位学长，不常过来，所以让我帮忙照看。"

柳星了然地点点头，双手环握住杯子，温度刚好："翘班吗？一起回。"

她是随口问问，不料关阅回答："好啊。"

柳星眨眨眼，觉得他今天看两遍排练，绝对不只是演出好看这么简单。

4

两个人一起回宿舍，路很容易变得曲折。

柳星带着他往操场上拐，连被他质问时的理由都想好了——晚饭吃太多遛遛弯儿，但他听之任之，一点反对的意思都没有。

冬日夜半，气温在零摄氏度左右徘徊，得益于白天阳光晴好，所以并没有那么冷。

月亮就悬在跑道的尽头，弧度弯弯，清辉淡淡。

"你们的正式演出是后天吗？"关阅忽然问。

才排练了几次的柳星想了一下，才回答说："对啊，你想去看吗？我明天问问舍友还有没有票。"

"好。"

过了两秒，柳星转头狐疑地审视他："除了我，今天参与排练的同学里还有你认识的人吗？"

关阅当然知道她在问什么，他用漫不经心的语气说："没有。"

那他百分之八十就是因为她才去看的。柳星嘴角翘起，意味深长地"哦"一声，她双手背到身后，快步越过他，又转过身倒着走："那肯定有票，明天下课我给你送过去。"

关阅注意着脚下，不忘追问："几点啊？"

"不确定，我提前给你打电话。"

"不要负伤啊。"关阅开起玩笑，顿了顿，"还要再绕一圈吗？"

"好啊，"柳星故意曲解他的疑问语气，"但是可不可以均摊给明天，我现在已经有些累了。"

是谁要往这边拐的？再者，他也不是这个意思。

关阅沉默片刻，说："走吧。"

回程路上两个人有一搭没一搭地说着废话，关阅问她前阵子在忙什么，柳星说忙作业，忽地又想起什么，哦，还生闷气来着。

昏暗中，关阅表情几番变换，最后还是换了别的话题……

聊天内容没什么营养，换作是前两日，柳星大概没有这样的闲情逸致，但此时此刻跟他一起慢悠悠地回宿舍，她竟然觉得荒废一点时间也挺好。

关阅一路送她到宿舍楼下，柳星跟他挥手告别，很快跑上一层楼，从楼道拐角的窗户探头看了一下。

关阅还没走，见状迟疑地顿住，以为她还有话要说，但她转身继续往上，下一个窗口再探出来，直到最后一层，她双手高高抬起，在头顶比出一个爱心形状。

关阅一直看着她的身影消失，还好有月色遮掩，可以藏匿许多表情。

柳星蹦跶着冲进宿舍，跟她同一时间踏进学校大门却早二十多分钟回来的舍友问道："这么开心，有新进展啦？"

柳星难得谦虚："一点点。"

舍友故作严肃："为了感谢你临时救场，我托社团的朋友要到了关阅的微信号，不知道你还需不需要。"

"要要要。"虽然她现在不打算申请好友。

舍友笑嘻嘻地把名片给她推过去，柳星点开名片，咦，头像看着有点眼熟，再一看资料下方——"发消息""音视频通话"两个选项。

他怎么躺在她好友列表？！

"你确定这是关阅吗？"她问。

舍友信誓旦旦地说："百分之百确定，怎么了？"

柳星把屏幕翻转给她看，她跟这个微信号不仅是好友，几个月前还有过几次对话，最后以她懒得回应为终结。

"什么时候加的？"舍友收回滑动屏幕的手指，满脸疑惑。

聊天记录没几页就翻到了尽头，时间是两个月前，但没有最初通过好友的记录，应该被她手动清理掉了。

柳星茫茫然摇头："完全没印象……"

怪不得不让她加微信。

唔，他若即若离的态度好像瞬间明朗起来。这是生她气，记仇了吧？

柳星思绪千回百转，舍友还在推测："10月的聊天记录，他看起来还很主动，你们应该就是10月左右加的好友吧？"

记忆最不牢靠，柳星去翻相册，去看9月底、10月初都在干吗。翻到很多风景图忽然想起来，9月底出去旅行过，在车站、景区问路，反正遇到过很多人，单那几天微信好友列表就多了七八个人，但记忆里却没有关阅那张脸。

脑子里的线索团成解不开的结，最后柳星双手一摊："想不起来。"

5

再见面难免有些心虚。

翌日傍晚，柳星下课后先吃了点东西，又去排练室待了一个多小时，近八点钟才拿着演出票去找关阅。

微信这个关早晚都要过，但她现在一点头绪都没有，打算往后拖一拖，再观察观察。

脑子里想着事情，不知不觉间就走到了咖啡馆。她忘记提前给关阅打电话，于是就想进去碰碰运气，但巡视一圈发现他真的不在。

不知道是哪位经常戴着口罩的店员认出了她，问："你找关阅吗？他傍晚来过又出去了，你给他发微信吧。"

柳星惯性答道："我没他微……"有，但是她不敢发。

"我有你们店里的工作微信号。"

店员伸手半挡住嘴巴，降低音量悄悄跟她说："那也可以，反正大多数都是关阅在用。"

柳星慢半拍："啊……"

"你们店里有充值优惠吗？我帮朋友问的。"她又说。

店员一边清理桌面一边回答："没有，店铺开在学校里，本身定价都挺低的，除了过年或者毕业季，很少做活动。”

“哦，好。”柳星木然地走出咖啡馆。

促销优惠、今日特价、兼职回复，原来都是关阅给她发的消息。

他是不是超喜欢她？

怎么办？心里的愧疚和负罪感更重了一点。

有道影子抵着夜色由远及近，最后小跑两步，停到她面前：“怎么不进去？”

柳星回神，怀着无比复杂的心情，扯出一个牵强的笑：“看你不在，想出来给你打个电话。”

“还进去吗？”他指着咖啡馆问。

柳星摇摇头，想着操场灯光昏暗，提议：“还去散步？”

关阅歪了下头，示意让她带路。

柳星把手插到上衣口袋里，摸出里边的纸质票递给他：“演出排序比较靠后，七点左右过去就行。”

“好，你今天也去排练了？”

“对啊，好累。”她挺直的脊背瞬间松垮下来，提线木偶似的晃悠几步，“还好后天就放假了。对了，你放假怎么过？出去吗？一起跨年吗？”

被她洞悉心意之后的关阅表现得太明显了，闻言微微侧身去看她的表情，视线跟她齐平，对视的瞬间，眼睛倏然弯了起来，说：“好。”

柳星把这一刻的心跳失衡归咎为运动使心率加快。

如果是昨天听到这个问题的答案，她八成当晚就要脱单，但今天的她胆小如鼠，不敢放肆。于是想来想去，她脑海里忽然蹦出一个问题：“你之前说的大运河展馆怎么样？”

旁边一时没有回应，柳星不由得心底一沉，完了，这是他之前在微信上提的话题。

“你知道了？”关阅伸手拦住她的去路，“还是想起我来了？”

在咖啡馆见到，他以为她故意装作不认识他，后来发现是真不认识。

“想起来……了？”柳星迟疑地反问道。

关阅瞬间了然，说道：“看来是没有，只是认出了我的微信号，是吧？”

柳星点头，瞥一眼他的表情，试探地问：“我们之前认识吗？”

“不确定。”发现说话有歧义，他又补充道，“我不确定你之前认不认识我。”

“那我们怎么会成为微信好友？难道是我先加的你？”柳星接收到他类似无奈的眼神，确定是的，上一次竟然也是她先跟他要的微信号。

结果她并不记得这回事……

她在接受事实的短短几秒里，往前走了几步，一回头看到关阅还在原地，她跑回去拽住他的衣袖，抛出一连串的问题：“那你是什么时候认识我的？我是什么时候加的你的微信？你明明认出我了怎么不告诉我？”

关阅意识到回答这个问题会露馅儿，任她一只手从自己的手臂滑落：“自己想。”

6

柳星想不起来，但不妨碍她以将功赎罪的名义约关阅一起看演出。

她设身处地地回想，都想拉黑自己，但关阅过来竟然还给她带了一杯拿铁。

她以前真是太过分了。

她原以为可以跟关阅一起看前半场节目，可惜刚坐定没一会儿，悄悄话还没顾得上讲，舍友忽然发微信说节目顺序有变，喊她提前过去候场。

她猫着腰退出座位，在后台等了十多分钟就听到了报幕。

柳星一不是社团的正式成员，二不是演出的主要人物，所以位置被安排在一旁的角落，偶尔灯光照不到的时候，她的视线越过黑压压的人群，精准锁定她刚坐过的位置旁边，可惜台上台下距离太远，只能认出大概，无法辨认表情。

但莫名心神安定。

她意外于这种感觉从何而来，不是因为有他注视，也不是因为人群中有熟悉的他，好像只是因为他坐在那里，她就可以从中汲取力量。

奇奇怪怪。

演出结束，柳星跟社团的朋友拍完合照，转身就想出去找关阅，但半途忽然被人拦住。

“你是刚刚吹笛子的小姐姐吧，可以加个微信吗？”男生问。

柳星迫不及待想出去，谎话张口就来：“好友满员了，下次吧，让我看看先删掉谁。”

说完越过他，继续向前，结果三两步后一抬头看到了站在门口的关阅。

她笑嘻嘻地凑近，甫一停步，听到关阅问：“你有多少个微信好友？”

柳星不记得，拿出手机滑到列表最后看了一眼，说：“不到三千。”

“都分得清吗？”他追问。

柳星不懂他在问什么，含糊道：“大部分吧……”

哦，不是，有相当一部分是她不熟悉的。她忽然想起一个可能，就是她加了关阅的微信之后，忘记了那个不太眼熟的头像是谁。

上一次她主动加人微信，如果没记错，是在出去旅行的当天。

那天上午在图书馆碰到他，也是那种独树一帜的专注和有条不紊戳中了她，但当天傍晚她就搭上了南下的飞机，之后匆匆忙忙，一路又添加了许多新的朋友，加上旅行中的新奇感总是可以把人从现实生活中拽出来。等她回到学校，又瞬间陷入补课、补作业的循环中，很多消息来不及看，又或者是看过之后意念回复，等后来某个瞬间再想起图书馆的少年，脑海里就只剩下一个模糊的身影，至于哪个头像是他，她根本分不清。

甚至上次得知是她主动加的关阅微信，都没能唤醒这段被她搁浅的记忆。

……

柳星抬头，仿佛看到关阅和图书馆少年的身影重合了，没想到，竟然是他。

关阅踢了一下她的鞋尖：“发什么呆？”

柳星眼睛亮亮地看着他：“我好像想起来了，我第一次见你是在图书馆，对不对？”

“……嗯。”关阅妥协。

下一瞬，她恶人先告状：“你怎么不早告诉我！说不定我可以早点想起来！”

关阅幽幽瞥她一眼，确切地说，他并不知道那是她第一次见他。

时间往前推一个月，他分明跟她有过数次交集，擦肩过，对视过，还曾面对面坐过一张书桌，她跟他借过铅笔，抓错过他放在桌上的手机，不过都是水过无痕而已。

怎么跟她说？

——“我暗恋的女孩子忽然有一天说要加我微信，是注意到我了吗？

“哦，不是。

“气死了，过了两个月，她竟然又过来跟我要微信。”

柳星察觉不对，见好就收：“没有怪你的意思，都是我的错，看在我记起始末的分上，你能不能原谅我？”

关阅抬眸：“是吗？”记起始末？

“嗯！这次我肯定不会再忘记！我的好友添加渠道从今日开始严进宽出！”

“……你的好友列表有没有另一个我？”

“不可能！我很少主动加人微信！”

“哦。”他语气淡然，却又暗地里手握成拳，“那你愿不愿意跟我建立长久稳定的恋爱关系？”

“我得想想。”

“嗯？”

“迅速想好了，我非常愿意！”

即便忘记你的模样，忽略你存在的痕迹，我还是会在下一次遇见你时，再一次靠近。

相逢即别离

顾一灯

我已经跌跌撞撞地学会了如何更好地生活，我想，这就是我们相遇的意义。

1

填报完高考志愿的第二天，我被拉进初中的同学群才得知辛爽要回北城的消息。每个人都刷着相同的话列队欢迎，手机瞬间卡成花屏。我将群聊设置成免打扰，回到主页，刚想松口气，却看到一条新弹出的好友申请。无须备注，狼王加内特的头像在眼前出现的那一刻，我就确定是他。

大拇指在“接受”的绿框上停了许久，还是按了下去。

辛爽说：“咱们单独见一面吧。”我说：“好。”我们无聊地寒暄着，包括北城这些年的变化，也包括我们的近况。他忽然说：“姜灼，之前我一直在QQ上发消息给你，你为什么一次都不回复？”

“QQ被盗了，没找回来。之后太忙了，和谁都联系得少。”

这是个拙劣的谎言，我知道的。之后我们长久地沉默，然后他说：“去壹号院吃吧，我请客。之前咱们不是说好了，有一天会光明正大地走进里面，想点什么就点什么。”

这地名仿佛一根缰绳，牵引着四蹄踢踏的白马，从我脑海中缓步行过。

2

壹号院坐落于向阳街南侧。那是北城的富人区，里面全是三百平方米起步的大平层。

我家在向阳街北边。这是年年喊着要清退的棚户区，爸妈开了家小超市，我们平时也住在超市里。几年没洗过的鞋子堆在窗台上，刷不干净的锅和盘子摞了几层。来买东西的人因为砍不下价而吵架，爸妈因为随便一件事情也在吵架。这就是我的生活，我非常厌恶它。

因此我很少待在家里，经常在外面游荡。壹号院的天之骄子们在新建的场地上打篮球，我蹲在铁丝网外面凝望。明明被圈起来的是他们，我却自觉身在牢笼。

秋天，他们将外套随手挂在铁丝网上。用从班上最受追捧的男女生那里学到的知识，我辨认着外套的品牌。随便一件，顶我们家半年赚的钱。

我是在那时遇见辛爽的。他正聚精会神地盯着球场的局势，而我抱着膝盖仰起头，目光落在他身上。他个子不高，长相普通，偏偏鹰隼一样的眼睛流露出一股狠劲儿，叫人不敢直视，却又忍不住偷偷瞧上几眼。之前我在教室、操场以及摇摇晃晃的公交车上见过他，不过，我们从未和对方打过招呼。

“喂，”我问，“怎么不和他们一起打？”

“不是一路人，”他两手插在兜里，耸耸肩，“硬往上凑，多没意思。”

他努力装作若无其事。可我太清楚了，他脸上的无所谓全是装的。在教学楼走廊的镜子前，我无数次微微侧过脸，捕捉到了相似的神情，从眉眼的走向、扬起的下巴，再到嘴角的淡淡一撇。

迎着阳光，我眯起眼睛笑了。我很确信，我们挣扎在同一条歧路上。

3

“你知道洛杉矶每天早上四点钟是什么样子吗?满天星星，寥落的灯光，行人很少。”

“早上四点的洛杉矶仍然在黑暗中，我就已经起床，行走在黑暗的洛杉矶街道上。一天过去了，同一时刻的黑暗没有丝毫改变，两天过去了，黑暗依然没有半点改变，十多年过去了，洛杉矶街道早上四点的黑暗仍然没有改变，但我已经变成了肌肉强健、力量强大、投篮命中率很高的运动员。”

无数男生将这段话写进作文，他们将科比称作球痴。而我只能拿辛爽举例，他不是大明星，在老师看来没有任何说服力，可他是我亲眼见证的人。我固执地认为，这比什么都重要。

辛爽爱疯了篮球。

课间休息十分钟，从教学楼四层跑到篮球场要两分钟，跑回来也要两分钟，最多只有五分钟能摸到球。辛爽从不浪费一秒。他在三分线上移动，在不同的位置练习投篮。我靠着窗户发呆，望着篮球抛起的轨迹。篮球掉进篮筐的次数，一天比一天多起来。

这学期的体育课，因为个头儿比较高，我不幸被分到了篮球班，成了校队成员外唯一的女生。老师说要培养团队精神，将选课的同学两两组队，一带一训练，学习基本的运球和投射，一起参加考试，按总成绩计分。

我很害怕这样的环节。

果然，两周之后，同组的男生彻底没了耐心。我没法控制这颗棕红色的球，只拍动了两下，它便打着滚儿溜走了。同组的男生俯下身一把抄起球来，将球狠狠砸在地上。球猛地坠落，又以强大的力道高高弹起，饱含愤恨的响声回荡在操场上，吸引了许多人的目光。

课后，体育老师招呼我过去。她揽着我的肩膀，说没关系，每个人适应的速度不一样，这很正常。她打算给我换个组，让班上打球最棒的辛爽教我，问我同不同意。

我说好。老师松了口气，伸手想摸下我的头，我躲开了。她明显愣了一下，手讪讪地停在空中，一时不知道该往哪里放。

其实我什么都听见了。同组的男生反复找老师抱怨，老师当然不会同意他这种搞特殊的行为，但今天他说，哪怕期末零分，他也不干了。他还说:“没有人能教会一头猪。”

所以，即便体育老师的语气很温柔也给不了我任何安慰。我的脸发红，我的血液发烫，我感到被羞辱了。我不明白，为什么这样的情绪永远充斥着我的生活。为什么除了硬着头皮接受安排，我别无选择。

就像这一刻，其实我也不想干了，但我还是不得不低着头说“谢谢老师”，然后踩着上课铃声向教学楼跑去。

我是倒数第二个冲进教室的。跟在我后面的，是抱着球的辛爽。

4

“我一定能把你教会。”

辛爽信誓旦旦的语气，让我觉得很可笑。与之前相比，猪还是猪，本质上没有区别，不过是换了个更厉害的人来对付罢了。

"要不以后，我们每天中午留下来练会儿？"

"不，"我说，"我着急回家吃饭。"

"哦，你不吃食堂啊。那晚上呢？"

"不，"我说，"傍晚进货，我得回去帮忙。"

"嗯……那下午的大课间总可以吧？"

头一回碰上这么听不懂弦外之音的人。实在找不到任何借口，我不情愿地走上罚球线。辛爽指导着我的动作，说了一大段玄乎其玄的话，我根本听不懂。天知道力量怎么能从脚尖贯通到双腿和腰腹，再通过手臂的甩动冲出去呢？

我试着照他说的做。结果嘛，再一次投偏了。有男生路过用夸张的语气喊："嚯，三不沾哪！"他是喊给旁边的女生听的，她们笑得东倒西歪。

后来辛爽怎样纠正我的动作，我完全没听进去。球一次次在空中划出尴尬的弧线，除了空气和水泥地，什么都没有碰到。

他终于打断了我机械式的投篮，说："姜灼，你能不能认真点？"

"我怎么不认真了？"我晃了晃头，破罐子破摔，"我就是笨，学不会。怎么，是不是之前没见过这么愚蠢的人啊？"

他深深吸了口气，迎上我挑衅的目光："这么说自己有意思吗？"

"你不是学不会，而是压根儿没想好好学。一节课学不会有什么可着急的？"他冲远处抬了抬下巴，"别看那人笑得欢，他也是从三不沾过来的，只是玩得早，出丑没被你瞧见而已。"

我们相对着沉默了几秒，辛爽走到篮球架前，弯腰捡起球抛给我。我以一个别扭的姿势抱了会儿球，努力回想他的叮嘱，微微屈膝，重新将它扔出去。一遍，一遍，又一遍。

直到预备铃响起，我跟他将球送回器材室。

"能谈个条件吗？我不想在学校练。"

"啊，为什么？"

"……丢不起那个人。"

"哦，好吧。"

很少有这么大的运动量，跑回教室的时候，我满头是汗，耳边嗡嗡直响。但三步并作一步跨上台阶时，我还是清楚地听到了后面的声音——

"你肯定能学会的。"他坚定地说。

5

每个周末，我都会在辛爽的指导下练球。作为回报，他练习时，我负责帮他捡球。好吧，我承认我不太理解这项运动的魅力，但我很羡慕他。有一件自己热爱的事，哪怕生活再难，每一天都会过得有盼头。

之前我听说过 NBA，学校的男生打篮球时，会以其中的明星给彼此取绰号。辛爽打得最好，被公认为"詹姆斯"。在他絮絮叨叨的科普下，我也渐渐了解了其中的球队、球星和八卦。

有一个故事我一直忘不了，关于加内特十二年等待的故事。1995 年，还是高中生的加内特在首轮第五顺位被明尼苏达森林狼队选中。之后，他入选全明星，拿下 MVP，斩获一切荣誉，偏偏与总冠军失之交臂。巅峰末尾，森林狼决定放他去追梦。2008 年，加内特在凯尔特人队击败科比率领的洛杉矶湖人队，捧得金灿灿的奥布莱恩杯。七年后，进入职业生涯末期的他回归明尼苏达。十二年前为他跳舞喝彩的年轻人已为人父，但他仍在看台上为狼王起舞，甚至激动地掀起了自己的上衣，发福的上身赫然写着："欢迎回家，加内特！"

"你知道吗？"他说，"我想在我们国家的职业联赛里，为自己的家乡而战。一人一城，决不离开。如果能有这样的时刻，让我做什么都愿意。"

我确实被他的话感动了，但很快又想到许多现实的东西。职业联赛当然很好，不用说顶级球星两千万的身价，新人二十万的月薪就足以让我们这样的家庭改天换地。可是，我们学校短跑的第一名到市里也只是第八，他又怎么保证自己能顺利地进入省队，然后在如林的强者中打出一番天地呢？

傍晚回家的路上，我们再次路过壹号院的篮球场。场上的男生比我们大一两岁，我能感觉到，他们的水平比学校的同学高很多。休息的间隙，辛爽主动问他们："哥们儿，能不能加我一个啊？"

他们彼此对视了一下，最后视线汇合到一个身形强壮的男生身上。他将球立在食指上转了几圈："不好意思啊，我们人满了，以后再说吧。"

可场上明明是五对四。所谓“以后”，只是客气的说辞罢了。

辛爽又留下来看了一会儿，但场上没人理他，甚至有两个人彼此使了个眼色，偷偷在笑。他的眼神充满羡慕和激动，那副手痒难耐的样子，让我觉得很难受，一口气堵在胸口，沉不下去，也吐不出来，最后使劲拉了拉他的衣服。

回去的路上，我们破天荒地没有说话，余光里奢华的壹号院渐渐变得模糊了。可无论有多不甘心，我们还是要回到属于我们的棚户区去。四层的小房子像搭积木一样延展出许多个挂在墙上的房间，最上面悬着破烂的红色牌子“顺兴隆旅馆”。那里有辛爽的家，只能摆下两张床和一张桌子的家，他努力想要改变的家。

“我妈妈在壹号院做好多份工，给人做饭、擦地、遛狗。她怕打扰我休息，在两张床之间拉了一条帘子，可她每天出去和回来，我都知道。很晚很晚了，她摸黑儿收拾东西，我睁开眼睛，看着帘子一块块拱起来。我很想拿到一份合同……我做梦都在想。”

“对了，”他转换成轻快的语气说，“你有没有特别想要做到的事？”

“也有啊……”想到许多不愉快的经历，我摇摇头，“不过应该没可能了，还是不说了吧。”

6

每次看到辛爽寄居的地方，再看看旁边的壹号院，我都会产生一种微妙的感觉。在这座繁华的城市里，我们不过是逆旅行客。每个周末，我们都在各个球场间“流浪”。顺利的话，可以混进封闭小区的球场。不顺的话，只能乘公交去大北庄。那里的楼房排布紧密，我们在其中的巷道里穿梭，从阵阵寒风里，能嗅到危险的气味。

大北庄有一个破败的篮球场，许多男孩在这里打球。辛爽用铁丝围好断裂的篮筐，又换掉随风飘荡的半个篮网，很快就得到了他们的信任。有男孩怯怯地问他：“你确定要和我们一起吗？”辛爽毫不犹豫地点头。后来我在附近闲逛，遇见过手举菜刀念念有词的疯女人和小餐馆里挥动啤酒瓶大打出手的醉汉，听过撕心裂肺的争吵和尖叫，又差点被楼上摔下来的碗盆砸中，那时我终于明白了他的意思。

一个初冬的下午，他们打到一半，球场上来了两拨陌生人。我下意识地看向球场边人高马大的年轻男人，眼前闪过他们从裸露的脖颈延伸到脸庞的文身。他们各押一队胜，卷进赌局的男孩不得不硬着头皮上场。谁都知道，惨败的队伍肯定要倒霉。这是一场弱肉强食的游戏，没有吹罚，肘击不断。为了获胜，不断有人在对方跳起投篮时垫脚，企图通过把别人拉下去，保证自己处于安全的境地。

剩下二十秒，辛爽所在的队伍落后两分。刚刚一直在玩命的队友忽然都谦让起来，将球传来传去。这个时候无论进与不进，都会成为输家那方的罪魁祸首。最后一秒，球落进辛爽手里，他直接出手，球从三分线外划出一道利落漂亮的圆弧——

直入篮筐。绝杀比赛。

辛爽的反应很快，他拉起我狂奔。我从未在过去的任何一次八百米测试里跑出过这样的速度，我整个人从牙齿到双脚都在战栗。要拼命跑，要跑出去，要甩掉寻衅滋事的混混，跳上离开大北庄的公交车，回到熟悉的地方。

壹号院的北门是需要刷卡出入的会所，两名保安站在侧边拉门，给出入的居民鞠躬问好。辛爽说他曾经偷偷溜进过这里，连卫生间都富丽堂皇，每一寸空气都散发着淡淡的柑橘香，和学校刺鼻的空气清新剂大不相同。我说如果将来能在这里吃一顿饭就好了，他说那天他肯定会请客。他又畅想了许多不切实际的事，我被这些玩笑一样的幻想一次次逗乐。我知道，他想让我忘掉刚才可怕的场景。分别的时候，我的手真的不再抖了。

7

我成功通过了篮球课的期末考试。有辛爽的陪练，我也没有拖后腿，我们的总成绩排在第二位。凑到老师身边，看到最终的名次表，我非常骄傲地抬起头，去看那些嘲笑过我的人——但他们似乎早就忘了这码事，已经跑去给正在考排球的班花起哄了。

这让我很失落，一下子没了兴致。辛爽抱起篮球，往没人的篮架下走去。

“喂，”我叫住他，“谢谢啊。”

“谁是喂？”他明知故问，还特意向四下看了一圈，手上拍着球，似笑非笑地看我。

“……”我只好郑重其事地说，“谢谢你，辛爽。”

戏弄人得逞后，他的嘴咧得格外嚣张。我的脸在发烫，转身要跑。这回换他叫住我。他抱着球，往前走近了几步，笑容收敛，很认真也很清晰地说：“姜灼，我早就知道你能行的。不过你要自信一点，以后哪怕没有人帮你，也不能随随便便放弃自己。”

我是怎么回应的呢？我已经完全忘记了。应该是晕晕乎乎地憋出一个“好”吧。

那年寒假，辛爽跟着校队训练，备战北城的校际篮球对抗赛。他还会给自己加练，我有时会继续帮他捡球，权当锻炼身体。但他依然觉得，壹号院那群男生的水平是最高的。他不止一次请求加入，但每次都遭到拒绝。

“我一定要和他们打上球。”这天中午，他笃定地讲。当时我还不知道他打算做什么。北城的冬天干燥而寒冷，午后的气温也接近零摄氏度，一会儿不戴手套，手上的皮肤就会冻出一条条白色的细纹。下午他们又聚在这里打球，辛爽突然跳出来，举着旁边浇草坪的水管，说如果他们不带他一个，他就往球场上喷水，结上一层冰，叫谁也打不成。

球场边站着一个戴黑色口罩的女人。我对比我高的女性往往印象深刻，而她，目测起码有一米八几，我忍不住多看了好几眼。她让他们算辛爽一个。男生气笑了，找她鸣不平，我听见他称呼她“小姨”。女人又说了些什么，他才折回来，一脸的不情愿。

这是一场双方都铆足了劲儿的较量，连彼此的名字都不知道，硬是打出了仇人相见分外眼红的架势。那些男生比我们大一两岁，个子更高，块头更大，动不动跳起来伸长了胳膊用球扣辛爽，好像扣下来这个球就能打飞他的篮球梦。但辛爽打得很有韧性，他像橡皮糖一样黏着对方防守，用自己的全部，给出最强力的身体对抗。他不仅一定要打上球，他还一定要赢，他才不管体格有多大差距，他在场上的每一秒都豁出命来。最后，他确实做到了。

女人冲辛爽招了招手，与他交谈着什么。她外甥显得很生气，骂骂咧咧的。趁没人注意，我蹲下来摸了摸，发现那条水管其实早就冻住了。

8

参加完毕业聚会，班主任不禁感慨，别看大家现在都差不多，毕业十年后，你们的生活会天差地别。当时我就在想，明明现在就有很大差别了，只是地上的不是你，你不在意。我没想到这事会这样快地落到自己头上，而且那人是辛爽。

场上的女人是前女篮国手，也是省男篮俱乐部新聘的主帅。她推荐辛爽去了青年队，有了专业的指导，辛爽成长得很快，去年当选为全国职业联赛的选秀探花，成了首个进入俱乐部联赛的高中生。他离开北城，去了省会，撞了短短几个月的新秀墙，很快便表现不俗，成了助力球队杀入季后赛的重要一员。在人们口中，他是这座城市的传奇。

辛爽确实一直在给我发消息，我也确实从没有回过他。

太忙了，我告诉自己，哪怕再好的朋友，也没时间保持联系。但我知道我在欺骗自己，我只是在掩盖那些纷乱的、慌张的、茫然的情绪。仿佛两条线彼此交错，然后一条飞入空中，一条坠进地里，而我还站在交点上，久久回不过神来。

从教室往返食堂，要穿越整片操场。看见打篮球的男生，我会想到辛爽。心里很羡慕，有时候甚至会嫉妒，他这样幸运，撞大运般碰上了现在的机遇，实现了曾经的梦想，拥有光明的前程。而我不知道自己想要什么。我只是在人挨着人的教室里埋头学习，呼吸着六十多个人呼出的空气，勉强维持着大实验班里中游的成绩。然后又觉得自己怎么会卑鄙到这个地步，恨不得抽小家子气的自己一个大嘴巴。

现在我无法逃避。他居然还记得当初的承诺，我一直以为我只是随口一讲，他也只是随口一听，从没当真过。这更让我羞愧，我像一只猫，明明墙的另一面有阳光普照，却偏偏要把身体缩成一团，蜷缩在背阴的角落里，不时叫唤着冷。

妈妈又在外面嚷嚷。我探头一看，是个年龄相仿的女孩来取团购的货物。忘了提，这是我们家新接的活，现在我爸爸是这一片的团长，所有自提货都堆在超市前面的棚子里。她找不到东西，又听不懂我妈讲的方言，两个人说话都很冲，眼看着要吵起来。我赶紧跑出去，帮她扒拉出三袋水果。她很生气地接过去，在电话里用激烈的语气跟她妈妈说：“妈妈你不要再贪小便宜了，我在马路对面走了半天才找到这个地方，和奇奇怪怪的人打交道，简直要烦死了。”

我决定出去转一转。

9

顺兴隆旅馆附近的棚户区已经围上了板墙，墙上贴着红色的布幅，黄色的黑体字写着：“搬好家，选好房，拿奖励，别遗憾。”听说明年就会拆到我们家。至于以后怎么办，只能走一步看一步了。

我再一次走到壹号院旁边的篮球场，隔着铁丝网看一群小孩打球。不知道是眼光高了，还是他们水平不行，没有了当初惊艳的感觉。我突然很想抓一个来问问，你认识加内特吗？但转念一想，他们应该只会摇头。我曾拿辛爽给我科普的许多名字问高中的同桌，“龙王”波什、“风城玫瑰”罗斯、“多伦多不明飞行物”卡特，他都不知道。大家开始看球的时候，他们已经走向暮年，慕强的观众并不在意他们的过去和下落，只有真正的信徒会将他们铭记，并为追随他们的足迹奋斗终身。

念及辛爽，我就会想到那节周四上午的体育课，分成许多块期末测试的操场很嘈杂，但我只记得他的声音，这是第一次有人站在我的面前，只对我一个人说，要相信自己。作为各方面资质都很平庸的人，我在大实验班反复受挫，每天中午多学习一个小时，还是会在放榜后被老师找去谈话。也不像有些同学，虽然成绩不好，却能在运动会和艺术节上大放异彩。有时我会想，要不干脆躺平吧，掉到普通班又怎样，那个时候我就会想起他的话，你要自信，不能随便放弃自己。于是我咬着牙撑了一天又一天，最后挤进了一所末流的重点大学。

其实也并非一事无成，没有必要将自己贬得一无是处。我已经尽了最大的努力，向外跨出了大大的一步。只是和辛爽相比，还远不够。

可你明明也有热爱的事业啊，你的笔，你的文章，你引以为傲的事物。是从什么时候开始不再相信的呢？是那个语文老师指名道姓，说你的作文不如她的得意门生，把你的真实经历说成胡编乱造的时候吗？你怎么能这样轻易地被击垮了？……你是否拥有辛爽跳上旁人眼里永远不会属于他的球场、与壹号院的男生同场竞技的勇气呢？

短暂相交的射线，一条飞向空中，一条动荡地向上攀爬。只是始终在内耗中徘徊的我，如今才后知后觉，决定我们不同的，从来不是偶然的命运。

要有勇气突破向阳街的阻隔，要有勇气直面冷眼和嘲笑，去追求自己的理想。

哪怕别人都觉得，你不可能做到。

10

穿了十多年的校服，一直很讨厌学校死板的规定，可现在没了老师巡视检查，竟然不知道该穿什么了。我要用 84 消毒液泡出一件最白的 T 恤衫，穿一条自己剪出破洞绣上珠子的牛仔裤，再悄悄拿出超市已经过期的草莓唇膏抹一下嘴唇。如果被同桌撞见，会达到他们指着我惊讶地说“你学坏了”的程度吧。

这些日子，我已经在向阳街上辗转走了许多次。去见辛爽的前一天，一只黑猫从板墙上跃下，绿色的眼睛幽幽地看了我一眼，然后踩着满地暖和到发烫的阳光跑了。我想我会把这件事告诉他。高三时，我做了一篇阅读理解，帕瓦罗蒂说每次演出前，他都会在音乐厅附近寻找黑猫，因为它会带来好运。希望我们的省队可以离全国冠军再近些，希望我的大学生活可以顺顺利利。我会试着写一点东西，无论是否有人看，无论别人喜不喜欢。

我们生活的交集会越来越少，可能只有过年的聚会才有机会见上一面。不过在体育频道直播的赛事里，在《篮球》杂志的封页上，我应该会常常见到他。班主任的话，是许多朋友的缩影，我后来才真正地体会到其中的意味。想起笨拙地练球的日子，想起在路上唱《向阳花》的日子，觉得好笑，也觉得感伤，还觉得我们都很了不起，在他的帮助下，我做成了我曾以为注定做不到的事情。

和太多人相逢过后，都是漫长的别离。

我已经跌跌撞撞地学会了如何更好地生活，我想，这就是我们相遇的意义。

不会撒娇也没关系吧

✲ 林潮汐

1

孔一涵没有料到，自己明明已经躲到了公园里的老年活动区，可还是被顾卓奕找到了。只见他站在一排扭腰机旁边，双手叉腰，离老远便冲她大喊：“孔一涵，你躲在这里干什么？”

初春的上午，天气晴朗，空气格外舒爽，公园里的绿地刚被修剪过，因此散发着一股浓郁且混杂着泥土气味的青草香，让人心绪安宁。

可顾卓奕的大嗓门却打破了这种宁静，正在公园里卖力锻炼的爷爷奶奶很自然地将目光落在孔一涵身上，让她不免有些难为情，赶忙低着头快步走到顾卓奕面前：“公共场合，你瞎嚷嚷什么啊！”

顾卓奕不以为意，双手抱在胸前，说：“你少乱扯，咱们班集体出来春游，大家都在干活儿，就你跑出来偷懒，还学生代表呢，像话吗？”说话时，“学生代表”四个字咬得极重。

孔一涵看着他，一张黝黑深刻的脸，短短的平头，怎么看都是一副憨厚腼腆外加粗线条的面相，可偏偏，这人空长了一张好人脸，其实狡黠又小气。

上学期刚开学的时候，学校组织了一场新生联欢会，孔一涵因为成绩优异被选为新生代表，负责发言和节目的报幕工作。发言结束，她看着眼前那张手写的节目单，中规中矩地念道：“下面请欣赏架子鼓表演，表演者：顾单奕。”

然后，她就看见一个黑衣黑裤的男生黑着脸从她身边走过，他上台之后开口的第一句话就是：“大家好，我叫顾卓奕，不是‘孤单奕’哟……”

后来，孔一涵去找他道歉，特地拿着那张书写凌乱的节目单，她清楚地记得，顾卓奕当时满不在乎地冲她挥挥手，阳光下咧着一口白牙对她说：“没关系啦！”她以为那件事就此翻过，没想到，后来学校根据各班级实际报到人数做了调整合并，两个人竟成了同班同学，而且顾卓奕动辄便来找她的麻烦。比如他经常到孔一涵负责审稿的校广播站投诉，直指广播内容老套无聊，建议改革创新，多发吸引人的内容；还比如他总是在她轮值打扫操场分担区的时候，检查得格外严格，哪怕分担区里有一颗瓜子皮没捡净，他都会语重心长地跑来告诉她："同学，做事要认真哪！"

同为班干部，顾卓奕的行为虽然苛刻，但从职责层面来讲并不过分，可孔一涵还是能断定，他的种种表现，就是在针对自己。

包括这一次。

2

春游野餐的活动是顾卓奕提出来的，孔一涵对这种集体户外行动向来没什么兴趣，只是没想到，在表态环节全班所有人都举了手，孔一涵惊讶之余只好少数服从多数。

后来，她才知道，大家之所以全票同意这次活动，是因为顾卓奕私下里早已逐个做了工作，承诺野炊所需的零食饮料全包，保证大家吃好喝好玩好。

孔一涵回想起顾卓奕身上一水儿的名牌，觉得自己不太了解他的世界，因为她怎么也想不通，他到底为什么如此看重这次野炊活动。

她也不懂，为什么他要把已经躲起来的自己给薅出来，塞到同学们中间，以偷懒的名义，罚她当众表演才艺。

"唱歌不行，技术含量太低，跳个舞或者讲冷笑话变个魔术什么的，反正，你得选一个！"顾卓奕站在她旁边吆喝，很快便有同学一起起哄。孔一涵一直知道顾卓奕在班里人缘不错，不承想他的号召力已经达到一呼百应的程度，讶异之余不免有些气恼，自己向来内敛低调，不想引人注目，他却偏偏将她置于窘境，实在太过分了。

众人欢腾之下，孔一涵愈发觉得手足无措，脸也涨得通红，整个人一边向后缩躲，一边支支吾吾地摆手："那些，我都不会呀……"

"给我们出个谜语也行！"身后有女生将她推回来，提出新的方案。

孔一涵知道，这是大家好心想给她解围，只是，她此刻并没有心情感激这份好意，她怨恨地看着顾卓奕，如果不是他，自己怎么会陷入这样的境地?

"不就是表演个节目，你这是要哭出来了吗？"

事实证明，顾卓奕的良心还没有坏透，感受到孔一涵的无奈和委屈，他主动挡在她前面跳了一段女团舞，惹得大家尖叫欢呼，气氛高涨。紧接着，班长提议所有人分组布置餐布，众人立刻四散忙碌起来。

可是，就在孔一涵悄悄松了一口气，埋头布置餐布的时候，只见顾卓奕那个家伙又阴魂不散地凑到她旁边来，一屁股坐在她只打开一半的餐布上。

"好啦，你去找女生拍照吧，这里我来弄。"顾卓奕指了指草地上姿态各异的身影说道。虽然班长给大家分了组，可女生们都像是约好了一样，一听说要干活儿就全部退散，留下一群男生面面相觑、目瞪口呆，只是，转念一想倒也释怀，自己班的女生，当然是要班上的男生来宠，啥也别说了，动手吧，兄弟们!

也就在这时，顾卓奕看到了默默劳作的孔一涵。

今天的主题虽是野餐，但并不开火做饭，布置餐布也没有很辛苦，可顾卓奕还是觉得，孔一涵有点过分拘谨了。

她看着青草地上一个个蝴蝶一样欢快明朗的少女，眼里似乎涌动起一股波澜，但并不是向往，而是……黯然?

孔一涵收敛心绪，冷冷地拒绝道："不用了，我不喜欢拍照。"一边说着，一边皱起眉头掀了掀被顾卓奕坐定的餐布："起来啦，我要把这个铺好。"

3

晚上回家的时候，孔一涵不禁回想起顾卓奕对她说的话。

"你这个人……真是不知道说你什么好，有男生过来帮忙，让你不要动手了，就乖乖听话，像别的女生一样开开心心去玩耍不好吗？刚才也是，不想表演的话，撒个娇耍个赖，哪有人会真的跟你计较，可你倒好，什么也不说，就只会气鼓鼓地较劲……"

是呀，女孩子嘛，总是温柔一点才更讨人喜欢，哪怕那份温柔是装出来的，骨子里藏着狡猾和任性，可只要脸上笑盈盈的，也不会有人去戳穿那笑意背后的真相。

偏偏，她孔一涵不是那样的女孩，她生硬笨拙，又孤僻倔强，既不懂得跟异性之间的相处之道，也不像其他同龄女生那样松弛爽朗，甚至，还有些自卑。

孔一涵不自觉地低下头，看了看自己那双已经掉漆的鞋子，还有身上万年不变的格子衫和牛仔裤。没有人知道，这是她除了校服唯一能穿得出去的一套衣服，之前总不愿意参加课外活动也是因为这个，她曾听见有人在背后议论："她从来不买新衣服吗？"那种全身神经都被敏感刺痛得自卑又羞愤的感觉，让她恨不得找一个地洞钻进去。

所以，她今天才会在集合以后，一个人跑到老年活动区去发呆，想着是不是只要离人群远一点，就不会听见那些狭隘刻薄的评头论足。她哪里能想到，自己会被顾卓奕那个浑蛋叫过去，还当着那么多人的面，险些让她下不来台！

虽然他后来帮她解了围，还跟她说了那么一通大道理，可孔一涵并不感激，只是觉得疲倦。推开家门换了鞋，准备回卧室的时候路过爸爸房间，只见他正坐在写字台前，对着窗口头也不抬地捣鼓面前的琐碎零件，专注痴迷的样子近乎虔诚，孔一涵心绪复杂地停在他门前足有一分多钟，他都没有发现。

听说女孩起初的安全感源自父亲，与父亲的关系越亲密，与异性相处时就越有底气，甚至将来谈恋爱的时候，也不会因为缺乏爱与关注稀里糊涂地陷进低质量的情感中无法自拔。

如果真是这样，孔一涵觉得，自己大概永远都不会恋爱了。

打从她记事起，爸爸就一直热衷于制作手工飞机模型，每天除了工作就是坐在书桌前，很少与她沟通交流。父女间感情生疏，但那时候妈妈还在，有她在两个人之间维系，一家人倒也融洽平静。可后来妈妈生病去世，爸爸备受打击，自此，将生活仅剩的信念全投入制作飞机模型之上，与她之间的关系，比从前的生疏更显冷漠。

孔一涵却从来没有怨恨过爸爸，她一直知道，当初妈妈生病，他花光了家里所有的积蓄，背了许多债，工作也因为请假照顾妈妈丢掉了，但他从没想过放弃，一直以顶天立地的姿态尽着丈夫的职责。后来他沉浸在制作模型中，一来他是发自内心地热爱；二来，他没日没夜地工作，是为了多卖出一些模型，好早日还债。

可是这天，看着自己一身寒酸，想到顾卓奕的那番话和公园里那些美好可爱的女生，孔一涵忽然有些厌恶眼前的一切。

是的，厌恶。

她刻意大步地走进自己的房间，"咣咣"两声，开门关门，然后一头扎到床上。

4

周一，孔一涵到了学校，离教室老远就听见顾卓奕扯着嗓门儿跟大家交流昨天的春游活动，明明全班同学都参与了，也不知道他怎么还能挖出那么多新话题。孔一涵在众人附和的哄笑声中走进教室，前脚刚迈进来就被顾卓奕发现，坐在人群中无比高调地招手道："孔一涵，你来啦！"

孔一涵状态不佳，或者说就算状态良好也不像他那般斗志昂扬，淡淡地冲他"嗯"了一声便无精打采地走回座位。顾卓奕好像丝毫不受影响，继续待在人群中央舌灿莲花，光芒万丈。

世界上怎么会有精力如此旺盛，精神永远亢奋无敌的怪物呢？

这个怪物，在早课结束以后，忽然像个腼腆的小媳妇一样凑到孔一涵面前，又是抓头又是揉鼻子，扭扭捏捏的样子十分古怪。

孔一涵终于没忍住，皱着眉头问他："你，有事吗？"

"没事！"他无比做作地摊手耸肩，看着可不像没事的样子。

孔一涵抬起头，不动声色地看着他，眼底沉着一层厚厚的不耐烦。

顾卓奕左顾右盼，然后一屁股坐在孔一涵前座，回头拧着身体跟她面对面，假装不经意般笑嘻嘻地开口："咱们乐队申请排练室的事，你们广播站那边，知道吧？"

孔一涵眼珠一转，想起这么个事来，顾卓奕跟同年组的几个男生组了个乐队，名字好像叫……Pure Prince（纯真王子）。听说最近正在向文娱部申请排练室，本来跟自己所在的广播站没什么关系，可因为之前顾卓奕的投诉，广播站可能要停播整顿，大家需要花更多的时间讨论沟通，也向文娱部申请了办公室。

申请办公室的提议是孔一涵提出的，看来这个举动无形中干扰了顾卓奕，让他们乐队的申请变得没那么顺利。毕竟，文娱部也不是什么富户，哪有那么多空房间。

孔一涵忽然有些开心，没想到自己无心插柳的提议竟然挤兑了一把顾卓奕，便笑着对他说："你说教室的事啊，莫急莫急，要相信组织，我们广播站有的，你们乐队也会有，耐心等待就是了……"

幸灾乐祸的话音刚落，就见顾卓奕忽然激动地站起身来说："没错，大家共属文娱人，本就是一家人，看来，从今往后，咱们要经常碰面啦！"顿了顿，眼睛一亮，"要不，下午放学我请你吃麻辣烫，顺便商量下广播站和乐队轮流使用教室的时间？好吧，就这样！那我们就说定了！"说完，旋风一般，从孔一涵面前刮走了。

5

孔一涵愣了半天才反应过来，自己高兴得有点早了。文娱部已经重新下了通知，要求先前分给广播站的办公室，更改为与乐队共用，使用时间由双方共同协商。

晚上，果然被拉去吃麻辣烫了。

孔一涵当然是不想去的，可还没等她溜走，人已经被顾卓奕拦住，不由分说地拉到了学校外面的小摊上。

"有男生说要请你吃东西，你就告诉他自己喜欢吃什么，大大方方地吃，最好帮他递一递纸巾，这样他下回还会想要请客。不要什么也不说就默默消失掉，这样你不仅损失了一顿饭，还会损失很多跟男孩子一起吃饭的机会。"一进门，顾卓奕就把夹子递给孔一涵，自己端着盆，一边用眼神催促她选菜，一边再度化身情商导师，在一旁循循善诱。

孔一涵没有说话，却默默地往盆里添了两颗墨鱼丸子和一把紫甘蓝。顾卓奕点点头，似乎很满意。

"可是，为什么呢？"等菜的时候，看着顾卓奕顺手将她选好的橙汁拧开，递到她面前，孔一涵还是没能忍住，一脸疑惑地冲他发问。

"嗝……"对面的顾卓奕刚喝下一大口可乐，被顶出了舒服的嗝，一时没回过神来，耍宝似的眨了眨眼睛："什么……为什么？"

顿了顿，看着孔一涵一脸认真的模样，他也认真起来："你是想问，我为什么跟你说这些？"

孔一涵点点头，又摇摇头。除了这些，她真正想知道的是，为什么是她？

到底为什么，不是别人，偏偏是她呢？

顾卓奕低下头，晃了晃手里的可乐罐，里面的气泡发出"滋滋"的声响，回忆也飘回了与她初次相识的那天。那场新生联欢会，他与她都在后台，他很快与众人打成一片，她却始终一个人坐在角落，十分安静，身上散发着一股清冷而温和的气质，像一根笔直清脆的竹子，让人印象深刻。

而当她走上台讲话的时候，整个人又仿佛变了一副模样，还是那根竹子，却挺拔坚定，好像不会为了任何事而折服。

讲话结束，她报幕退场，脸上又露出了另一种神色：局促、紧张又无措。

顾卓奕从没有见过这么矛盾的女孩，时而优雅自信，时而安静淡然，时而慌乱不安。而他的疑惑很快就有了答案，她因为念错名字的事来找他道歉，表情郑重其事。当她低头的时候，他注意到她脚上那双掉了漆的鞋。

顾卓奕在心里斟酌了许久，也没有想好要如何开口。也许，体现真诚的唯一途径，就是拿出相同程度的诚意。

他抬起头，深深地吸一口气，才开口道："我穷过，也孤独过。"

6

只有体会过贫穷，才知道因贫穷而导致的自卑和敏感有多么沉重和压抑。那不是鸡汤偶像剧里说几句"一切都会好起来的"就能改善的窘境，也不是敞开心扉接受帮助就可以和其他人一样。

更何况，有时候弱者更擅长逃避，而贫穷的姿态大多不好看，没有人愿意敞开自己的心扉。

顾卓奕小时候，父母承包的工程出了问题，直至三年前才将债务还清，生活开始好转起来，人也慢慢洗去了从前困窘时的影子，变得阳光开朗。遇见孔一涵之后，他如同看到从前的自己，他太清楚她的逃避和闪躲，也明白她心事不愿被戳破的隐匿，但他还是忍不住，想要靠近她，关心她，温暖她。

就像曾经，尽管身处潮湿畏缩的角落，他也曾希冀，可以有人穿过他的敏感和脆弱，温柔而善意地来到他身边。

也许是热气腾腾的麻辣烫端上桌搅乱了两个人之间渐渐微妙的气氛，也许是顾卓奕刻意斟酌的语气和措辞的真诚，总之，向来在任何人面前都局促不安的孔一涵，听完了他的故事，竟出乎意料地平静下来。

顾卓奕讲完自己的事，小心翼翼地望着孔一涵，生怕她曲解自己的心意，故而加重语气强调："无论如何，我知道自己以前的做法有些一厢情愿，但请你相信，我的靠近没有企图，我的关心与怜悯无关，我想跟你做朋友，是因为你聪明又漂亮，还很有才华……"

这段话的上半句没毛病，下半句就让人有点不自在了，孔一涵撇了撇嘴巴："聪明和漂亮……倒也算是事实，只是'有才华'这个，好像过分了吧，你是怎么看出来的？"就算是为了哄她开心，也不用这么客气，他刚还说自己无比真诚，怎么忽然就虚伪起来了？

"我当然看得出来，广播站的稿子都是你编审的吧，我觉得都很好啊，每一篇都很文艺，又有格调，如果不是喜欢看书的人，选不出这么好的稿子，所以说你有才……"顾卓奕言之凿凿地举例说明，可说到最后，俨然把自己给绕进去了。

"所以，你举报我们广播站内容老套无聊，其实是睁眼说瞎话？"孔一涵抓住重点。

"一涵，麻辣烫再不吃就凉了，你的墨鱼丸子看起来好好吃！"某人急忙打岔。

美食当前，孔一涵懒得跟他计较，掰开筷子相互搓了搓，冲他努努嘴："你，麻油瓶递给我！"

7

吃完饭，两个人走出小摊，在车站分别时，孔一涵本想跟顾卓奕说一声谢谢，可羞赧的本性占了上风，直至公交抵达，那两个字也没有说出口。

顾卓奕像是看出了她的心事一样，赶在她迈进车子前，冲她喊了一句："明天见啦，孔一涵同学！"

声音引来不少乘客的侧目，孔一涵略带嗔怪地回头瞪了他一眼，心里却应了句："嗯，明天见。"

依然是那条回家的路，却因为心境不同，昨天是阴云密布，今天是万里晴空。

其实，除了一声谢谢，孔一涵还想跟顾卓奕说的是，有些事情，他只猜对了一半。

她的贫瘠，不单单是因为物质条件的贫穷，还有，跟爸爸之间匮乏的亲子关系。

或者，比起前者，后者才是她难以言说的伤。

她已经懂事，既明白爸爸从前的担当，也清楚他现在的忙碌是为了什么。她只是希望，爸爸能在工作的时候，少一些缅怀，多一点目光在她身上。她不在乎有没有新鞋新衣服，她只希望能跟爸爸多一些交流和互动，家里增添一些温度，不那么冷冷清清。

或许，顾卓奕的出现已经给了她启发，他说想要什么就可以提出来，那如果想要爸爸的关心，想跟他多说几句话，想让他歇一歇，是不是也可以主动争取？

孔一涵这样想着，便提前一站，在菜市场下了车。

回到家，看着好像与书桌融为一体的爸爸，孔一涵鼓起勇气，敲了敲门。

"爸，我今天在外面吃了麻辣烫，味道还不错，我买了材料回来，给你做一份尝尝，怎么样？"

爸爸缓缓抬起头，露出一脸疲惫，吃惊地看着她说："好。"

"那么在我做好之前，你停下来歇会儿吧！"孔一涵努力软下口气，补了一句，"好不好嘛……"

首次撒娇，虽然有些难为情，但她想，一回生两回熟，总有炉火纯青的时候。

这时，孔一涵看到爸爸布满血丝的眼睛里闪过一丝异样，可他还是放下了手里的活儿。

孔一涵坚信，生活会好起来的。

普鲁斯特的夏天

✽久念

鱼群与落日

东京池袋的购物中心里那家水族馆整顿后再次开业，时值夏天，整座商场充满了家庭出行的暑期氛围。在水族馆值班的任希穿过漫长而拥挤的水底隧道，忙里偷闲，去看鲜少有人光顾的观赏鱼群。

几个方方正正的鱼缸叠在狭小的区域里，这是馆内最不起眼的存在，四下的光线是昏暗的蓝色，任希一眼就看到了那个俯身在鱼群前的男生。他穿了件衬衫，眼睑低垂着，像在认真端详鱼缸里的光景。

温和又带着稚气的一张脸，明明过去了好几年，任希还是瞬间认出了他。

于是她不自觉地念出了他的名字："祁林格？"

祁林格回过头，两个人对视了三秒，他才点了点头，显然他也没料到会在日本的水族馆碰见她。他们站在鱼缸前，蓝色暗流里映出两个人的影子，也映出任希的工作牌。

"你在这里工作？"他问。

"我来东京念研究生，"任希停顿了一下，"周末在这里打工。"

她的停顿全因想起了往事——他们高中后失去联系，也是在这个节点走上了各自的路。有那么一瞬间，任希想侧头去看祁林格有什么变化，但身后的躁动打乱了她的计划。

是一群参加夏令营的小学生朝鱼缸涌来，跑动的小学生撞开了任希与祁林格。隔着齐刷刷的棒球帽与校服，他们在夸张叫喊的小学生两侧再次对望。

起初是祁林格低头护住冲撞的小孩，再抬头时目光也带上了笑，他有一双柔软安静的眼睛，有种不谙世事的天真。对视的片刻，任希突然乱了神。

她想，祁林格也许真的没怎么变，不然她不会忽然想起第一次见他的场景。

也是在这样一个闷热的夏天，还在念高中的任希放学去新开的商场蹭空调，最后只买了一袋观赏鱼回家。站在商场大门前，她举起这袋鱼面对着落日，突然看到不远处一张男生的脸。

透明鱼袋映出的波光中，祁林格也在这样笑着看她，那时她只感到无措。过了很久她才发觉，之后每次看到鱼群与落日，她总会想起祁林格的这双眼睛，许多年都没有忘记。

海盐香气

暑期的缘故，这天的水族馆闭馆比平日迟了些，任希下班后已是暮色。蓝黑沉郁的天像水族馆展缸内涌动的水浪，任希站在原地仰着头，也觉得自己像载浮载沉的鱼。

盯着天空足足有一分钟，直到撞上路人异样的目光，她才意识到自己今天有多不对劲，也许是因为下午与祁林格的寒暄，也许是因为一遇上他，她好像又变回了高中时的自己。

她是沉默地孤立于人群中的角色，同学评价她“有种古怪的安静”。听到这句评价时任希刚睡醒，一抬头就听到涂着大牌唇彩的女同学刚说完——任希这样的女生在私立高中不会合群。

的确不合群，她能念私立高中全凭奖学金。于是升上高二那年，她就被安排进了理科竞赛班，然后遇见了祁林格。

那日买完观赏鱼的任希撞见了转身踏入豪车的男生，她心想又是一个纨绔子弟，没想到第二天就见证了他转进竞赛班。穿着白衬衫的祁林格站在讲台上，挺拔得像一棵树，清爽英俊，眼里有着亮闪闪的笑意。紧接着，他将视线投向任希，又移向她前面的空座。

在祁林格走下讲台的几秒里，任希认真地想过，他一定和周围聊潮牌与球鞋的男孩不一样。甚至她也生出一丝希冀——也许他们会是同类，但下一秒祁林格已经站在她面前，小声地说了句“你好”。

任希一时有些发怔，站得近了，她才看清祁林格的衬衫熨烫出的笔直肩线，闻到他身上若有若无的香气，是清新冷冽的海盐气息。后来有一天被同班女生闻见，惊呼是一款很贵的香水，祁林格才摸着头说，是母亲偶尔会用才沾染到他身上的。

他总是这样低调内敛，可生来的优越哪怕看不见，也难以遮掩。坐在后座的任希每每闻到这股气息，总会沉默地低下头，不再碰触他的视线。

这样的气息隔着前后座，环绕了任希两年。

如此熟悉，以至于与祁林格重逢的这天夜晚，在厨房煮着番茄寿喜锅的她才后知后觉——下午撞见祁林格时，他身上的气味似乎消失了。

没有人会眷恋一种香气这么久，可过了这么多年再记起冷冽的海盐香，任希却想念。她盯着浓郁的番茄锅发了会儿呆，正想上网搜同款香水时，隔壁却传来一声不小的闷响。

任希在东京市区租了套公寓，昨日上楼时她便从堆砌的纸箱知晓隔壁要来新邻居，直至今天也没碰上面。眼下隔壁传来异响，尽管过了九点，她还是开了门察看动静。

撞出闷响的男生低头倚靠在门边，衬衫领带松垮地垂下，脖颈竟奇异地泛红。他的侧脸埋进阴影里，直到任希走近才看清他是谁。

记忆里从没见过祁林格这副模样，更没想过他会倚靠在普通的出租公寓门前，明明近在咫尺，任希却不敢在一日内第二次相认。

但不能再耽搁了，他脖间的泛红撞进任希的视线，她刚一走近，面前的人恰好费力地抬头看向她。仍然是熟悉的脸，他的身上却带了浓烈的酒气，脸颊也被烧灼出一片红晕。

祁林格在失去意识前仿佛看到了人影，迷糊之间，他听到自己喊了一声“小希”。

普鲁斯特的回忆

记得曾在一本书上读到过名为“普鲁斯特效应”的概念，讲的是气味具有独特的能力，能解锁曾被遗忘但生动、饱含情感的回忆——坐在医院诊室的任希想到了普鲁斯特效应，又觉得有些迷惘。

将祁林格吃力地扶进出租车时，她清楚地意识到，曾经属于他的气息消失了，取而代之的是她无法觉察的事物，比如他何以落魄至来租普通的公寓，又或者明明知晓自身酒精过敏，眼下他还是躺在了病床上。

也许事情还没那么糟糕，任希宽慰自己，可看到病床上他手肘的衬衫褶皱时，任希还是下意识地想去抚平，但瞬间又犹豫地缩回手。

她从没想过会再次遇见他，更微妙的是，命运让此时的他们互换了境遇，变成她在照顾他。

也许是普鲁斯特效应在起作用，在充斥着消毒水味的诊室里，任希又想起少女时期的自己与祁林格的交集。

那时的夏天依然炎热，持续高温的暑期开设了竞赛训练营，任希与祁林格是学校“唯二”被送去省里参加训练营的尖子生。训练营的学习强度比想象中的大，任希只能闷在题海里，日日叼着面包做卷子。

任希向来不太在意身体状况，所以那日的晨跑连她自己都没想到，自己会因低血糖晕倒在操场上。眼前陷入黑暗的前一秒，她被一双温凉的臂膀扶稳，那人的怀里有熟悉的香气。

“祁林格”，她在心里默念了一遍他的名字，仿佛这样就能安心。

“我撞见过你好几次，没有认真吃饭哟，任希同学。”医务室里的祁林格边削着苹果边说，温柔的语气中带着笑。

任希醒来时，桌面已被他摆上了热粥与小食，眼下她小口地吃着，又因这句话停下了勺子。

完整的苹果皮正从祁林格手边滑落，递给任希苹果时，他又感慨了一句：“有时候我也不明白，你为什么要这么拼。”

的确是下意识的话语，他的目光仍温柔又带着天真，像真的在困惑这个问题。可听者有心，任希盯着他的脸，想起传闻中他让大家觉得遥不可及的家世，突然生出了距离感。

削好的苹果滞留在半空中，任希没有接，沉默了一会儿，她才小声说：“你不是我，你不会懂。”

意识到女生话语中捎带的敌意，祁林格愣了一下，病床上的女生在他印象里一向缄默，独来独往于人群中，有张白皙却倔强的脸。

也许是他唐突了，可一想起撞见女生没日没夜地做题的样子，他又沉默了几秒，才认真地说：“那让我试试吧。”

试什么？试着接近她，还是试着感受她的生活？有一瞬间任希以为自己听错了，可一对上祁林格的眼睛，她的脑子又变得好混乱，乱得只能听清自己如擂鼓的心跳声。

台风雨

但祁林格真的没有食言。

起初是晨间悄悄放在任希桌面的戚风蛋糕与牛奶，中午买好的泡面被替换成温热的便当。接连几次试探后，八月的傍晚，祁林格靠在任希座位旁笑着问她，要不要一起去吃饭。

任希始终记得那晚的天是蓝紫色的，天气预报说将有台风登陆。她沉默地跟在祁林格身后，他身形笔直清瘦，风吹得衬衫鼓鼓的，像纯白的船帆。

那时的任希忽然冒出一个念头——如果他是试探着朝她驶来的船，她只期望这只船永远不会抵港。

后来的时间过得很快，这座低纬度城市果真起了台风，整个晚上，任希都与祁林格坐在食堂的落地窗前看雨，闲聊着老师与考卷。

这样的日子虽已久远，时隔好几年再去回想，任希发现许多细节仍然很清晰，祁林格微垂的眼睑与眼下他在病床上的样子，并没有多大的差别。

她也很想听他亲口讲出，这几年他仍然过得很好，像他们分开时那样，一切都没有变。

可事实却往往相反。祁林格是在半夜醒来的，看到任希时有一瞬的迷茫，又不好意思地笑了笑。他的语气很平静，说家里前年出事破产了，如今尚有余力在支撑，这次出差，许多应酬他难以推脱。

“多亏了你，”祁林格笑着看向她，“任希。”

任希赶紧低头打开保温桶来掩饰心里的悸动，尽管祁林格说得很平淡，她却能听出他的生活已经天翻地覆。她替他感到难过，却因嘴拙，最后只是给他盛了一碗晚上熬好的番茄寿喜锅。

寿喜锅仍是温热的，祁林格闷头吃到一半，突然抬起头，他的笑容有些孩子气。

他说：“比起寿喜锅，我还是更喜欢天妇罗。”

任希愣了一下，才想起从前。高中的他们坐在食堂聊天，明明家世显赫，祁林格却笑着说吃了很多大餐，还是只喜欢天妇罗。

后来的任希才知道天妇罗是一种廉价的油炸小食，来了日本后她吃了无数次，每一次都会想起祁林格说这句话时的神情，就像现在一样。

无人知晓她来日本的原因，也是因为他。

任希有点恍惚，内心一下涌上一股酸涩感。她心疼面前的祁林格，又好像在为自己难过。很多时候，连她也想不明白怎么会喜欢上祁林格，喜欢了这么久，久到哪怕难以界定这份喜欢，也无法向自己妥协。

于海深处

祁林格这回出差的时间不短，为此短租了套公寓，没想到正好在任希隔壁。尽管阴差阳错地做了邻居，但彼此都很忙碌，只有早晚会打个照面。

任希读研修的是海洋学，这几日都泡在图书馆写论文，回家的时间很规律。直至第三日傍晚，她在公寓楼梯间碰上祁林格，本以为又是随意地打个招呼，没想到他靠在楼道里问她："晚上有空吗？"

稀里糊涂地，任希还是应了约。本想花几分钟回公寓放下书就走，但路过家里的穿衣镜时她停下了脚步——镜子里的人与精致沾不上边。看了一会儿自己，她才从化妆包里掏出了没开封的口红，试着在唇上抹匀。

祁林格带任希去的地方是表参道。尽管来了有一段时日，任希也鲜少来这样的大牌云集地，祁林格倒是轻车熟路地领着任希穿梭在林立的商厦间。

站在树与玻璃构成的万花筒般的隧道扶梯上，任希被玻璃晃了眼，从折射出的无数光影里她看见了自己与祁林格，才意识到这是他们重逢后为数不多的并肩。

这算是……一场约会吗？

任希有点恍惚，才听到祁林格在说，他的朋友是附近艺术馆新展的策展人，给他发了邀约，他想任希应该会喜欢。

展览名是"于海深处"，讲的是海洋保护的主题。祁林格靠在模拟海浪的透明屏旁，笑着摸了摸鼻子："我注意到你最近出门带的书，想着带你来这里，对你会有点帮助。"

在馆内的暗光下，祁林格的脸有些模糊，任希眯了下眼，有些哑然。她会选修海洋学纯属机缘巧合。

"你很喜欢海吗？"他问。

任希思索了一下，说："高考结束后，我曾去看了一次海。你相信吗？就是因为那个看海的瞬间对我而言很重要，才给了我想选修海洋学，并在水族馆打工的理由。"

"来东京也是因为这样吗？"

任希沉默了，祁林格的神情仍然很温柔，与他对视时，她才想起她来东京的原因。

那时候的他们刚上高三，年级里都在传祁林格已经决定放弃竞赛名额。放学后的任希鼓起勇气去找过他。竞赛名额不知是多少人梦寐以求的，祁林格却揉着眉很不解。任希看得出，他的人生捷径太多，也不在乎这一条路。

于是她问："你以后会去哪里？"

祁林格转了下笔："去东京吧。"

"很喜欢那里吗？"

"倒也说不上，"他思索了会儿才笑道，"只是在东京与重要的人看过一次花火大会。"

这是场普普通通的对话，任希却没来由地记了很久，直到大学毕业时准备读研，在填报志愿时她又突然想起，于是鬼使神差地填了"日本"。

的确是抱着与他重逢的期许吧，昏暗中的任希闭了闭眼，心却像在翻涌的浪里。

破碎故事之心

展览结束时已入夜，任希拒绝了祁林格朋友顺路送他们回家的好意，选择搭电车回家。走进电车站台，祁林格从后边匆匆赶了上来："你一个人走我不放心。"

"那怎么这么晚才追上？"她跟他开了个玩笑。

祁林格的表情很认真："因为落了点东西。"他拿出一个小礼袋，轻奢品牌的小盒里躺着枚鱼尾吊坠。祁林格笑了笑："在商场时就注意到它了，想着买来送给你，就当上次的谢礼。"

他说的是上次深夜就诊的事，如今他健康地站在眼前，看不出那时脆弱的模样。都说男生一旦有了脆弱感就会让人心疼，知晓了他这几年是怎么过的后，任希的心真切地揪了一下，她缓了半晌才说："让你破费了。"

但她终究没有伸手去接，电车是在这时呼啸而来的。晃荡的车厢里巨大的海报引起了她的注意，是月底将举办的隅田川花火大会。

绚烂的海报让任希有些恍惚，直到视线落回祁林格手上小小的鱼尾吊坠，任希才鼓起勇气抬头。

"那你……可不可以陪我去看一次花火大会？"

祁林格愣了一下，又像是想辩解什么，比如他的礼物只是一份客气的答谢，并不是暧昧的邀约，可到最后，他还是沉默了。

电车车厢自动门打开，下班族的人流匆匆经过静立的两个人，像被分开的流水。任希静静地看着祁林格的神色，一时有些恍惚。

任希想起最开始遇见祁林格那天，她就记住了他的名字。那时的她在看《破碎故事之心》，作者塞林格的名字与他只有一字之差，塞林格在写："爱是想触碰又收回手，如懦与怯。"

也是在这片刻的静默里，她想起了很多事，她曾经在触碰他时收回过手，也曾想过打破懦与怯，可这场漫长的暗恋又好似周而复始，无疾而终。电车门关闭时发出近在咫尺的提示音，任希开了口，声音却像叹息。

"祁林格，我曾经很认真地喜欢过你。"

电车的启动带起了一阵轰隆的风，祁林格眨了下眼，像是没有听清。装着鱼尾吊坠的礼盒仍安静地躺在他的掌心，沉默了一秒，任希还是摇了摇头。

在那个送祁林格去医院的深夜，任希就意识到，祁林格在迷糊时呢喃的那个"小希"，并不是她任希。

海色的梦境

与祁林格一起看过花火的人，对他而言很重要的人，其实很早就出现了，远比任希认识祁林格还要早。而那个女生，名字里也有个"希"字。

所以念高中的时候，在竞赛训练营的每一天，任希都能清晰地听到祁林格礼貌且温柔地叫她"任希同学"。他走在她身旁，永远是不近不远的距离，直到训练营的最后，都没有真正意义上的试图靠近。

他从来没有喊过她"小希"。

很多时候任希都在想，祁林格一定是个很有分寸感的人，他稳重认真，是人群中的焦点。这样亮眼的人为何如此在意自己，少女时期的任希不是没有想过与他的另一种可能。

她有过许多猜测，羞赧与甜蜜，直到看见他为那个女生破例，很轻地喊了一句"小希"。

是什么时候的事情来着？任希以为自己已经记不清了，可稍一回想，还是可以记起那个结束了一切的夏天，还有那个女生清晰明朗的脸——

训练营将在八月底结营，台风过去终于放晴，训练营的同学们计划着一结营，就去附近的海边游玩。闭营当日是个周五，一整天营里的男生都在筹备烧烤架与冲浪板，女生则聚在一起挑泳衣。

任希窝在寝室里将零钱包里的钱凑了又凑，终于凑够了买一件新泳裙的钱。她趁着午休去了营区超市。午时的训练营区很安静，日光晒着地面，她眯了眯眼，才看清不远处翻墙的人影。

竞赛营是封闭式管理，向来无人违规。站在墙下的优等生祁林格自然地伸出双手，接住了一跃而下的女孩。女孩的长发撞到了祁林格额间，她笑容生动地说了句"抱歉"。

祁林格扶住了她的肩，才轻声问："小希，有没有摔到？"

任希认出了女生是文科班的尖子生许语希，而女生也恰好抬了头。视线相撞的一刹那，任希攥了攥手里的零钱包，突然转身往回走。

八月的天无风又炎热，任希以中暑为由留在寝室，没有参加这场傍晚出发的海边行。班长象征性地问了几句便离开了，无人真的在意任希这样的边缘人。任希在暗蓝的暮色里靠坐在床沿，突然听到一声敲门声。

"任希同学，我是祁林格。"门外的人顿了顿，"你在寝室吗？我给你带了治疗中暑的药。"

暮色暗沉，任希的寝室没开灯，门接连被敲了几下，终于听到另一个女生的声音，是许语希："她不在的话，留张便条，把药放窗台吧。你刚刚说，她是你什么人？"

"高中同班的女生，不太合群，老师嘱托我多照顾下她。"

祁林格的语气温和平静，像是在谈一件无关紧要的事。

任希坐在黑暗里，沉默地听着他们的脚步声远去，心倏然揪紧了。

祁林格对任希的优待不过是老师的一句叮嘱，她不是许语希。任希花了整个下午去回忆，才想起在同学的传言里，许语希品学兼优，家世优越，与祁林格是从小一起长大的青梅竹马，这次溜来训练营是陪祁林格去海边的。

今晚的海边有篝火，也有星星。沉寂的夜里，任希突然很想知道祁林格此时的神情是生动还是温柔。无数个夜晚，她其实也梦见过自己坐在祁林格身边，与他面对海浪与烟火谈天。

可即便是梦也没能如愿，梦里的祁林格语气温柔，可是又好像离她好远。有那么一瞬，任希深吸了一口气，在黑暗里把眼泪憋了回去，她在心里对自己说，没关系。

她不是他生命里重要的那个人，她一开始就知晓，所以每一次，她都不怕梦醒。

尾声

任希在网上搜寻了许久，才勉强确定当年祁林格身上的海盐香气出自哪一款香水。近几年海洋调成了新兴之势，任希也曾试过几款，却找不出她想要的特别感，那种干净的、带着磨砂质感的清冽气息。

于是周末的时候，她又带上了搜好的清单去专柜碰运气。导购细心地介绍着海盐、柠檬与桃金娘的香水基调，专属于十七岁的祁林格的气息是一场嗅觉冒险，瞬间将任希带回往事里。

熟悉的香调出现的这一刻，透过橱窗的光影，任希看到了不远处西装革履的祁林格。

他正从附近的怀石料理店走出来，西装穿在他身上更显成熟稳重，上车时，他习惯性礼貌地朝身旁人欠了欠身。不是没有想过长大成人后世故的样子，更何况他的境遇已不比从前。

高考结束那年，祁林格家里出了事，他并没有如愿以偿去往东京，而是隐姓埋名去了美国念书，与周围所有人都断了联系。

无人知晓他这几年的近况，重逢之后，甚至是任希也会侥幸地想，祁林格这样的人应该不会沾染上社会气。可当穿一身西装的祁林格站在橱窗外面时，她又有了一瞬的恍惚。

他们已经是大人了，可有那么一瞬任希像出现了幻觉，十七岁的祁林格的身影与穿西装的他重叠了，他还像当年那样站在讲台上，衬衫的肩线笔直，笑起来让人如沐春风。

这是任希没有向任何人提起，却无比珍视的一段记忆。漫长的时光里，她曾真切地喜欢过这样一个有着温暖笑容的男孩，为此花了许多年找寻与他有关的痕迹，也将自己困在了那个少年时代。

可属于他们的那个夏天，早就应该结束了。

任希垂下眼，导购仍在说话，她说海盐的香调就像蒙蒙的海雾，也像有风的傍晚。渐渐地，连导购的声音也弱了下去，直到导购递上了一张方巾，任希才意识到，自己在哭。

今年的台风比往年来得要早一些，大风过境，天气转凉，月底的隅田川花火大会仍如期举行。

任希给自己挑选了一件青海波花纹的浴衣，于傍晚独自前往隅田川。花火大会尚未开幕，河岸两侧早已围坐了不少游人，踩着木屐的任希也站在岸边，看水鸟轻点过水面。

深沉的黄昏里，不一会儿便是漫天的烟花，倏忽而逝，如一场盛大的告别。

一切尚未开始，却能看得见结束。也是在这样的时刻，任希抬起头，看见了不远处坐在河堤上的人。穿着藏青色浴衣的男生跳下河堤，伸手接住了跃下的女孩，女孩笑起来像在发光。

任希终于意识到，这是她的一次告别，如同高考后与祁林格失去联系后的某一天，她鼓起勇气独自去看了那片海。幽蓝的海浸在风里，遥远处有花火升入天际，轻轻淡淡的一道弧线，好像一声微弱的叹息。

横跨了这么多年，她知道这样的夏日再也不会复返。那个炎热干燥的八月，鱼袋映出的男孩与落日的影子，一切的心动与难挨，所谓无疾而终的爱恋，都在等待着最后的句点。

二十四岁的任希站在隅田川的岸边，在花火升空又坠落时，融进惊呼的人群里，她挥了挥手，听到了夏天离开的声音。

一闪一闪亮晶晶

一闪一闪亮晶晶

萧小船

那场从初遇时下起的雨终于停了下来。

她已对他青睐。

又一春

伴随着十月的一场雨，嘉城正式进入深秋。

嘉城临海，几所大学都在一个区域，被称为“大学城”。在这场雨后的第一个周末，大学城的临嘉一中毕业生组织了一场聚会，包了郊区的别墅，烧烤、唱歌、喝酒，一直闹到了晚上。

同学聚会后的每个夜晚，都是回忆往昔的温情时刻。组织者贴心地给每个年级都准备了单独的包厢，免得大家因彼此不熟而冷场。

叶枳进二楼左手边第一间包厢去找姜玫时，恰好听到高中隔壁班的篮球队长大着舌头说：“我还记得高三那年的篮球赛，我们把高一年级按在地上捶，杀得他们那叫一个丢盔弃甲、片甲不留……”

话音未落，就听姜玫问道：“那是上半场，下半场呢？”

篮球队长的脸一下僵住了。

叶枳上学的时候除了学习外几乎什么也不关注，可那一场篮球赛因为太过著名在一中疯传了半学期，她再不关心也知道了。

下半场，高一年级前锋换人，换成了林忘，瞬间局势翻盘。

林忘带球越三人扣篮得分的那一幕，还被人抓拍放到了学校论坛上，瞬间屠版，自此林忘在一中一战成名。

被学弟血虐这事怎么说都不光彩，包厢陷入一阵尴尬的沉默中。

叶枳不想这个时候成为焦点，就贴墙边站在原地，姜玫眼尖看到了她，口型问她怎么才来。

叶枳摸出手机打字。

[叶晶晶：白天被老板抓着开会了。林忘来了吗?]

[姜玫：来了，下午一起玩的时候你要是在还能和他搭个话，现在可难了。]

叶枳咬着拇指，心里不免有些失望。

她和林忘在一中时没有任何交集，毕业之后上的也不是同一所大学，这次同学会是她认识林忘的最好机会，她不想这么白白错失……

思绪刚一转，包厢的门被敲响，随即门被人从外推开。

走廊昏黄的光线随着门缝透进来，那人就像从光中走出来一样。叶枳眯了眯眼，待看清来人是谁，她的心跳好似漏了一拍。

想着林忘，林忘就来了!

什么叫开门见喜！什么叫柳暗花明又一村!

林忘扶着门把手，眼尾微微下垂，给立体的五官增添了一种慵懒感，他的嗓音透着不属于这个年纪的清冽："楼下在玩游戏，学长学姐们要一起吗？"

叶枳来不及多想，立马站起来，声音有些急切："好啊好啊！我去！"

林忘的眼神扫过来，眸底漾过一抹暗色，嘴角轻轻一勾："学姐跟我来吧！"

有一个人站出来，其他人也跟着鱼贯而出。

高一年级的包厢门口有一个盒子，每人抽一张卡片，每两张卡片上的数字相同的人，就是游戏的两方。输的那一方要在惩罚任务卡里抽一张，完成不了的罚酒。

包厢内几组人正在玩"一二三木头人"，叶枳捏着手里写着数字七的卡片，眼睛不自觉地瞄着被几个人簇拥在中央的林忘。

不知道他们在说什么，热闹又开心。林忘唇角上扬，看着心情不错。

叶枳深吸一口气，坚定地朝着他的方向走过去。

此时话筒里传出主持人的声音："下一组是七号，哪两位同学拿到了七号，请到台上来。"

叶枳看了眼手里的卡片，咬着牙硬生生地转了脚步迈向舞台，说道："……我是七号。"

这一轮游戏换成了"椪糖"，在糖浆上压出一个形状，玩家把形状完整地抠下来就算赢。

叶枳刚坐在桌子的一端，下一秒，包厢内有些异动。

她一抬头，就见林忘从人群中走出来，一步一步走上台，坐在了她的对面。

林忘歪着头，笑得恣意又耀眼："学姐可不要手下留情。"

他就是另一个七号。

许是心怀鬼胎，面对林忘这个笑，叶枳莫名有些乱了神，她暗自深呼吸想平复心情，可手却像不听使唤一样，没几下糖"啪"的一声断成两截。

林忘没有抬头，游刃有余地将一个三角形一点一点抠出来。

他扬着手，三角形的糖透出晶亮的光，胜负已定。

叶枳认命："我输了。"

惩罚卡片已经准备好，叶枳抽出一张，上面的白纸黑字格外显眼：抱一下对方。

叶枳："……"这是什么鬼惩罚?

"抱一下！抱一下！"

包厢内无数双眼睛聚集到她身上，叶枳看着手里的卡片脚却像生了根，莫名地动也动不了。

手上的卡片突然被人抽走，随即她的眼前压下一片黑影。

是林忘弯腰，主动环住了她，只做了个抱的动作，没有真的碰到她。

靠近的那一秒，他的气息落在叶枳的耳边。

清清淡淡，有种夏日雨后的清爽感，霎时将她的慌张融化。

"很高兴见到你，叶枳学姐。"

林祸水

叶枳对声音很敏感，从高中起听广播剧就成了她唯一的爱好。

大三下学期的一次机缘她得到同系学长陈渡的推荐，得以到圈内知名的配音工作室“琴颂”实习，做广播剧项目的统筹。

叶枳不是相关专业的学生，毕业之后要想进琴颂，除努力之外，还要有过硬的能力。

叶枳来琴颂之后接手的两个项目都没有水花，她开始有了危机感，这时琴颂老板开大会，说谁能接下《夏日妄想》这个项目就直接转正，以后就是公司的心肝小宝贝。

《夏日妄想》是一本校园文，作者用细腻的笔触将酸涩暗恋的亲身经历写得淋漓尽致，让无数读者深陷其中，小说各项版权随之售出。和易传媒买下了广播剧的授权，寻找制作方改编。

为了选出最优方，和易要求竞争方先给一版原创的主题曲。

如果能做出《夏日妄想》这个项目的主题曲，叶枳就能顺利留在琴颂了。

琴颂的配音人员众多，但写词作曲的只有固定的那几个人，要想拿下项目，就要出奇制胜。

叶枳瞬间想到了一个人，圈内有名的大神——圈名“七十二小时”，人称“七老师”。

七老师因嗓音条件出色，填的词朴实却直戳人心而在圈内大火。

当然，叶枳觉得他会火除能力之外，过于突出的颜值也是原因之一。

七老师只在一次直播中露过脸，那是第一次也是最后一次。

镜头里的男生像刚睡醒，将下巴抵在桌面上，眼皮微微耷拉着，浓黑的睫毛在镜头下根根分明，头发在光中显得毛茸茸的，让人想伸手揉一揉。

他刚巧就是当年屠了一中论坛的那个学弟——林忘。

“写歌嘛，靠的是感觉，我最近没什么感觉，也觉得写歌唱歌没什么意思。”林忘眼眸一动，无所谓地轻笑一声：“各位，我们山水有相逢。”

弹幕顿时一片哀号，纷纷刷留言让他留下来。

叶枳也跟着发了一条，只是瞬间就没入弹幕大军里，紧跟着林忘就毫不留恋地下线了，从此之后再也没有他的消息。

叶枳想，如果能让“七十二小时”出山，那拿下项目这事就成了一大半。可这么想的不止她一个人，圈内不少人都去找过林忘，开了各种条件林忘都不为所动。

叶枳有些自暴自弃：“那么多资深的制作人都做不到，那我岂不是更没戏了。”

姜玫安慰她：“你和他们不一样，你和林忘可是同校的学姐学弟，他那个人很重感情的，说不定就答应你了。”

叶枳觉得姜玫说得也对，刚巧这时，大学城举办聚会的消息传来，叶枳想林忘那么爱热闹的人不可能不来，这是她和林忘搭上线的绝佳机会。

林忘确实来了。

她也确实和林忘搭上线了。

可她万万没想到会是以拥抱的方式。

抱完叶枳脑子有些蒙，最后浑浑噩噩回到宿舍才想起来，她把正事给忘了。

直到一天后，叶枳想起这事还觉得丢人。

“祸水啊，祸水。”叶枳唉声叹气，正打算看看云养的宝贝小狗治愈一下自己，“嗡嗡”，微信进了几条消息。

[姜玫：我打听到了，林忘英语四级考试考了三次都没过，觉得是写歌耽误了学习所以才退圈。]

[叶晶晶：……行吧。]

叶枳又燃起了斗志，她别的不行，学习考试可是一流。

林忘的微信号姜玫早就推给她了，叶枳刚点开名片，有一条好友申请进来。

七十二小时：昨天听一中的学长们说，学姐的英语笔记写得特别好，我想借一本四级的英语笔记，不知道学姐还有没有。

七十二小时：我是林忘。

这心有灵犀的程度堪称魔幻，叶枳差点儿把手机给扔出去。她深吸一口气，点了通过。

林忘的头像是个手写的“72”，“2”的尾巴处有一颗简笔画的星星。

[叶晶晶：我的四级笔记还在，你什么时候有空随时可以来取。]

[七十二小时：学姐现在在哪里？]

[叶晶晶：在宿舍。]

[七十二小时：我就在宿舍楼下。]

叶枳一骨碌从床上爬起来，站在窗台上往下看，果然看到一道颀长的身影立在路灯下。

叶枳飞速地把笔记翻出来，往楼下跑，一路上她都在脑海里想着措辞，一会儿怎么开口向七老师邀歌。

五分钟之后，叶枳跑得脸颊红红的，站在林忘面前。

林忘长得很高，她要仰着头才能看清他的脸。

“你……”叶枳声音顿了一下：“你的脸怎么这么红？”

林忘面色发红，连眼底都有些湿漉漉的。

他不会是从隔壁嘉城大学一路跑过来的吧？

叶枳那种心慌意乱的感觉又来了。

林忘摇摇头，语气轻松地说：“就是发高烧了而已，没什么事，找学姐拿笔记更重要。”

尾音刚落，他高大的身影在叶枳面前晃了一下。

叶枳眼疾手快上前撑了一把，林忘半个身子的重量都压在她肩膀上，差点儿把她压倒。

叶枳：“……”

好美的一张脸，好硬的一张嘴。

女朋友

林忘高烧 39.5℃，叶枳把他送去医务室打了针挂了水，折腾到黄昏时分烧终于退了，校医开了药让他回去休养。

“今天多谢学姐了。”林忘嗓音哑哑的，眼睛还有些红，病恹恹的样子看得叶枳格外心疼。

叶枳不忍心在这个时候和林忘说工作，就打算往后再拖一拖。

“不用客气。对了，笔记别忘了带走，还有，药要按时吃。”

林忘点点头，又叹了一口气：“我现在两眼发黑，估计看笔记也费劲，本来想在考前突击一段时间的……”

说着他翻身下床，高大的身躯摇摇晃晃，左脚绊右脚，摇摇欲坠。

他要是在回去的路上倒下……叶枳一个激灵，立马扶住他的手臂说：“我送你回去吧！”

林忘缓慢地眨眨眼：“怎么好意思再麻烦学姐。”

叶枳也没有废话，将笔记和药塞进自己包里，送林忘出去。

林忘没有住校，而是在大学城外租了一间公寓，平时走路要十五分钟，今天因为有林忘这个病号在，他们走了半小时。

两人到时门口已经站了几个人，其中有一个叶枳看着很眼熟，好像是陈渡。

她将外套的领子拉高，半张脸埋进去。林忘长腿往前一迈，刚好隔在她和那几个人之间，高大的身躯将她挡住一大半。

林忘有些不耐烦：“我不是说了我什么也不接，还来找我干什么？”

“七老师你再考虑考虑……”

“我要陪我女朋友，麻烦让开。”

“女朋友”三个字飘进耳朵里，叶枳还没来得及反应，林忘已经伸手向后，拽住了叶枳的手腕。

因为生病他掌心有些燥热，像个小火炉，很温暖。林忘拉着叶枳进了门，毫不留情地将那几个来求合作的人隔在了外面。

关上门林忘就松了手，剧烈地咳了几声，边咳边说：“我刚才是为了应付他们随口说的，学姐不要介意。”

“没关系。”叶枳暗自深吸口气，转身倒了一杯水给他，含糊地问，“他们是来找你接项目？”

林忘鼻音浓重地应了一声：“嗯。”

“那你为什么不接呢？大学期间有实习经历对以后找工作很有好处的。”叶枳以过来人的经验循循善诱，圆圆的鹿眼晶晶亮地看着他，“你要不……再考虑考虑？”

林忘的水杯是纯白色的，杯把上同样也印着代表他的数字“72”。

“我没有空。”林忘的手指摩挲着杯把，抬头看了她一眼，眼尾微微挑起，“我有很重要的事要做，片刻都不能耽误。”

叶枳失望之余不由得感佩，为了四级考试能放弃所有，好一个爱学习的上进孩子。

看林忘这么坚定，叶枳不想落得跟陈渡他们一样的下场，打算帮林忘考过四级，到时候“同校情”再加上“过考恩”，林忘答应她的概率会更大。

离考试只剩下一个多月的复习时间，林忘病着看不了笔记，叶枳想了个办法，把笔记内容录音让他听，先试着录了一部分单词。

这个办法对林忘很奏效，每天林忘会跟她发消息打卡自己的进度，一周后他的病好了，叶枳让他做了一张考查单词的卷子，虽然没有全对，但起码不像之前那样惨不忍睹。

叶枳找时间去了一趟琴颂，借了空的录音室将单词部分录完，听了一遍，确认没什么错的地方，给林忘发了条消息。

[叶晶晶：半小时后在嘉城大学门口见。]

[林星星：1]

[叶晶晶：……你怎么改了微信名？]

看起来，和她的好像。

[林星星：一闪一闪叶晶晶，满天都是小星星。]

[林星星：小叶老师教我进步，我自然就是小叶老师的一颗“星星”。]

叶枳正要说什么，门被人敲响了。

叶枳一抬头，见是陈渡，下意识把手机收了起来：“……学长好。”

陈渡温和地笑着说：“你要回学校吧，我刚好要回去拿点儿资料，开车顺路带你。”

一路上陈渡问了些她在学校的事情，和平时一样，像是根本没有注意到那天在林忘公寓门口的人是她。

叶枳放下心来。陈渡突然开口：“你和七老师在交往？”

“咳咳咳……”叶枳咳得惊天动地，急忙否认，“没，误会，是误会，普通学姐学弟关系罢了。”

车拐进大学路，金秋最后的银杏叶铺了一路，在落日里璀璨似金。光被人踩在脚下，叶枳一眼就捕捉到了立在那里的人。

林忘手里扯着两个气球，红色的，高高地飘在半空，上面写着两个字：在这。

陈渡的车停到林忘面前，林忘的视线在他和叶枳间巡视，问叶枳：“你认识他？”

叶枳尽量保持镇定，轻松自然地说：“他是我同系的学长，学长刚好回学校顺路带我过来。”

“哦……”林忘拖长声音，再看向陈渡脸上带了和善的笑，“那也算是我的学长了。”

叶枳：“……”

这话确实没毛病，可也许是心虚，她总觉得有种说不出的亲密。

叶枳心跳加速，指着气球转移话题：“咦，你为什么带了两个气球？”

“这个啊……”林忘笑意加深，慢慢悠悠地道，“是为了让你少走弯路，一眼看到我。”

乖乖狗

“学校门口相遇事件”以叶枳把硬盘给林忘之后匆匆离开而告终。

回去之后叶枳开解自己：林忘也没什么别的意思，就是不想让自己迷路而已，这证明他是个做事讲究效率的人。

这样反复洗脑两天，叶枳冷静了下来。

周末又下了小雨，秋日的雨总带着些缠绵的苦意。

下午陈渡找上门，约叶枳在学校的一家咖啡店见面。

这次陈渡直接开门见山：“我想促成七老师来做《夏日妄想》的主题曲，只是之前我几次找他，开各种优渥的条件他都说没时间。如果学妹能让七老师点头，我们可以一起做这个项目。”

陈渡是琴颂目前制作人中的中流砥柱之一，手握几个爆款，如果有他一起承制项目，对叶枳百利而无一害，只是……叶枳脑海中想起林忘说过的话。

叶枳面露难色：“我没什么把握，学长还是找别人吧！”

她躲着陈渡，也是怕这个。

她自己做不成就算了，毕竟亏也是她自己的，可如果她答应和陈渡一起做，万一林忘不答应，她就是在拖累陈渡。

陈渡也没有强求，最后说了句："你考虑考虑，不用急着答复。"

出了咖啡店，雨已经停了，太阳钻出云层一角，叶枳的心再一次乱了。这时姜玫的电话打过来，声音很急，带着奔跑时的喘息："晶晶，晶晶不见了！"

叶枳云养的狗，是一只年初她在车祸中救下来的白色比熊。

比熊的右侧后腿受伤有些严重，她住在寝室没有办法照顾，姜玫比叶枳大一届，毕业之后一直住在外面，她就把狗放在姜玫那儿，等着过完这个学期搬出去就接回来。

叶枳把自己的小名给了它，也叫晶晶。

刚才姜玫加班，回去时发现晶晶不见了，而狗窝所在的一楼花园的木围栏被咬坏了一个洞。

叶枳心慌意乱，打车过去的一路手脚冰凉，下车时小腿都在发软。

身侧递过来一只手，沉稳有力，将她往下坠的身体托住。

雨后的阳光很亮，叶枳的眼前却雾蒙蒙，眨了眨眼，才看清眼前的人是谁。

"林忘……"

"我听姜玫学姐说你的狗不见了，我帮你一起找。"林忘拍了拍她发僵的脊背，眸色认真，"晶晶还在等着你接它回家。"

一句话让叶枳回神，她深吸一口气，让自己冷静下来。

姜玫住在一个老式小区，人不多，但各式杂物却堆得到处都是。

晶晶喜欢钻东西，之前受伤之后有些应激，它跑出来肯定不会走远，三个人就分头在小区内翻找，重点是堆杂物的角落。

往潮湿的角落里越走越远，时间已经过去一小时却没有任何收获，叶枳压下去的坏念头纷纷扬扬地再次钻了出来，张牙舞爪地拉开一个网，将她的心网住，一寸一寸收紧。

叶枳努力将眼泪压下去，蹲下来去推一张旧桌子的桌面。

那桌子是旧木头的，浸了水更沉更重，叶枳使了几下力气都没能挪开。

她甩了甩手，咬着牙再推，视线里出现一只纤细修长的手，压在桌面的另一端。因为长时间的翻找，指尖压出了泛红的印子。

叶枳抬起头。

今天林忘穿了一件宽松的白色冲锋衣，拉链拉到了尽头，整个人被衬得很英俊，灰尘落在脸上，也没减少他半分的耀眼。

他抬手，将拉链往下拉了一半。

像是变魔术一样，林忘的怀里出现了一只白色的小狗，卷毛上沾了雨水和土，粘成一团蹭得到处都是。

叶枳每次见他都是光鲜亮丽的，她从来没有见过林忘这么狼狈的时候。

林忘见叶枳有些愣，解释道："我看它冻得发抖，就藏在怀里了。"

叶枳快步绕过去，闻到熟悉的味道，晶晶哼出可怜的叫声，叶枳吸了吸鼻子，才敢伸手，小心翼翼地摸摸它的头。

"对不起，对不起，是我不好……"

晶晶叫了几声似是在回应她。

叶枳的心在这一刻落了地。

她轻声哄着："乖乖小狗，以后不要乱跑了。"

男声低低沉沉接了一句："我才是乖乖小狗。"

情绪大起大落时，人会有些迟钝。

叶枳过了几秒之后才倏地抬起头："……什么？"

林忘低头，轻轻摘去小狗耳朵上的一片腐烂叶子说："好不容易找到家的小狗总担心再次被遗弃，它是害怕你不要它了。"

林忘顿了顿，轻声道："我也一样。"

有可图

abandon，丢弃，离弃，遗弃。

四级英语单词表第一个单词就是abandon，很多人戏称，第一个单词就是在告诫大家，放弃就会很舒服。

可在林忘那一句“我也一样”之后，这个词落在叶枳耳朵里，就有了一层捉摸不透的意味。

就像林忘这个人一样。

大四的课上一节少一节，叶枳望着窗外发呆良久，戴上耳机。

听歌软件里只有一个歌单，名字叫：wish。

希望，祝愿。

歌单的封面是一张模糊的图片，一只手扣球入篮，背景是盛夏六月的湛蓝天空。是当年叶枳鬼使神差，在一中论坛上保存下来的照片。

歌单里面只有一首歌，叫《步履不停》。

这是林忘写的第一首歌，第一次演唱，是在新生入学晚会上。

彼时叶枳刚刚转到一中，她不知道为什么会在那时永远一个人吃饭，一个人做题，她的笔记为什么总会被人拿走，等再回来时又总会缺少几页。

夏日的尾巴仍旧燥热，叶枳已经记不清太多东西，只记得有一句歌词破开云雾钻进心底：“别因他们天性的恶，停住你摘月亮的脚步。”

那之后，好像一切都有了好转。

她认识了第一个朋友姜玫，考入了她所在的大学，她有了自己热爱的事情。

叶枳一开始想找林忘约歌确实是出于工作，可慢慢地，她好像忘记了她找林忘的初衷。

之后的一周，叶枳说自己实习繁忙，推了几次和林忘的见面，只在半夜回复一下他做题中遇到的问题。

慢慢地，林忘也很少再发消息联系她。

叶枳隐隐地松了一口气。

《夏日妄想》主题曲的比稿进行到了第二轮，依旧是各家工作室全军覆没。

和易那边一个工作人员透露：“隐隐约约听说好像老板想要七十二小时老师的词……”

广播剧圈子不大，消息很快就传开了，于是来蹲林忘的人越来越多。

叶枳拿着熬了几天做的资料走进林忘住的小区，一连碰到七八路铩羽而归的同行。

她没有事先和林忘打招呼，她今天也是来谈的合作方之一，和其他人没什么不同。

站在门口，叶枳想敲门，可是几次伸手都垂了下来。

她今天这么一来，不管林忘最后会不会答应，她和林忘之间就不再是单纯的学弟学姐的关系，会掺杂着合作方的利益。

甚至林忘会觉得，她是怀有目的才靠近他的。

她本来做的就是这样的打算，来彻底切断一切她因林忘而生的妄想。

叶枳本来已经做好准备，可真的站在这儿，她反倒有些畏缩不前。

这时门突然“嘀嘀”响了两声，之后应声而开。

客厅里的林忘循声看了过来，紧皱的眉头瞬间松开，眼尾弯起来：“你怎么来了？”

叶枳这才想起来，上一次她来时，林忘将她的面部扫描进了开门系统里。

林忘的声音刚落，窝在他脚边的毛茸茸就迈开腿冲过来，激动地往叶枳怀里钻。

叶枳将晶晶抱在怀里，更蒙了：“晶晶怎么在这儿？”

“姜玫学姐经常不在，我怕晶晶再难过，就把它接这儿陪陪它。”林忘倒了一杯水，叶枳捧在手里，好半晌才开口：“你怎么没和我说？”

“你不想理我，我也不想打扰你。”林忘弯腰，手揉了揉晶晶的脑袋，抬眼的瞬间，眼尾下压，看着格外委屈，“唉……现在只有我和晶晶相依为命了。”

叶枳心虚地低头喝水，温热的水里飘出淡淡的橘子香。

她高中的时候很喜欢用橘子皮泡水喝。

叶枳将水杯和晶晶放下，将那沓资料推到林忘面前。

林忘随手翻了几页便扣下，眼神有些幽暗，唇角那一点积年挂着的笑敛得半分不剩。

叶枳料到他的反应，硬着头皮装成冷静专业的样子说：“这是我做的项目计划书你可以看一下，我是很有诚意的，你如果有什么要求可以提，我会和陈渡学长商量尽量满足你。”

“你是抱着这个目的才和我来往的？”

叶枳没想到林忘这么直接，她抿抿唇点头：“是。”

叶枳暗自吸口气，静静等待着他宣判这次的结果。或是让她直接走，或是出言讥讽她的所作所为。

林忘似是思忖良久，眼底漾出轻微波澜，慢慢悠悠地说：“哦……原来你是对我另有所图。”

叶枳：？

怔愣时林忘忽而弯腰，那张清隽的脸在叶枳的视野里瞬间放大。

林忘捕捉到了她瞳孔的骤缩，那代表着紧张，和一丝丝想要逃的羞怯。

他的气息不同于包厢初见时的礼貌温和，带着无孔不入的渗透性和攻击性，萦绕在她的耳畔。

“好巧，我也是。”

看星星

三天后，林忘做的主题曲 demo 和歌词一起递了上去，叫《小狗》。

林忘录音的时候，格外认真，一首歌录完眼尾已经泛红。录音师问他，是不是也曾暗恋过，才会把词写得这么有代入感。

林忘笑了笑，没有否认。

这一段故事在《小狗》的旋律中格外有可信度。

“不管春天夏季，冷秋还是寒冬降临。”

“只要你招招手，小狗就自动靠近。”

“小狗永远爱你。”

很快和易就敲定由琴颂承制《夏日妄想》这个项目，琴颂开了个会，会议上循环播放着林忘的这首歌。

老板很开心，说七老师简直是公司的福星，挖来福星的陈渡简直是琴颂的恩人。

陈渡在掌声中上台，依旧和往常一样温和有礼：“能争取到七老师的合作我要感谢我的学妹叶枳，叶枳和七老师都从一中出来，关系很好，如果没有叶枳，七老师也不会答应出山。所以在这里，我想让叶枳做我的助手，一起做这个项目。”

话音落，大会议室里所有人的目光都落在了叶枳身上。有怀疑，有不解，还有些鄙夷。

陈渡的话每个字都没有错，可连在一起的意味，就是她用自己的私人关系拿下了项目，且她自己能力不够，只能做助手。

众人只会觉得她是个花瓶，项目大多数还得靠陈渡。

职场上对女性明着暗着的打压无处不在，叶枳没想到，她一直视为人生榜样的陈渡会这样说。

他三言两语就将她的辛苦归为己有。

其实她应该做的就是为了之后的发展忍了这一次，在这个项目里学到自己的东西，给自己的履历添上一笔。

《小狗》的旋律依旧在循环。

秋日快要过去，冬天即将到来。

叶枳的心冷了下来。

不知道是为了陈渡，还是为了这首《小狗》。

叶枳站了起来，扯起唇角：“我和七老师没有关系，我和这个项目也没关系。明天我会把辞职信递上去。”

也不看别人的表情，叶枳大步推开门跑了出去。

嘉城每年冬日来临前，总会有一段冗长的暖秋时光。

天很高，温度适宜。

叶枳一路跑到筋疲力尽，不知不觉跑到了大学城邻近的海边。

手机在口袋里不断地震动，显示的来电人是“wish”。

叶枳没有接。

海上的阳光总是有些刺眼的，叶枳盯着太阳，眼眶慢慢泛酸。

不论是在迎新晚会上举起的荧光棒，还是在林忘告别广播剧圈时她发的那一句“我会等着你”，她总是把自己藏在人海中。

这样就不会有人说她痴心妄想，这是她从小到大伤痕累累之后学的生存之道。

上了大学，和姜玫在一起，救了另一个“晶晶”，她慢慢地走了出来，以为自己不会再惧怕。

可林忘那一首歌，好像又把她拉回了晦暗的高中时光。

他暗恋的人一定也和他一样，可爱开朗，永远积极向上，永远是人群中最耀眼的那个。

她好像又变成了游离在太阳光之外的人，远远躲着，怕被灼伤。

手机铃声停下，过了一会儿又响起，这一次是老板。

叶枳吸了吸鼻子，接通电话："喂……"

老板说话喜欢绕来绕去，叶枳听了好一会儿才拼凑出大概发生了什么。

林忘去了一趟琴颂，开了两个条件：一、要让叶枳负责项目。二、要陈渡将叶枳请到自己做主题曲的全过程做一个 PPT 在公司讲清楚。

合同还没有正式签，林忘有权决定和谁合作，老板为了留下林忘当然是什么都随他。

叶枳脑子嗡嗡地响，林忘的电话又进来了，叶枳懵怔时手已经按下了接通键。

"我带你去个地方，去了之后，你再决定，要我还是放弃我。"

林忘带叶枳去了游乐场。

叶枳没有来过游乐场，也没有坐过过山车，她看着高耸入云的设施有些害怕。

周末人多，两人排进了队伍里，跟随人群慢慢移动。

"你知道，我为什么要叫'七十二小时'吗？"

这是林忘见到她之后说的第一句话。

叶枳摇头："我不知道。"

"一日有二十四小时，七十二小时就是三日。"

三个"日"，就是"晶"。

"七十二小时"这个名字，是一个属于她的字谜。

"这是巧合吧……"叶枳隐隐觉得有什么真相呼之欲出，可她不敢伸手去揭。

"不是巧合，是我蓄意已久。"

林忘侧目看她，薄唇轻抿："所有人都在走向我，可你总是背对着我。一开始我是好奇……"

因为好奇，所以目光总会停顿。

慢慢地，停顿就成了日常习惯。

他总是习惯下意识地搜寻她的所在，当她离开一中，他的目光再也没有了着落。

队伍排到他们，叶枳坐在座椅上，系好安全带。

林忘就坐在她的旁边，他伸手，温热的指尖拂去了她的不安和慌张。

"为了走向你，我的步履不曾停歇过。"

过山车慢慢启动，一步一步攀至高峰。

从云霄之上冲下去时，叶枳闭上眼，那些杂乱的，痛苦的，假意的，肮脏的，一切仿佛都被冲刷殆尽。

有人在喜欢她。

她的太阳只为她一个人照耀。

叶枳听见身边的人在喊："晶晶学姐，去摘星星吧！"

雨过后

林忘四级考试的那天，今冬下了第一场雪。

叶枳在门口等他，林忘一出来就很自然地接过她手里的书包，牵住她的手。

包里装着她借给他的笔记，完整如新，没有一页翻折。

"你说的考完试就可以谈恋爱了，我可是每天数着日子过的。"

叶枳失笑，慢慢地，小心翼翼地，回握住他。

路上有林忘相识的同学打招呼，林忘翘起唇角，答非所问："我带我女朋友去看雪。"

对方："？"

他在向全世界炫耀。

雪越下越大，林忘将羽绒服的帽子扣到叶枳脑袋上，顺带将一只耳机塞到她的耳朵里。

叶枳好奇地看向他。

"给你听一首歌，这是我高二的时候写的。"

林忘高二，就是叶枳刚毕业离开一中那一年。

男声轻柔却明亮，是青年炽热充沛的情感。

"这个夏天闷热，我一直在等一场雨。

像等着你回头一样，在等雨来。

雨过之后，云会散开，太阳会出来。

你会对我青睐。"

那场从初遇时下起的雨终于停了下来。

她已对他青睐。

择舟而喜

▶▶……✻鲸 歌

良禽择木而栖，他择舟而喜。……◀◀

1

钟泽推开那扇玻璃门走进来的时候，悬挂在门后的一串铃铛照例受到撞击，发出清脆的响声，提醒有顾客光临。

应舟舟在擦吧台，听见声响，一抬头就看见了他，一眼就认出了他，连忙低头。

此时钟泽正仰头打量这串铃铛，手工制作的，乒乓球对半剪开，里面装上铃铛，几个串起，简单但很特别。

他径直走到她面前，说："一杯美式，谢谢。"

应舟舟转身到咖啡机前，熟练地操作，实际上略微颤抖的手出卖了她。

她已经很久没有和他这么近距离接触了，这些年也仅仅是在观众席或是屏幕前关注他的一举一动。

她不知道，钟泽是来做市场调研的，他提前打算好了自己退役后的生活，饮品类实体店的装修已经提上日程，有个师弟推荐他参考这家水吧的装修。

今天他刚好在附近和一家材料公司老板卓均洽谈，走到这儿便进门看看。他转头仔细打量四周，没想到右边还有一张标准的乒乓球台，只是两侧放置了软凳。

这让他来了兴致，不由得走过去，走近后才发现了隐藏在隔断后的那面照片墙。

他大致扫了一眼，震惊到如同头上炸了道响雷——墙上全是他的照片，几乎每一场比赛的都有。

他扭头望向那边低头做咖啡的女孩，令他熟悉的眉眼和动作，命运就是如此捉弄人。

应舟舟抬头发现他不在吧台前了，踮起脚向四周看了一圈，确定他的位置后，端着咖啡走过去。

她突然想到那面照片墙，脸瞬间红到了耳朵根，动作变得僵硬，把咖啡放在一旁的桌子上。

"应舟舟？"他顿了一下，笑了一下，轻声道，"我记得的。"

听罢，应舟舟紧张到不敢呼吸，低头直愣愣地盯着自己的脚尖，不敢看他。

长久以来的习惯现在还保持着，她依旧害怕与人对视。

"应舟舟，抬头。"

与从前一样的语气，那时他是那个桀骜不驯的乒乓球天才少年，霸道地罩着她这个垫底少女。

2

应舟舟此生最大的遗憾大概就是在退役前没有进入国家队，最庆幸的就是遇见钟泽。

彼时，十七岁的应舟舟在省队集训，准备当年的全运会预赛。

她刚刚被教练训了一顿，教练说她再这样下去连进预赛的资格都没有，她心情无比低落。上一次，她就没进预赛被刷下来了。

可她一直在很努力地打乒乓球，甚至加倍训练，但似乎对她来说没有一点用。

她坐在训练场地一旁的凳子上，低着头思索，咬着唇没有言语。

旁边两个队友在兴奋地聊天，她不爱说话，也从来对她们的话题插不上嘴，队里人半调侃半欺负地叫她“小哑巴”。

“听说钟泽违反了国家队的队规，要回来省队。”

这个名字让应舟舟有了反应，微微抬眸，望着她们。

“教练告诉我，他明天到！我俩回去收拾收拾自己……”两个人越说越兴奋，兴冲冲地离开了。

应舟舟思维慢了半拍，想起钟泽那些金光闪闪的头衔。

被教练一直挂在嘴边的天才乒乓球少年，拿奖拿到手软。

似乎他只比她大两岁，但两个人的差距简直是一个天上、一个地下。她十五岁进省队那会儿，他已经进了国家队，这两年也只听教练念叨，却没见过。

她单纯羡慕他的实力，光是观摩他的比赛视频就有上千遍。

空旷的训练场地只剩她一个人了，灯火通明，她倒也不害怕。

她默默地拎了自己的拍子，拉出发球机快速安装上，倒了一筐乒乓球进去，开始个人的加量训练。

直到大汗淋漓，有些体力不支，她才关掉发球机，转身朝搁在一旁的水壶走去。

她拿起水壶咕噜咕噜地喝水，一转身发现一个陌生人站在不远处，差点一口水呛住。

有个少年倚靠在大门旁边，穿着国家乒乓球队队服，静静地看着她。

她捂着胸口咳了几声，缓过来后怒气冲冲地瞪了他一眼。

他十有八九就是钟泽了，不知为何提前到这里来，而且还“偷窥”她训练。

钟泽面无表情地走过来，应舟舟一看就知道他心情不好。

她害怕地退了几步，直到退到球台旁边，没有办法再退下去。

钟泽走到她面前，靠近不知所措的应舟舟。

她将头深深埋在胸口，听见自己的心脏怦怦直跳，闻到少年的气息近在咫尺。

没想到他只是越过她，取了放在球台的乒乓球拍，然后拉开与她的距离，打量球拍。

应舟舟偷偷瞄一眼，正好钟泽也转过头看向她，两个人大眼瞪小眼地对看了好一会儿。

少女表情呆萌可爱，和适才对着发球机厮杀的样子相比，简直像换了一个人，巨大的反差萌让他忍不住弯了下嘴角。

他本不是个冷漠的人，只是面对高强度的训练越来越费力，不愿多花力气做一些不必要的事情。

他觉得有趣，开口道：“抬头。”

应舟舟立马把头抬了起来，露出汗津津的一张小脸。

钟泽将球拍塞到她手里，握住她的肩膀转了个圈，面对球台，俯下身低声指导：“你的体能限制了你的活动范围，攻守要得当，针对近台防守，奔跑反扣杀太消耗体力……”

应舟舟一个劲儿地点头，只觉得钟泽很厉害，只看她打了这一会儿的球便指出了她的弱点。

一堂“小课”上完，应舟舟收获良多，她埋着头小声说：“谢谢师兄。”

声音小到近乎听不见，但钟泽没在意，双手插兜，点头算作回应。

他没多做停留，等下还要去新宿舍收拾东西，走到门口，突然转身朝她喊道：“别叫师兄，你喊我名字就可以了，我叫钟泽！”

资历比他浅的队员都叫他师兄，他挺受用的。但是对于这个少女而言，他认为别扭，似乎这个称呼拉开了两个人之间的距离，令他不适。

3

应舟舟躺在床上难以入眠，脑海里一直回想着钟泽和她说的那些话。

他站在她的身后细心指导，不像队友们所说的那样冷酷无情。

天还未亮，应舟舟就起床了，体能是她最大的弱项，她必须抓紧时间锻炼。

她绕着场地跑步，刚起步没多久，发现长椅上有团人影。

她跑近一看，钟泽正四仰八叉、毫无形象地坐在长椅上。

她不由得顿住了脚步，静静地看着他，他闭上眼睛似乎是睡着了。

他大概不想让别人发现这个颓废的他吧。

应舟舟想着，准备悄无声息地溜走，刚走到他面前，就被出声的他吓得打了个冷战。

“站住。”他睁开眼睛，像什么事情都没有发生，坐直身体，拍拍身旁的空位，示意她坐过来。

应舟舟不敢不从，战战兢兢地坐在他身边缩成小小的一团。

钟泽见此，问道：“你很怕我？”

应舟舟下意识地把头摇得像拨浪鼓，湿漉漉的眼睛望着他，打量着他被晨雾打湿的头发，他大概是没有回寝室，在这儿坐了一晚上。

他发现了她的关注点，用手烦躁地抓了抓头发，像是找了一个合适的倾诉对象，无可奈何道：“压力太大了，出来坐坐。”

他刚来这儿就被舍友挤对，暗里讽刺他从国家队退下来。他没必要和一个不相干的人发怒，于是自己出来透透气。

看见她没反应，他又正儿八经地补充：“我没干啥坏事。”

良久，应舟舟才抬头，朝他轻声说：“失眠不好。”

她的语气软到钟泽心坎里去了，他点头算作回应。

应舟舟的跑步计划被钟泽打断，她想继续跑下去却被他一把拉住，美其名曰陪他放松心情。

应舟舟挣扎过，但不及他的手劲大，只能陪着他。

更何况钟泽还开口说：“你陪陪我吧。”这句话弄得应舟舟不好意思拒绝。

直到训练时间快到了，他才松开一直拉着应舟舟的手，跟在她身后进馆。

教练瞧见钟泽还穿着国家队训练服，皱着眉头，没好气地说：“准备的那两套新训练服，怎么不穿？”

他脸色一冷，有一种很明显的距离感：“我只穿自己的训练服。”

此时应舟舟才发觉，钟泽对她的态度与对其他人的不一样。

她抬头望着他，少年的脸上写满了坚毅。

本来教练让其他人轮流与他比赛，打算给他一个下马威，但是钟泽大杀四方的架势让人心生畏惧，他的体能就像消耗不完，他以最凌厉的打法快速淘汰掉了所有人。

应舟舟在场外同那些女生一样，眨着星星眼观望这场钟泽单方面碾压其他人的比赛。

教练气得脸都白了，几乎所有人都上过场了，只剩下躲在后面观摩的应舟舟。

教练点她的名，她愣了下，既兴奋又怯懦地取了球拍，站到钟泽的对面。

钟泽见是应舟舟局促地走上场，随意撩起衣服擦了把脸上的汗，不小心露出完美的腹肌让在场的女生心神荡漾，然后他朝应舟舟咧嘴一笑。

钟泽像是没有办法似的，放下球拍举手作投降状，认命般地说：“不打了，我输了。”

应舟舟不解，只见他走近自己，用只有两个人能听到的音量说：“和你打球，我会不认真的。”

应舟舟霎时脸红心跳，呆呆地望着他离开的背影。

在所有人看来那背影潇洒，实际上他不由得伸手扶额，暗骂冲动之下说出刚才那句话的自己很不应该。

4

钟泽回到省队就像个无法无天的小霸王，不配合任何人，谁都拿他没办法。

教练也没有法子了，见他和应舟舟关系好，打发他去给应舟舟陪练，不生事端就万事大吉了。

钟泽欣然接受，但是应舟舟分外紧张，站在球台前连球拍都不会握了。

背负任务的钟泽秉着对应舟舟负责的原则，此刻分外认真，语气严厉："比赛的时候会有时间让你缓解紧张吗？"

应舟舟的头摇得像拨浪鼓一样，闭眼做了几个深呼吸，控制住颤抖的手，摆出准备姿势，睁眼时眼睛里都是认真的光芒。

钟泽点头，表示满意，以十二分的用心担当她的陪练。

事实证明，钟泽在比赛训练过程中从来不懈怠，应舟舟过上了比之前更难熬的集训生活，每天都是打球，打到握拍的手在颤抖也要继续打下去。

应舟舟不敢偷懒，只要钟泽一个眼神看过来，她就咬牙遵循他和教练给自己量身定制的训练方式。

这让钟泽很欣慰，尽管她的乒乓球天赋不高，但是似乎可以用努力来弥补。

他适才的视线都在应舟舟打的球上，稍微移了点，将目光放到被汗水浸湿衣服的她身上。

少女玲珑的曲线被勾勒出来，让他莫名地愣了愣，慌忙扭过头去。

"钟泽师兄，我刚刚反击的打法有没有问题？"应舟舟没有注意到他的异样，转身轻轻问道。

钟泽轻咳一声，脸不红心不跳地说："没有看清，你再给我看一遍。"

应舟舟没有怀疑，乖乖地"哦"了一声照做。

钟泽望着她的身姿，假想若是以后二人同站在颁奖台的最高处，该是一段多么美好的佳话。

此时的应舟舟想的却是：我都重复演示了三遍，到底有没有问题啊？

但她悄悄瞟过去的时候，钟泽嘴角带笑，她不愿破坏他这段时间少见的好心情。

权当给自己放会儿假。

5

不知是不是因为钟泽的加入，应舟舟的成绩显著提高，但对于钟泽来说，她这种程度远远不够。

距离预选赛的时间越来越近，应舟舟的训练强度又增加了，可她陷入了瓶颈期，成绩一直卡在了那条线上。

钟泽比她更加着急，应舟舟反而一副破罐子破摔的样子。

她放下球拍，低着头用无所谓的语气说道："反正我是个废柴，就算进入比赛也会输。"

钟泽听罢，像是被这句丧气的话点燃了怒火："谁说的？"

应舟舟不答，两只手不停地绞着衣服的下摆。

他被气笑了："你自己也这样认为？"

其他人都在努力训练，没有人注意到这边的状况。

应舟舟没有回答，算作默认，她的态度成功激怒了他："应舟舟，你不配打乒乓球。"

"我陪你打乒乓球又有什么意义呢？"钟泽自嘲地笑了笑自己，目光冷冽，第一次对她放了狠话，"走吧。"

简简单单两个字，像是一块巨石砸在应舟舟的心上，沉闷钝痛。

她这是又一次被抛弃了吧，眼睛蒙上一层雾气，她咬着唇，鼓起勇气看了钟泽一眼，张了张口却不知道说什么。

他恼怒到在原地来回踱步，散发出生人勿近的气息，见应舟舟没有动作，语气盛怒："你要是不想打球了，就立马走人！"

这下才吸引了队友们的注意力，应舟舟一咬牙，抹着泪跑了出去。

钟泽一愣，全场人的视线都集中到他的身上，钟泽望过去，他们又匆匆把视线收回去，假装没有看他。

钟泽愈加烦躁，一是因为应舟舟自暴自弃的态度，二是思考如何向她道歉。

事情闹得有点大，外号"混世魔王"的他头一次不知所措。

冷静下来后，他也不知道自己为什么会说出那么重的话，明明想让她继续打球，却把她推开了。

钟泽往外跑了几步，还是顿住脚步，没有去追应舟舟，返回球桌边一个人闷头打球。

他赌气想着，这样也好，可以让她一个人静一静思考一下，是否需要继续她的职业生涯。

但是他凌乱的打法，很容易被人看出心不在焉。

夜幕降临，应舟舟还没有回来找他，他忍不住放下球拍，跑了出去。

这傻姑娘，能跑哪里去?

6

应舟舟也不知道自己要跑哪里去，平时除了待在球场和宿舍，她哪儿也不会去。

不像其他女孩子，放假还会结伴出去逛街，应舟舟向来孤零零的，没人陪她玩。

陌生的街头，应舟舟一直不停地走着，她怕停下来，那种全世界只有她一个人的孤寂感赶上她，会让她更加悲伤。

天暗了下来，她突然闻到一阵香味，才猛然回过神来，停下脚步，迷茫地四处张望。

这是一条小吃街，两旁整整齐齐地摆了一些小吃摊，香味就是从旁边一个煎饼摊飘过来的。

她低头，这会儿跑出来粒米未进，暴走已经将她的能量消耗殆尽，肚子适宜地叫了几声。

应舟舟知道自己身上没有带钱也没有带手机，也不做无谓的挣扎，她咽了咽口水，恋恋不舍地瞧了眼刚出锅的煎饼，加快步伐往前走了段路。

结果没想到，前面卖食物的摊位更多，凉皮、冷面、烧烤、麻辣烫的味道刺激着她，她猛咽口水，更难过了。她索性一下子蹲在路中间，紧抱膝盖，将脸深埋，放声大哭。

她穿着明晃晃的训练服，像一个红色团子挡在路中央，哭得撕心裂肺，有好心人走过来询问，可是应舟舟沉浸在自己悲伤的世界里无法自拔，听不到别人的话。

不一会儿嘈杂的街道只剩她的哭声，所有人都驻足望着她，叫卖的摊贩也关了吆喝的喇叭。

钟泽路过这儿觉得奇怪，明明是以地摊经济出名的这条街，是本市“唯二”合法的夜市，往常热热闹闹，今日却安静得反常，而且远远传来呜呜咽咽的哭声。

事出反常必有妖，他迈步往里走，很快就发现了那个红色团子。

钟泽不由得失笑，运气真的是好得很，出门不远就找到她了。

他向好心的围观群众比了手势，示意自己与她相识，走到她的身边，忍住笑意：“应舟舟，我来捡你回去了。”

她一听这是钟泽的声音，抬头泪眼模糊地看着他，看清了他的脸，没有顾及其他，直接扑到他怀里，委屈瞬间爆发，哭得更大声了。

她边哭边喊：“你怎么现在才来找我！你不知道我走了多久！我好饿啊……”

但是字词和哭声混合着，钟泽根本听不清她在说些什么，不知道怎样才能安慰这只刚找回来的猫。

他准备像给猫顺毛一样，大手抚上应舟舟的背。

可是刚碰到她，她就像奓毛了一样，蓦然抬头，重重地磕到钟泽的下巴上。

她听见他倒吸了一口凉气，一时不敢动作，眼泪汪汪地看着他。

钟泽垂眸不语，揉着被撞疼的下巴看着她，受惊的应舟舟看起来更可怜，他什么气都消了。

7

钟泽站起来，扶她起身，声音格外轻，凑到她耳边说：“没事，我俩找个地方好好聊聊。”

此时的应舟舟才发现，她成了整条街上的焦点，几乎所有人都看着她，于是尴尬地深深埋着头，但是不忘心心念念的煎饼。

她伸手扯过钟泽的衣角，小声地要求：“煎饼，我要吃煎饼。”

钟泽当然应好，问了旁人有无卖煎饼的摊位，顺手将应舟舟扯衣角的手拉了过来，握在手里，领着她离开。

继而有人吆喝：“嗐！小姑娘吃煎饼去了！散了散了！没事了！”整条街又恢复到熙熙攘攘的状态。

应舟舟饿得慌，眼里只有她的煎饼，并没有注意到钟泽公然牵着她的手。

她抱着刚出锅的煎饼，蹲在路边，咬了一大口，腮帮子鼓鼓的。

钟泽站在煎饼摊面前，浑身上下摸了个遍，也没有摸到钱，于是指了指应舟舟，又指了指身后不远的地方，让老板明天去找他们教练报销煎饼钱，老板笑呵呵地应下。

钟泽蹲到应舟舟身边，托着腮看着她吃煎饼。

“你和他说了什么？”应舟舟边吃边含浑不清地问。

钟泽腿太长，蹲着不太舒服，索性坐下来，边换姿势边回答：“我说你是省队打乒乓球的，让他有空去队里找教练报销。”

应舟舟停下咀嚼的动作，顶着一头的问号，这里离队里很近吗？怎么老板这么爽快地答应了？

钟泽用眼神示意她往后看，她一回头，惊到石化，现在所在的地方距省队训练馆不到四百米。

“我走了这么久！竟然走了一圈绕回来了！”应舟舟气得跺脚。

他是第一次见她如此奓毛，尽管这个时候不该笑，但还是忍不住笑出了声：“是啊，小路痴。”

他在心里暗自庆幸，幸好她兜兜转转绕了回来，不然想在城里找她，如同大海捞针。

钟泽害怕她又走丢了，回去的路上总是让她走在前面点。

应舟舟一回头，有些恼怒：“你不带路？我又走错了怎么办！”

钟泽忍不住发笑，催促道：“你尽管向前走，走错了路我就把你拉回来。”

应舟舟冷哼一声，做了个起跑的姿势，赌气似的用百米冲刺的速度想把钟泽甩掉。

钟泽一不注意，应舟舟已经跑出很远了，想到她今天已经疲惫不堪了，急忙喊道：“喂！你慢点！”

在钟泽看不到的角度，应舟舟嘴角上扬，不自觉地笑了。

放在今日，让应舟舟回忆，最开心的日子是哪一天，她会毫不犹豫地回答，是暴走之后筋疲力尽地蹲在路边吃煎饼的那一天。

因为那一天，与钟泽有关。

8

长大后的应舟舟才知道，为什么那时的她在街头痛哭，会有满街的人关心她，特殊的地理位置，惹眼的红色训练服，无不透露出她的身份。

原来她曾经也是钻石，只是与更加耀眼的钟泽相比，自己就是块玻璃。

更别说进入社会的她，就连玻璃都蒙上了一层尘埃。

但当钟泽推开水吧的门时，一阵风吹进来，尘埃散去，玻璃重新开始闪亮。

“应舟舟，你是什么时候退役的？”钟泽打量着这些照片，一边回忆思索，自己是在哪个节点与她失去了联系。

“那届全运会结束之后。”她说得很轻巧，“我几乎把童年和青春都献给了乒乓球，却在青春期的尾巴结束了这场与乒乓球的单恋。”

她清楚自己的实力，单靠努力是没有用的，体育竞技这行还是要靠一定的天赋。

前有师姐光芒尚在，后有师妹反超，应舟舟的处境没有突破，一直很尴尬。

钟泽很早就推测到是这个时间段，但是由应舟舟亲口说出来，他还是有点不敢相信。

他没有陪她参加全运会，因为在比赛开始之前，他在省队潇洒度日的消息传到了他在国家队的师父的耳朵里，被弄了回去，闭关训练。

天不怕地不怕的钟泽，唯一怕的就是师父，曾经的“大满贯”国手，现今的国家队主教练。

当初主张让他回省队的也是他师父，正值叛逆期的钟泽与队友切磋球技，队友不服气，于是他把人家摁在地上揍了一顿，对方的资历比他深，他太无法无天，没有组织纪律性了。教练以为把他下放到省队能挫挫他的锐气，然而没有作用。

在师父的威压下，他连给应舟舟留个联系方式的空隙都没有，立刻起程。

当时他还觉得无所谓，想着怎么样都可以把她找回来，要不她就在省队，实力好一点被选拔去了国家队，总归能找到的。

结果没想到，他闭关结束之后，全运会都在做下一届的准备了，他仔细看了参赛名单，并没有应舟舟的名字。

他返回省队寻人，问了教练和她的队友，只得到她已经退役的消息，对于她的其他信息，他一无所知。

钟泽想方设法地去寻她，结果都是不了了之，所有人都打着为他好的旗号，连忙掐断他们认为的恋爱苗头。

既然他找不到她，他就要变得更加耀眼，足以让她轻而易举地知道他的存在。

他在等她找过来，可是漫长的等待中，毫无音信。就在他心灰意冷的时候，一个偶然的机会，他们重新遇见，并且得知她一直在注视着他。

“你怎么不来找我？”钟泽的语气多是质问，竟还有点委屈。

委屈的态度让应舟舟觉得不可思议，她撇了撇嘴，像个小朋友，声音轻轻的：“我不敢。”

她也不是没有找过他，只是被工作人员当成普通的球迷赶走了，她只能默默注视他的背影。

原来她还是个普通人，他还是那个可望而不可即的天之骄子。

赛场上的他，根本不会特意注意观众席，而是排除干扰全心全意地去打球，比赛完了也很少往观众席上看，所以注意不到她。

即使她几乎每场比赛都在现场，但是他望过来的次数屈指可数，更别说她还在下意识地故意躲着他。

时间一晃而过，零零碎碎的记忆加起来，原来已经过去这么久了。

钟泽气笑了，不是因为应舟舟不主动来找他，而是因为自己没有多看一眼，没有发现观众席上的她。

他靠近应舟舟，她紧张到不敢呼吸，在他紧紧抱住她之时，呼吸几乎停滞。

“钟……钟泽？”她不敢相信此刻可以轻而易举地拥抱他，垂着的双臂不知道如何是好。

“我错了。”他的声音低沉，热气呼在她的耳朵上。

她反而释然了，笑答：“你没错，谢谢你。”

谢谢你在我最迷茫、最无助的时候陪伴我，闪耀了我的青春。

9

钟泽按照应舟舟的要求，举办了一场退役表演赛。

她说，除她之外，还有很多球迷喜欢他，不计得失地追他的比赛，他需要给他们一个交代。

按照正常赛事的流程，最后一场在聚光灯之下的比赛结束了，钟泽准确找到了应舟舟的位置，朝她笑了一下，然后朝四方观众，分别深深地鞠躬。

此时他才知道，观众席上为他摇旗呐喊甚至痛哭流涕，舍不得他退役的这群球迷的重要性。

他就是在他们的鼓励下，一步一步凭着天赋和努力，夺得无数的荣耀。

有不舍的球迷吼道：“钟泽，和我打一场球吧！”观众席上还有起哄的，能和偶像打一场球赛，是梦想啊。

他突然意识到，自己还没有和应舟舟完整地打完一场球赛，于是跑到话筒旁，说随机选取三位观众进行比赛。

第三位是应舟舟，两个人拿拍相对的时候，钟泽的衣服已经湿到滴水。

应舟舟担忧道：“要不，不打了吧？”

钟泽摇头笑道：“和你打球，这样才公平，不然我就是欺负小师妹了。”

应舟舟失笑，点头进入状态，虽然这么多年没有进行系统的训练，但她的球技不算生疏。

两个人的分数咬得很紧，全场掀起新一轮的高潮，钟泽和应舟舟的对决是一场精彩的赛事。

最后，钟泽悄悄给她放水，应舟舟以极小的分数差距赢了他。

全场寂静，应舟舟心里清楚是他让了她。

钟泽输了但比夺冠更加开心，冲到应舟舟旁边一把将她举起来，笑得像个孩子：“应舟舟，你打赢了世界冠军！你是第一，永远的第一！”

应舟舟惊呼一声，被他抱着转圈圈的时候，掩嘴轻笑。

“老板娘！来两杯酒！”钟泽朝吧台里的应舟舟喊道，自己继续和对面的材料公司老板卓均讨论。

应舟舟偷偷翻了个白眼，然后冲了两杯咖啡端上桌，没好气地说：“我这是水吧，没有酒！爱喝不喝！”

钟泽被堵得哑口无言，卓均见此哈哈大笑。

卓均也认识应舟舟，她的水吧之前用的装修材料也是从他公司购买的，他问钟泽：“怎么照片上的偶像变成真人了，性格都变了？”

他端起咖啡，抿了一口：“因为她在我身边，可以随心所欲，无所顾忌。”

如果说应舟舟是一条小舟，那么钟泽作为这片大泽，足以让她在湖泽当中肆意横行。

良禽择木而栖，他择舟而喜。

等你下课

李明尔

——以后也……一起走吧。

1

陈芷涵同学因为姓“陈”，从小到大都排在点名册的第一位。每次开学、分班、来新老师、报考试成绩，她都会被第一个叫到。

高中开学的前一天，因为不想第一个自我介绍，陈芷涵甚至为此失眠了一晚上。

第二天没精打采地去了学校，刚坐下不久，就看到班主任开始翻点名册。

陈芷涵紧张地低着头，开始拽头发，听到老师说：“那，陈芷涵、傅北辰两位同学，帮忙去教务处领一下大家的学生手册吧。”

原来是跑腿。陈芷涵舒了一口气，在大家的目光会聚过来之前，立刻起身走出了教室。

陈芷涵站在原地，一转头看到了从后门出来的傅北辰同学。他戴着一副半框眼镜，刘海软软地覆盖下来，刚刚到黑色镜框的位置，看起来很温柔乖巧的样子。他跟陈芷涵点了点头，算是打了个招呼，然后就走了过来。他穿了一件很薄的卫衣，出门好像觉得有些冷，微微耸了一下肩，然后把手插进了口袋里。陈芷涵看过去，觉得这个男生其实痞痞的，好看的那种。

他们一路走过去，除了礼貌的“你好”，没有再说别的话。陈芷涵不是那种话很多的自来熟，她走在傅北辰边上，想说些什么，又想不出该说什么好，就悄悄地侧过头，又打量了他一眼。

陈芷涵想，这大概是一个很美好的开学吧。

50 本学生手册，其实就只有一小摞，傅北辰象征性地给了她两本，就抱走了其他的。陈芷涵拿着册子，一边走还能一边翻。

“课间操是跑步两千米！”女生看到这一条就发出了抱怨。话一出口才觉得自己很傻，她干吗要跟这种手长脚长一看就喜欢运动的人抱怨这个?

“应该是很慢的慢跑吧。”傅北辰倒是没在意，顺着她的话接了一句，“我们初中里以前也跑过一阵。”

“哦……那就好。”陈芷涵合上了本子。懊恼地想，她到底在干什么，能不能好好说话!

回到教室以后，他们把手册发了，就回到了自己的位置。陈芷涵翻着册子，眼睛却根本没有看上面的字，整个人心烦意乱又有些窃喜。

“你怎么笑得这么开心？”新任同桌林慧问。

“有吗？”陈芷涵收住了表情。

“刚才看你发呆了一半突然笑了，学生手册没这么好看吧？”林慧扭过头盯着陈芷涵看，“还是说……和傅北辰一起出去才这么开心的吗？”

女生的友谊总是在交换了秘密之后突飞猛进的。大家聚在一起讨论新同学的颜值，隔壁班的某某同学获得了许多提名，傅北辰同学也拥有了不错的人气。因为“一起去拿学生手册”这件事，陈芷涵拥有了更多的发言权。

好像就是从一刻开始，陈芷涵感觉到了一丝丝的特殊。不是因为姓氏排在第一这种无趣的特殊，而是真正被大家格外关注到的特殊。因为这种特殊，陈芷涵开始更多地关注起了傅北辰同学。

虽然他们说过的话加起来也只有三句，但也是，比其他人还要多出来的三句。

而傅北辰还完全不知道新同学对他的议论，他是在放学路上再次注意到陈芷涵的，她一个人背着书包，手插在口袋里，走路有些蹦蹦跳跳的。

傅北辰想，既然是同班同学，理应过去打个招呼。他走了两步到了陈芷涵身后，才发现她戴着耳机在哼歌。是那种五音不全一边听一边乱唱的——哼歌。

傅北辰觉得，她应该是认为周围没有认识的人，才这么放松吧。如果这样上去打断对方唱歌，会让人很尴尬的。

傅北辰就这么想着，在陈芷涵后面，不紧不慢地走了一路，然后看着这位同学走进了他家小区。

都买的学区房?

然后他又看着陈芷涵在小区里熟门熟路地左拐右拐，走进了……他家的单元楼。

她住在一楼。

直到进门，她都没回头看一眼。留下傅北辰傻傻地站在原地。

2

第二天早上，傅北辰吃完早饭，一边喝牛奶一边跑下楼，刚到楼下，就听见了一楼开门的声音。

然后传来了陈妈妈的怒吼："陈芷涵你袜子穿反了！以后能不能早点起床！"

“我换啦！”女生喊了一句，然后出门准备下楼。

完全是条件反射，傅北辰

突然蹲下来解开了自己的鞋带。

他是觉得，如果陈芷涵发现自己撞见了这一幕，会觉得很丢人的。

傅北辰眼睛一动不动地盯着自己的鞋子，慢慢地系好鞋带，突然感受到一阵风从自己身边飘过，傅北辰抬起头，只看到陈芷涵同学的背影。

呼。他舒了口气。

他可真是个为人着想的好人啊。

陈芷涵一路狂奔，终于踩着早自习的铃声进了教室，而可怜的傅北辰同学，为了走在陈芷涵后面，不超过她，暴露跟她同路的事，很遗憾地在开学第二天迟到了。

“作为迟到惩罚，傅北辰同学今天帮忙让大家确认一下个人资料然后交上来哦。”班主任说。

所谓个人资料，就是学校从大家的初中档案里带上来的家庭住址、电话、父母信息之类的，因为可能有变更，所以让同学们重新修订。傅北辰想了一下，把表格分给了各个小组长，让他们确认完给他。

而四组的小组长，就是陈芷涵。傅北辰正好跟她是一个组的。表格给她以后她至少会看一看内容吧，那就能看到他们住同一个楼这件事了。傅北辰想，让陈芷涵自己发现，他就不用每天那么尴尬了！

结果傅北辰刚刚把表格递过去，陈芷涵的同桌林慧就推了回来：“傅北辰，你过分了哦。这是老师交给你的任务，起码自己组的你自己去问嘛。”

傅北辰只能被迫拿回表格，从第一个位置开始问起。

林慧明明已经不止一次表达过认为傅北辰长得好看，并且觉得陈芷涵和他有事，极力想让他们更近一步。陈芷涵搞不懂她为什么又要把人赶走。

“哎呀，那他等会儿不就可以一个个来问我们了嘛。”林慧得意扬扬地道，“那你不就可以一边填一边跟人家聊天了嘛。”

果然，傅北辰很快拿着表格过来了。看陈芷涵填完电话，傅北辰刚刚想开口说“好巧哦，我也住这个小区”，结果林慧突然噼里啪啦地问了起来：“傅北辰你哪个初中毕业的呀？”“那 ××× 你认不认识呀？”“你平时喜欢打球吗？”“你早上为什么迟到呀？”

傅北辰真的没想到，这个林慧这么能聊，拉着他一直扯到上课铃响。傅北辰同学不得不非常失望地回了位置。

而前排的林慧则是完全兴奋不已的状态。“好了，我都帮你打听清楚了。”林慧说，“他那个初中出了名的厉害，这个人，入股不亏！”

“我……”

“不要害羞！要追男神就是要勇敢！”

完全没等陈芷涵同学表现害羞，林慧已经擅自帮她做好了决策部署。林慧听说陈芷涵还没加到傅北辰的微信，真是恨铁不成钢，她立刻喊了同组的同学，说要建个微信小群交流作业，然后让大家纷纷扫码加入。

“第一步，至少要先比普通同学熟络一点吧。”

3

陈芷涵最后还是没好意思主动发好友请求，毕竟大家都才认识没几天，还是生疏得很。

这天晚上，陈芷涵跟爸妈出去和亲戚吃了个饭，回来晚了，小区楼下有车停在了过道里，挡在了他们家车库的前面。

陈爸爸看了一下，说：“这个车好像是二楼的，涵涵你去喊一下人家。”

陈芷涵刷着手机，乖巧地下了车，按了下对讲：“你好，请问楼下的 XA·1436 是你家的吗？”

“是的，挡住了吗？”

“嗯，可以来挪一下吗？”

“好。”

在对讲机里听到陈芷涵的声音时，傅北辰马上从房间里跑了出来，看到老爸已经在找车钥匙了。“爸，我陪你去！”

“这孩子怎么突然这么勤快？”傅爸爸还没搞明白，傅北辰已经迅速换了鞋跑了下去。

可是下楼之后，他没看到陈芷涵，就看到了陈爸爸，傅北辰顿时有些失落。

他礼貌地跟陈爸爸说："不好意思，稍等一下。"

明明只是跑了两层楼，傅北辰觉得身上热气腾腾的，看到陈爸爸他甚至有点紧张失措。傅北辰不知道是为什么，就像那个时候的他，也没能明白这突如其来的兴奋与失落，都是因为什么。

其实，就在几分钟前。

傅北辰在那个学习小组的群里问了今天数学作业的最后一道大题，陈芷涵是在车开进小区的时候看到的。所以她迅速地完成了老爸交给她的任务，然后就上了楼开始做题。

傅北辰跑下去的时候，陈芷涵正在奋笔疾书。

不是很难的题，就是步骤比较复杂，要代入好几个公式。陈芷涵做出来之后，还找了张纸重新写了一遍才拍了发出去。

指挥老爸把车子重新停好以后，傅北辰收到了群里的回复。看到回复人是陈芷涵，傅北辰立刻丢下还在车里的亲爸，上楼写作业去了。

"谢谢。"傅北辰回复道。

一直盯着屏幕的陈芷涵开心地捂着脸，指缝间看到微信的通讯录跳出个"1"，"傅北辰请求添加你为好友"。

"啊！"

傅北辰同学好像听到楼下传来了一声尖叫。

4

时间就这样过去了很久，傅北辰一直没找到机会告诉陈芷涵，自己就住在她家楼上。

他有时候会听到陈妈妈很凶地在教育她，说她字写得差，物理题怎么都做不对，说她几句还顶嘴。这种隐藏于家庭里的小秘密，这种难堪的瞬间，她应该不想让同学们知道吧。

即使……傅北辰明明觉得陈芷涵是成绩很好、性格也很好的人。

傅北辰开始不由自主地关注起了她，发卷子的时候会留意看一下她的，把她错的物理题写成解析，拿给她的时候美其名曰"给小组同学参考"。

为了避免奇怪的照面，傅北辰有时候会等听到楼下的关门声再出门，他远远地走在陈芷涵后面，看到女生齐肩的短发偶尔会在领子的地方翘起来，非常可爱，就像她走路会蹦蹦跳跳的样子。当然，她心情不好的时候，也会拖着步子不想去学校。

有的时候，傅北辰被催得不行，会早点下楼。到了楼下之后，他总是在单元楼下没来由地转一圈，看了看垃圾分类的表彰榜，又看了看停电通知。听到楼上传来关门的声音时，他才快速地离开。

他并不会因此见到陈芷涵，但他知道她会走在自己后面，傅北辰刚开始想的是，如果陈芷涵可以认出自己并跟他打招呼的话，就最好了。

傅北辰也不知道自己在干吗？他莫名地多了许多这样的小心思。原本只是很单纯地希望对方能发现自己邻居的身份，不然总觉得自己像个鬼鬼祟祟的恶人。但就是出于这个目的的频繁接触，让他越来越发现，陈芷涵完全不是她妈妈口中的样子。

她的卷子写得干净又漂亮，傅北辰每天交作业给她的时候，都会借故找她对一下答案。不知道作业是第几页的时候，不问同桌，就是要去问前面好几排的小组长，因为她不会像其他同学那样敷衍地说"就最新的"，而是会打开本子帮他把要做的标出来。

傅北辰觉得，她明明温柔又善良，认真又努力，为什么陈妈妈每天都要骂她不成器。

渐渐地，好像每天和她发生一些交集，成了傅北辰日常的一部分。

直到那一天，也是早上。傅北辰因为忘带数学试卷，打算早点去学校补作业。赶时间就急匆匆地下楼了，刚刚走到单元门口，就听到了一楼的开门声。

傅同学正打算快速跑的时候，楼上的老妈突然喊了起来："辰辰，你校园卡没带！”

傅北辰转过头，对上了陈芷涵震惊的表情。

5

其实陈芷涵不是没想过这事。

刚开学的时候，她妈妈跟她说："今天出去散步的时候，遇到楼上你王阿姨，说起来，她儿子也在你们学校，和你同级的，都是高一。你认识吗？”

“谁啊？叫什么名字？”陈芷涵问。

“这我倒没问。”

不知道班级和名字，陈芷涵也就没有太在意，就是偶尔听到楼上开门声的时候，会有点好奇到底是谁住在她的楼上。

但奇怪的是，过了这么久，楼上楼下的，他们都没见过面。

原来是傅北辰。

是傅北辰啊。陈芷涵咬着嘴唇不让自己笑出来。

那天他们两个一起去的学校。

一路上陈芷涵说真没想到我妈说的楼上的同学就是你，傅北辰点点头说“是啊是啊，我也没想到”，装得纯良无比。

陈芷涵想到了很多细枝末节的事，比如前几天楼上晾着的 T 恤掉了下来，王阿姨还跑下来拿，原来是傅北辰的。比如她妈妈说起王阿姨说儿子不听话打一顿就好了，那个被揍的居然是他。

陈芷涵想到这里没控制住笑了出来，转头对上了傅北辰不好意思的表情。

陈芷涵立刻捂住了嘴，还不知道老妈在王阿姨那里怎么说自己的呢。

知道了傅北辰是邻居之后，陈芷涵再也不敢在家大吵大闹了，她连出去倒垃圾都恨不得精心打扮一番。

那天陈芷涵回到家，发现数学书没带，作业又是要做书上的例题。陈芷涵想让爸爸送她去学校取，结果她老妈来了一句："楼上那谁不是你同学吗？你去借一下不就得了。”

“不行不行！”陈芷涵赶紧摇头。

“有什么不行的，”陈妈妈说着起身走进了厨房，“之前遇到你王阿姨，她还说想要点干菜，你刚好给她拿过去。”

“不行不行！”陈芷涵头摇得像拨浪鼓。什么嘛，让她去见傅北辰的爸妈，她怎么敢？

“赶紧，借来好写作业。”陈妈妈狠心地把她一把推出门。

陈芷涵想发个微信跟傅北辰通个气的，结果发现手机还被关门里面了。

陈芷涵只能抱着一盒菜，敲开了傅北辰家的门。

在此之前，她在门口站了五分钟做心理建设，把自我介绍背得滚瓜烂熟。

开门的是王阿姨，结果陈芷涵还没来得及说明来意，她就超客气地把陈芷涵拉进了家门。

“哎呀，辛苦你拿上来了。来来来，阿姨刚刚做的蛋糕，你过来尝尝。”王阿姨热情地带陈芷涵去了餐厅，“傅北辰这个不识货的，非说蛋糕太甜不要吃。这甜的有什么不好的啦，你说是不是？”

傅北辰听到声音就从位置上跳了起来，他推开房门，看到陈芷涵被他亲妈拉去试毒的画面。

“好吃吗？”王阿姨期待地问。

“好……好吃。”

“那你拿点去哦！”

陈芷涵一口咽了下去，在王阿姨继续说话之前，立刻道："那个……阿姨，我来是想找傅北辰借个数学书，我今天忘在学校了。”

“我去拿。”傅北辰去房间找书，就听到他妈跟陈芷涵说："男孩子就是皮啦，你在学校要帮阿姨看住他哦。”

等说到“他在学校里有没有什么事情？老师有没有批评他”，傅北辰立马跑了出来："书给你！”

“那我先走了，阿姨。”陈芷涵赶紧要逃。

“那你送送人家吧。”王阿姨把傅北辰推了出来。

其实就一层楼的距离，两家都没有关门，楼道里被照得亮亮的，完全没有送的必要。但傅北辰还是陪她走到了楼下。

“明天再还我好了。”他说，“题我做完了。”

“好……谢谢。”陈芷涵抱着书，点了点头。

“今天的不难。”傅北辰说完又觉得后悔，陈芷涵成绩那么好，当然不会觉得难了。

果然，她就是轻轻“哦”了一声。

在她关门之前，傅北辰转身走上了台阶。在听到关门声后，又回头看了一眼，才走上楼。

而陈芷涵回到房间关上房门就趴到了床上，把头埋进了被子里。

她觉得，自己现在就像那个站在山顶的土拨鼠表情包，很想对着悬崖，大声地“啊啊”大叫。

以前陈芷涵觉得这种“啊”的表述非常没有营养，现在她知道了，除了大叫，她的心情根本无以言表。

6

知道了邻居的关系以后，他们也没有说要一起上下学，偶尔在门口遇到，就一起走一小段。

在学校里，陈芷涵更是没提这事，这就像是一个秘密一样，被她悄悄地珍藏了起来。

而秘密，终有被发现的一天。

“陈芷涵你有秘密了！”林慧一脸委屈地扑过来，陈芷涵第一个想到的就是这件事。

“我怎么了？”

“你居然跟傅北辰是邻居，你都不告诉我。”林慧挽着她的手晃啊晃，一副陈芷涵已经被骗走的样子。“要不是刚体育课，罗一飞跟我说，你打算藏到什么时候！”

罗一飞是傅北辰的同桌，平时跟女生玩得好，是班里公认的“少女之友”。罗一飞知道了什么就满世界传陈芷涵不觉得奇怪。

但她不知道男生之间是不是也会上课偷偷聊天，说些小秘密。

傅北辰看起来也不是那种话很多、很能聊的人。

所以……傅北辰跟罗一飞提起自己的时候，都说了些什么。

是轻描淡写地随口一句：“她啊，住我楼下。”

还是，很惊喜、很郑重地说：“我今天发现了一个秘密，陈芷涵居然是我的邻居。”

就像她写进日记本里的那样——傅北辰居然住在我的楼上，这是……上天给的缘分吧。

好不容易才劝好大喊“我失去你了”的林慧，陈芷涵这天要留下来做值日。听说傅北辰被老师喊去帮忙了，她慢悠悠地对齐了桌子，又开始缓慢地擦起了黑板，就……等傅北辰回来的话，说不定可以一起走回家吧。

今天的最后一节课是数学，讲的卷子，黑板上一道一道写满了解题过程。板书太多，以至于老师似乎恨不得写到黑板外面去。

陈芷涵踮起脚尖，努力地往上够了一下，却只擦掉了表面的浮粉。什么嘛，写得那么重。陈芷涵又往上跳了一下，努力想要够到黑板的顶端，这时候，她手中的黑板擦却突然被人一下抽走了。

陈芷涵一回头，对上了傅北辰的侧脸。他就站在她边上，比她高出一个头，让陈芷涵突然觉得讲台的空间狭小得可怕。

“我来吧。”

男生拿过黑板擦，伸手越过陈芷涵的头顶，游刃有余地清理完黑板上的字迹。

“谢谢哦。”陈芷涵转身走下讲台，回到位置上开始收拾自己的书包。她不由自主地放慢了动作，却又觉得自己好像过分刻意了。她手里拿着书，抬起了头，傅北辰穿着白色的校服衬衣，衣服松松垮垮的，像是挂在了身上，没记错的话，记得刚才还看到他的扣子扣开了两颗。其实怎么看都不像是三好学生的乖巧打扮，却因此让人觉得非常随和。

陈芷涵就看了一眼，就做贼似的收回了目光，开始整理书包。

“等我一下，”傅北辰突然说，“等会儿一起走吧。”

他没有回过头，他一边擦黑板一边说。

"那个……你要是没什么事的话，以后都一起走好了。"他还是没回头，"反正顺路。"

陈芷涵也一直盯着自己的书包没有抬头。其实她只要抬起头，就会看到傅北辰红透了的耳垂。

可她只是低着头，努力地压抑住自己的紧张，挤出一句："哦……好的。"

陈芷涵，完全没有醒过来。

虽然只是短短一分钟的接触，可她还是能够很清晰地感受到，男生站在她身边时，衣服上散发出的洗衣粉的清香，好像是……橘子味的?

像是被下了蛊的气息，让她整个人都有些茫然。以至于在听到那句"以后都一起走好了"时，她有些反应不过来。

她大概能想象到对方说话时那种温和的笑意，就像他每一次跟她说话的时候一样。

但这一次，他说的是，我们以后都一起走吧。

7

陈芷涵和傅北辰的邻居关系，通过罗一飞的嘴已经传得人尽皆知。他们也就不再避讳。

陈芷涵报了学校艺术节的表演项目，每天要背小提琴到学校练习，替她背琴的，就是傅北辰。同学们刚开始的时候开开玩笑，后来就习以为常，甚至还会说，他俩好得跟亲兄妹似的。

而林慧，对于这桩大业终于完成，那是非常的欣慰。

这一切顺利的进展是被吴嘉怡打破的。

吴嘉怡是他们班的文艺委员，都说选文艺委员就是选班花，总是班里最漂亮的女生当选。而吴嘉怡就是名副其实的那个人。她漂亮又可爱，一口软软的吴音让陈芷涵听了都觉得"苏"。

而吴嘉怡同时也是，在女生们纷纷表示对傅北辰的好感时，点头应和的那个人。

听说刚开学男生们在跟傅北辰开玩笑，说吴嘉怡在说你好看，傅北辰还脸红了。

这个玩笑一直延续了很长时间。有一次傅北辰帮老师统计周末想报补课的名单。吴嘉怡说不去。周围的人就开始起哄，说："傅北辰喊你你都拒绝呀，你不是还说他好看吗？"

吴嘉怡假装很生气地朝他们扔本子，说："我可没说过。"

"那你的意思是傅北辰长得丑啊？"

"我不是这个意思。"吴嘉怡急得脸都红了。

"那是什么意思呀？"大家笑嘻嘻地问她。

陈芷涵坐在另一边，看到吴嘉怡红彤彤的脸，她手里一圈一圈地转着笔，不知不觉嘴都嘟了起来。

这天早自习结束，傅北辰突然主动去找了吴嘉怡，两个人说了会儿话，吴嘉怡特别腼腆地笑了笑。傅北辰回去以后，罗一飞问他说什么了，一向温和的男生居然说："你别管。"

等到第二节课下课的大课间，傅北辰又去找了吴嘉怡，两个人有说有笑的，居然一起走了出去，连课间操都没参加。

林慧赶紧问前排："吴嘉怡和傅北辰去干吗？"

从吴嘉怡位置后的八卦来源一个个传下来的答案是，不知道，傅北辰说走吗，吴嘉怡说好呀。

又押韵又浪漫。

这节课间操他们班都没有好好跑步，前后左右都在议论着吴嘉怡和傅北辰的八卦。最后是吴嘉怡的同桌说，是吴嘉怡说要去找下音乐老师，让傅北辰陪她一起去。

然后傅北辰就同意了?

什么样的关系，去找个老师还要陪着。

大家纷纷表示，别看傅北辰长得一副正经好学生的样子，果然还是逃脱不了班花的石榴裙嘛。毕竟吴嘉怡多才多艺又美丽，谁能拒绝她的要求呢?

8

林慧没发现，听到这句话，陈芷涵差点没把自己的衣服袖子给扯坏了。

陈芷涵自己也不知道怎么了，听到这些话就是觉得很烦躁。一早的好心情被搞得一团乱。她觉得自己又气愤又爆炸，一腔怒火无处发，完全控制不住自己的情绪，连傅北辰回来交作业给她，她都没搭理他一下。到了下午，吴嘉怡和傅北辰的事已经被传得天花乱坠，吴嘉怡还买了奶茶给他，说要谢谢他，也不知道谢什么。

而傅北辰却跟没事似的，下午自习课结束还跑过来问陈芷涵数学题。

“不知道。”陈芷涵头也没抬。

“你都没看。”

“没空，自己做去。”

傅北辰可能以为她是真的没空，拿着试卷就走了。

是傻吗？陈芷涵忍不住想。不会做数学题，阅读理解能力也这么差吗？

结果傅北辰刚走没一会儿，陈芷涵就听到后面起哄的声音，她没忍住，回过头去一看，是吴嘉怡去找他说话。

陈芷涵手里的笔，一下把卷子戳破了。

等下课了，傅北辰照例等陈芷涵整理好书包一起回去。结果陈芷涵没管他，背起包就走了出去。傅北辰立马跑了出去。

“你今天怎么了？不开心啊？”

“要你管。”陈芷涵看到他就来气，“你怎么不跟吴嘉怡一起走？”

“我跟她又不顺路。”

“你跟我就顺路？”陈芷涵反问。原来他们就只是顺路而已。

傅北辰听到这里好像终于反应过来了：“我跟她不熟。”

“你们熟不熟跟我有什么关系。”

“有关系啊。我今天找她是因为她报的艺术节名单里，把你名字写错了，涵是三点水的，她写成了草字头的。”

“……”陈芷涵觉得自己像是一个重重的拳头打在了棉花上，没来由地觉得自己无理取闹。

“我想这得改过来吧，不然到时候发的奖状也是错的。”傅北辰继续滔滔不绝地解释道，“她说名单已经交给音乐老师了，要不一起去找她解释下，那为了你我肯定得去不是？”

陈芷涵还是很气恼的样子，但现在，她完全是气自己不明所以就脑补。

“谁要你解释啦。”

“那你不要生气嘛。”

“我……”

吵吵闹闹的，时间就过去了一年，文理分科的时候，陈芷涵选了文科而傅北辰去了理科，理科班每天晚上要加一小时的自习时间，陈芷涵会主动留下来多背几页历史要点。老师夸她特别努力，但很多同学看出来她的小秘密，下课的时候从她身边走过总是笑嘻嘻地开玩笑：“等傅北辰一起回家呢？”

“是啊。”她大方地笑笑。

一直到高考成绩出来，陈芷涵报了省里一所理工类学校里为数不多的文科专业，陈妈妈觉得她的分数高，有些浪费，应该可以报外省更好的学校的。她说没事，她就是想留在这里。

去拿毕业证书那天，是傅北辰来喊的陈芷涵，不用再小心翼翼地算好时间假装偶遇，傅北辰跑到楼下，大声地喊陈芷涵下楼。

“你报了哪所？”路上陈芷涵问他。

“省理工。”

“为什么填这个？”

“因为你妈妈说你填了这个。”傅北辰说，“反正我分数也差不多。”

“哦。”

“哦什么？”

“没什么。”陈芷涵低着头，心里面千军万马在呼啸而过。

傅北辰突然停下了脚步。

他转过身来，看着陈芷涵，像是鼓起了很大的勇气，他说：“那……我们以后也，一起走吧。”

这一次，陈芷涵瞧见了他红透了的耳垂，在阳光下，透出亮亮的光。

纵然是梦啊

她喜欢的那个少年很优秀，
所以她也要变得优秀才行。

长欢喜

····①···· ▶▶

“有一天，我坐了很久很久的火车，在酷夏四十多摄氏度的太阳底下，看了一场我根本看不懂的摩托车比赛……”

“你问我谈起青春时会想起什么，我想了好久，脑海里居然就只剩下这一个画面了。”

····②···· ▶▶

化完妆后，南秋自己都认不出自己了，绿色的眼影、绿色的嘴唇、绿色的夸张头饰，还有一身绿色亮片的连衣裙。

妆是鸦鸦帮她化的，化妆品也是鸦鸦自己带过来的，这份兼职三十块钱一天。说是一天，其实只有一个小时，其中四十五分钟用来化妆，五分钟走到台上，在上面站八分钟，看完散场表演，再用两分钟退场。

南秋本来不想来的，她的新长篇正写到结尾，每天忙得不可开交，但鸦鸦想存钱去看喜欢的歌手的演唱会。

鸦鸦不想一个人来，非拉着南秋同她一起。

可南秋第一天就出了错，她穿不惯高跟鞋，下台时不小心踩到了自己的裙角，害得后面一连串的人都不得不因为她而停下步伐。

她们下场时要路过观众席的前两排，底下哄堂大笑，南秋脸都红了，可脚踝好像肿了，疼得厉害。她正焦急时，旁边突然伸过来一只手，直接隔着手套握住了她的手腕。

是今天某场话剧表演的主演，那场话剧是今晚所有节目中南秋最喜欢的一个——没有别的原因，只是因为主演长得好看。

而现在那位好看的主演正站在她的旁边，略微不耐烦地将她从地上扶起来，然后在众人的起哄声中，面无表情地把她搀扶回了后台。

他是真的面无表情。刚把南秋交给鸦鸦，他就松开了手。有男生从后面走过来，撞了一下他的肩膀：“可以啊，江北野，还知道英雄救美了。”

他嗤笑了一声，对男生的打趣不置可否，随手拎起旁边椅子上的背包，问男生：“回不回学校？”

直到两个人风风火火地走掉，南秋才后知后觉地想起她还没有跟对方说一声“谢谢”。

鸦鸦狐疑地问她：“你什么时候认识江北野的，我怎么不知道？”

南秋坐在椅子上，把头上重得要死的头饰摘下来，望了眼镜子里自己惨不忍睹的妆容，想到方才江北野看到的就是这副模样的她，顿时觉得有些心如死灰。

“他不认识我。”她哭丧着脸解释。

鸦鸦在一旁嘀咕：“奇怪，他怎么这么热心。”

但那晚的南秋算是在浔江出了名，各大自媒体公众号里全方位地放出了她被裙子绊住摔倒在地的照片，以及后来江北野低垂着眉眼伸手去扶她的照片。

男生的轮廓明朗，眉目冷峻，许是难得露出这副温柔的模样，一时竟给人一种深情款款的错觉。

于是，那两天总是有人以来看南秋的脚伤好没好为由，向她打听江北野的事。

听到南秋说自己跟江北野并不认识，一个个脸上皆露出半信半疑的神色。

“哎呀，我们又不做什么，你说一下又怎么啦。”

南秋捏住自己的被子，她素来不懂得如何拒绝别人，来来去去也只会说一句：“我和他真的不认识。”

“怎么不认识？”同学大概也厌烦和她“打太极”了，靠在床杆上，嘴里咬着一根奶茶的吸管，“我已经打听过了，他是霖城人，霖城六中毕业的，你高中也在霖城六中读……你和我说说，你们怎么会不认识？”

其实，她这句话讲得好没道理，一个学校那么大，哪怕是相邻班级的两个人，都不一定认识，更何况江北野还比南秋高两届。

只是，没等南秋反驳，刚从洗衣房里回来的鸦鸦就看不下去了：“你现在还跟江北野在同一个学校里呢，他怎么不认识你？”

鸦鸦说话从来直爽，同学被她怼得脸色都冷了下来。那之后，南秋的耳根子总算清净了下来。

直到三天后，她又见到了江北野。

那时她的脚伤已经好得差不多了，只是心里到底留了阴影。她不敢再上台，只好留在后台一边看节目，一边等鸦鸦。

江北野的节目开始时，鸦鸦她们刚好都去了换衣间换衣服，整个后台就只剩下南秋一个人。

中间有段戏用不着江北野，他下场休息，撩开布幔走下来时，南秋恰好正站在两片布帘的中间小口喝水。

化妆室里的灯是很亮的，但舞台与后台中间那一段没有灯。她的半张脸在光里，另半张脸在暗影里，整个画面看起来有点像某次江北野在画展里见过的一幅油画作品。

后台那样乱，她好像独自处在一个安静的世界里。江北野随手从地上捞起一瓶没有打开的矿泉水，慢悠悠地踱步过去。

“欸。”他叫她。

南秋立马站直了身体：“学……学长好。”

怎么惧他如猛虎呢。

江北野在心里嗤笑了一声，见她的目光又投向了台上，不由得问道：“好看吗？”

“想知道后面的故事。”南秋想了想，答道。

她和他讲话时，总会莫名地紧张，全身的血液一齐往上涌，耳朵和脸颊都红起来。

江北野大概觉得有趣，不由得侧了侧头，漫不经心地问她：“你叫什么名字？”

····③····▶▶

“南秋，南方的南，秋天的秋。”

南秋又梦到她第一次见到江北野时的场景。

那时她还在念高一，元旦晚会之前，校话剧社在征集校园小编剧。南秋的文笔还不错，文章频频登上校报，于是理所当然地接到了话剧社的邀请。

去面试的那天，北方下了大雪，偏偏那天物理老师拖了好久的堂，她在下课后匆匆赶过去，路上还因为积雪太滑而摔了一跤。等她终于到达阶梯教室时，里面只剩下最后一个人在面试了。

她当时是真的很狼狈——头发被风吹乱了，脸颊被冻得通红，衣服上还被雪水弄湿了一小片。

负责面试的学长学姐看见她的模样，皆忍不住笑起来。其实大家也没有恶意，大概只是觉得她有趣，可那时她到底年纪小，性子又怯懦，也不懂得讲两句漂亮话，将尴尬掩盖过去，只是直愣愣地站在那里，紧张兮兮地揪着自己围巾上的穗儿。她正手足无措时，忽地有道懒洋洋的男声带着点笑意问她：“也是来面试的吗？你叫什么名字？”

直到后来面试完回到寝室，南秋才想起她那时太过紧张，甚至都没有好好跟那位好心帮她解围的学长说一声“谢谢”。

她好像总是忘记跟他讲“谢谢”，但他也不在意。他帮助过的人太多了，不过是举手之劳，并不是一定要记得。

但被他帮过的人都感激地将他的好记在了心里。

后来去话剧社工作时，南秋却始终没有再看见过江北野。某一次她终于忍不住了，向刚认识的学姐打听消息。学姐在最初的茫然过后，脸上很快露出了然的神色："你说江北野学长啊，你也喜欢他？"

"不是，只是觉得该跟他说句'谢谢'……"南秋嗫嚅着，否认的话说得有些心虚，也不知学姐听出来没有。

不过，学姐也没有多问，只是说："他今年高三，要好好准备高考了，上次面试把他拉来，已经很浪费他的时间，排练什么的，自然不敢再叨扰他。"

南秋似懂非懂地点了点头，几天后才晓得，原来那天社长特地将他拉来，是为了吸引更多的人来参加面试。

也是直到那时，她才知道江北野在学校里有多出名。她从来不逛学校的论坛，也不关注八卦，舍友们每次提到江北野，都以"男神"代称，她没刻意打听过，竟然大半个学期都不知道她们口中的男神就是江北野。

那晚熄灯以后，南秋躲在被窝里认认真真地注册了论坛的账号，将首页有关江北野的帖子全浏览了一遍。

隔天恰好是周六，很多同学都回家了，南秋顶着巨大的黑眼圈去话剧社时，正好看见江北野抱了一个篮球在教室门口和学姐说着什么。

看见她来，学姐飞快地朝她招了招手，脸上又浮起八卦的笑容："我把江北野学长给你找来啦，你现在可以好好对他说句'谢谢'了。"

这场面真的有些尴尬，南秋的脸一直红到脖子根。江北野好像也有些摸不着头脑，把篮球移到另一只手上，转头问她："谢我什么？"

南秋看着他，突然就想起前一晚看的帖子里，有个人引用了不知从哪里看到的一句话："他可能没做什么，也可能多做了一点什么，就无辜地被你大爱一场。"

十七八岁的男孩子，爱穿黑色的棒球外套，细碎的刘海儿搭在额前，喜欢打篮球，耳机从来不离身，就连阳光好像也更偏爱他一点似的，留在他脸上的光影总是最好看的。

少女爱幻想，总觉得自己能被这样的少年郎另眼相看，于是一腔孤勇地扑进去。可事实上，这世间有那么多人，大多数人也只是自己世界里的主角罢了，而并非别人的。

就像江北野，她为他心如鹿撞，可他根本就不记得她是谁。

····4····

所以，南秋难过了一阵子。

恰好几天后就到了元旦，晚会在学校的操场上举办，每个班级都有自己的固定观赏区域。

话剧社有节目，南秋也算半个工作人员，故而就没有和班级里的同学在一起，而是同话剧社的小伙伴们一直待在后台。

江北野也来了，他是前任社长，前两年话剧社的节目都因他被学校官网票选为"最受喜爱的节目"。虽然他不常来，但话剧社的同学们都很喜欢他。

表演结束后，社员们嚷嚷着要去聚餐。反正隔天不用上课，他们订了学校对面餐馆的包厢，饭吃到一半，学着小说里的情节玩起了真心话大冒险的游戏。

南秋运气不好，输了好多回。她每一次都不敢选真心话，硬着头皮被罚喝了许多冰饮料。

他们的座位都是随机坐的，江北野正好坐在她的右手边。她很不自在，半个身子都是僵硬的。

偏偏江北野一点也不了解她的处境，大概是看她实在喝了太多冷饮，微微沉思后，便将脑袋压低了些，声音里含着些许笑意问她："你有什么了不得的秘密，这么害怕被人知道？"

他是开玩笑的，可南秋像是被人戳中了心事般，一时紧张得厉害。于是，那一局游戏，她又不负众望地输了。

江北野在旁边毫不掩饰地给她放水："你选真心话，我来问，不会问过分的问题。"

他半个身子靠在椅子上，神色在温暖的灯光里显得有些温柔。

社员们一边警告江北野不可以放水，一边提醒南秋千万不要相信他的鬼话。

可她哪里能拒绝他，嘴巴先于大脑就直接选择了真心话。好在那一回江北野不知是良心发现了，还是怎么回事，竟然真的没有为难她，只是问："你最近看的电影是哪一部？"

她好久没看电影了，上一次看的还是罗伯·莱纳执导的那部《怦然心动》——一个关于一见钟情和日久生情的青春故事。

有人不老实，听完她的回答后，又得寸进尺地问她更相信一见钟情还是日久生情。她这会儿脑袋晕乎乎的，胆子也大起来，没有回答那位同学的话，反而问江北野："学长呢？"

江北野问："什么？"

南秋说："一见钟情和日久生情，你选哪个？"

老掉牙的问题了，江北野也没放在心上，随口答了句"日久生情"，游戏就又开始下一轮了。

可南秋为他这句话开心了一整晚。

舍友不明白她在开心什么，她就对舍友分析："你看，他喜欢日久生情，就代表不记得我的名字不是因为不感兴趣，所以，我还有机会。"

舍友无言以对，只当她在讲一些醉话，摇了摇头，就又继续低头整理自己的衣服去了。

南秋没了听众，坐在阳台上哼了一会儿歌，就摸出英语课本来念，把单词表从头念到尾，又从尾默写到头——她喜欢的那个少年很优秀，所以她也要变得优秀才行。

这是女孩第一次喜欢一个人，不知怀着怎样的信念，就这样莽撞地把满腔热忱全投了进去。

后来她再见到他，是他高考之后的事了。

还是话剧社社长组的局，说是为他庆贺，恭喜他考入理想的学校。那天，六中话剧社的人全来了，人很多，他们包下了整个KTV，五颜六色的灯光照过来，她站在角落里吃东西，看到他被几个男生推到台上，让他唱歌。

他推托不过，便走上去唱了首周杰伦的老歌。他唱完后，大家一个一个走过去给他送礼物。南秋也准备了礼物，不贵重，是一台收音机形状的蓝牙音箱。

音箱还有录音功能，南秋悄悄为他录了句"毕业快乐"。她明明有千万句心里话想对他讲，可到了最后只能说这一句。

暗恋好像就是这一点不好，满腔爱意蓄在心里，却从不敢宣之于口，哪怕只是露出一点端倪，都会让人忐忑得不得了。

之后的两年，南秋破天荒地没再在宿舍里提过江北野。舍友们都以为她转了性，时间久了，也会好奇，问她是不是移情别恋了。

可哪里有"别"可恋。全世界有七十五亿人，有几个人像江北野一样呢？又有几个人像江北野一样，恰好地出现在她的眼前呢？

还是为他庆祝毕业的那晚的事，那天他们散场得太迟了，学校有门禁，过了十二点进不去，一群人只好又浩浩荡荡地跑回了KTV继续唱。

南秋很少熬夜，没过一会儿就靠在沙发靠背上睡着了，夜间醒过来一次，大家还在唱歌，江北野却不知去了哪里。

她以要去卫生间为由走了出去，看到他靠在门边正和人打电话。他的语气好温柔，叮嘱电话那头的人早点休息，不要熬夜。

她从来没有见过这么温柔的他，一时愣在了

门边。他挂了电话走过来，侧着头问她："小学妹睡醒啦？"

南秋迷迷糊糊地"嗯"了一声，许是夜色太深了，而她的醉意还没散去，她鼓起勇气问他："学长在和女朋友打电话吗？"

她这问题有些逾矩了，声音也颤抖得厉害，好在周遭太吵闹，他没发现她的异样，只是说："还不是女朋友。"

他虽然说"还不是"，但眼里漾开了层层笑意。南秋想到有一回高三年级和高二年级进行篮球比赛，他作为队长带领大家赢得比赛的时候，她也是这样笑的。

当时舍友还笑她："人家打赢了比赛，和你有什么关系？"

南秋没有回答。

因为喜欢一个人，只是听到他的名字，就已经忍不住眼带笑意了啊。

⑤

南秋再次见到江北野，便是在浔江的那个小剧场里。

一共见了两次，第一次她脸上化了很厚的妆，在台上崴了脚，他把她搀扶回后台。那时他没有认出她，她将原因归结到她自己都不忍直视的妆容上。

第二次她特地没化妆，穿了好看的裙子，瞧见他往后台走的时候，选了一个好看的角度坐在那里。她没有看他，可心全在他那儿。那次他果然走向了她，她想：他会说什么呢？好久不见，没想到在这里遇见你，或者是，你也考到浔江来了啊？总之，都是些寻常的问题，她对他从来不敢奢望太高。

可他问："你好，你叫什么名字？"

那天晚上，南秋在微博上看到一个问题，说偷偷喜欢一个人，能到什么程度？有个人回答说："大概是，见了他十分欢喜，却自抑得恰到好处。"

又有人说："明知道他有女朋友，却还是幻想自己的余生里有他。"

许是暗恋的人都有着一样的心情，她觉得那些话语一字一句都是在说她。

——日夜不分地努力学习是为了靠近他，远离家乡跑到千里之外的浔江读书也是为了靠近他。

甚至，高三那年暑假，知道他已经和当初那个女孩分手的消息时，她第一反应居然是为他难过和心疼。心疼到从他们共同认识的人口中得知他那两年迷上了摩托车，那年夏天在渚城有一场比赛时，她想也没想便翻出自己的积蓄，坐了将近二十个小时的火车去看他比赛。

渚城好热，太阳炙热地烘烤着大地，她第一次出远门，连防晒霜都不晓得带一瓶，只好去附近的超市里随便买了把遮阳伞，孤零零地站在赛场外为他加油。

没想到赛场外还有别人也在喊他的名字，全是一些年轻女孩子，把他的名字和照片印在手幅上。看她手上什么都没有，那些女孩子还热情地塞给她一幅。

后来比赛结束，他离场时路过她们，她当时紧张得手心都出了汗，心想：他会不会认出我？倘若他认出来了，我该怎么说？就说我来渚城旅游，顺便看一看你的比赛……

还没等她想好，女孩们一拥而上，她被挤到了最后面，看他冲大家摆了摆手后，一头钻进了车队的车里。

许是太疲惫了，那晚她在酒店里睡到天昏地暗，直到隔天中午才醒。没想到微博热搜里竟然有了他们昨天比赛的新闻。她第一次看这种比赛，什么都不懂，支撑她看下去的，是每一次从她面前飞驰而过的他。

其实连脸都看不清，只有一个模糊的身影，就像这么多年，他亦是这样从她的生命里呼啸而过，扬起了飞扬的尘土，可他从不记得自己的生命里有过她。

⑥

南秋大二这年，江北野念大四。

他们班举办毕业聚会的那晚，南秋恰好和鸦鸦在同一间餐厅里吃东西。

她进门时遇见他的同学，才知道他们在楼上的包厢里聚餐。

那位同学是校学生会文艺部的，同南秋关系还不错，见她和鸦鸦也在，便问她们要不要一起去楼上坐一坐。

整个二楼都被他们包了下来，包厢好大，她冲动地跟上去后，才觉得不好意思——人家在举办同学聚会，她们跟上来算什么。

好在也没有人注意到她们，鸦鸦便拉着她一起坐在角落里吃东西。

没想到聚会到中途，居然有人去和他表白。南秋那时刚喝下一口芒果汁，差点呛到自己，杯子都忘记放下了，就那样隔着人群远远地看着他。

她紧张得手心都出汗了，蹭在杯壁上。江北野显然也没料到会出这种状况，微微愣了愣，想了好久，才说了一句“对不起”。

女孩虽然早就猜到会是这种结果，但眼泪还是没有忍住地掉了下来。

包厢里的气氛一时凝滞起来，江北野从口袋里摸了个烟盒出来，想了想说：“我去一下卫生间。”

但事实上他并没有去卫生间，后来南秋在餐厅的天台上找到了他。

盛夏的夜晚天色极好，天很黑，没有云，星星一层一层地铺展在天幕上。

只是月亮却不是圆的了，是下弦月，弯弯的，像一把镰刀，被众星捧着挂在天际。

听到脚步声，江北野才回过头来，见是南秋，脸上露出一点诧异的神色。

南秋心说他肯定又不记得我了，才大着胆子跑上来，想着就和他这样互不打扰地一起看一看星星也好。

不料，她一只脚刚踏上来，江北野就突然叫了一声：“南秋啊。”

他说：“我那天回去翻了翻以前的照片，发现我们高中的时候居然就认识，你是不是也不记得了？”

南秋个子小，站的位置也比他低，仰着头看着他。明明每一次他不记得她名字的时候她都没有哭，此刻却因为他这一句“南秋啊”而泪流满面。

天台上没有点灯，只有来自星月遥远的光在为他们照亮，江北野轻轻低着头，脸上还有一点“你肯定也没想到我们居然那么早之前就见过”的笑容。南秋低下头，抽了抽鼻子，不敢让他察觉到自己的异样，只是说：“这……这样啊。”

“是啊。”江北野拎了一张凳子坐下来，微眯着眼看着天空，大概分别在即，心里难免冒出了些矫情的情绪，譬如，这一晚的江北野，就显得格外温柔。

他说：“缘分很奇妙。”

南秋心里的潮水涨了上来，根本压不住，她好像被人打开了泪腺的开关似的，眼泪一直不停地往下淌。为了不被他发现端倪，她也不敢往前走了，索性就在台阶上坐了下来，声音里也有了哭腔，不敢说更多的话，闻言，只好附和着应一声：“是啊。”

之后两个人就没有再说话了。

散场时，有同学找过来，见他们两个人居然无言地坐在这里看星星，起哄着问他们是什么关系。

江北野嘴角带着笑，想了一会儿，说："旧友。"

他们的关系好像因为这一个形容突然就近了好多。

江北野毕业后，一直跟着剧团在各个城市进行巡演，每一次回浔江，都要请南秋吃一顿饭，然后两个人会沿着江边散步。

晚上八点以后，江边会有人放孔明灯，有时南秋也会买一盏，和江北野分别拽着两头，奔跑着将它放飞。

好多人会在灯上写愿望，但南秋从来不写，江北野也不写。

又过了一个夏天，南秋的生日前夕，恰好那几天江北野会在浔江停留。

鸦鸦每日都在为南秋的爱情着急，恨铁不成钢地问："你打算什么时候跟他表白呀？"

南秋抿着唇，想知道他喜不喜欢自己，又怕表白被拒后，眼前平和的状态也被打破。

鸦鸦便说："你总不能一辈子就这样默默地喜欢他呀。"

鸦鸦为她想了好多表白的法子，最终让她在生日那天和他一起去放孔明灯，然后在灯上写下表白的话。

可那晚南秋拿着一盏孔明灯在江边等了好久，却始终没有等来江北野。直到路灯都灭了，人群都散去，她才在黑暗里独自放飞了那盏写满了她年少心事的孔明灯。

几天后，她才接到江北野的电话。他说恰好那天他的前女友那边出了点状况，他一直在忙那边的事，直到今天才有空给她补一句生日快乐。

他说："祝我们南秋一生平安，万事顺意啊。"

南秋攥紧手机，根本听不进他的祝福，只是问："和好了吗？"

江北野问："什么？"

南秋说："你和她重新在一起了吗？"

她的声音有些哽咽了，情绪怎么也藏不住，江北野停了很久，才回答她的问话。他说："是啊，我准备申请一下研究生，再去英国读一年书，她正好也在那边……"

他絮絮叨叨，同她讲起自己的未来计划。

南秋把手机开了免提功能，起身去给自己倒了杯咖啡。咖啡好苦，她心绪烦乱，忘记加糖和奶。

鸦鸦从门外走进来，听到江北野的声音，正想骂他两句，陡然却看见南秋脸上全是眼泪。

所有的话被咽到喉咙里，她清了清嗓子，有些生涩地叫了声江北野的名字。男生立马停止了话题，问："怎么了？"

鸦鸦说："刚刚南秋的男朋友来找她，让她下楼给他送书过去，忘记拿手机，你们下次再聊吧。"

窗外蝉鸣悠扬，整个夏天就这样在它们的叫声里匆匆过去。

对面安静了好久，才传来低低的一声"好"。

他话音刚落，鸦鸦就直接挂断了通话。她靠在旁边的置物架上，看着南秋，叹了一口气，又叹了一口气。

外面竟然下起雨来，雨声滴滴答答地打在屋檐上，鸦鸦想了想，说："快立秋了，夏天要过去了啊。"

7

就这样不知又过了几个夏天，有一次南秋在某家书店里办签售会，那天来的人很多，签售开始之前，她站在台上的时候，突然看到人群里有一道熟悉的身影。

那时她和江北野已经许久没联系，那日他戴了墨镜，头始终低着，但她依然一眼就认出了他。

她的心怦怦直跳，脸上的表情几乎要维持不住，脑海里还没天人交战完，为他想好出现在这里的理由，就见他突然低下头，同旁边的女孩说了句什么。女孩的双手握住他的手臂，显得亲密又自然。

后来签售的时候，江北野也没过来，他身边的那个女生倒是来了。他的女朋友和她想象中有些不太一样，看起来年纪不大，笑起来有虎牙和梨涡。给女生签书时，除名字以外，她多签了一句话：祝你一生平安，万事顺意。

那年他给她的祝福，她又如数送给了他。

女孩显然对这额外的祝福有些惊讶，一连说了好几句“谢谢”，蹦蹦跳跳地跑到江北野的面前跟他邀功。

他们本不是特意来参加签售会，只是闲逛时听闻这里有一个笔名为“知秋”的作者在办签售。江北野想起许久以前他还在浔江读大学时，在那里的小剧场里演过一个故事，当时的剧本是他们在网上征集的，他记得那个作者的笔名也叫知秋。

当时南秋还表示过对故事的后续有些好奇，可后来她再也没来小剧院看过他们演出。

他转过身，女孩连忙扶住他的手臂。

成为他的护工是简璐的第一份工作，她以前从未照顾过盲人，于是万分小心，一点也不敢出差错。

江北野却被她的过分小心逗笑了，刚想跟她说自己又不是什么玻璃人，就听女孩欢天喜地地说：“你喜欢的这个作者人真好呀！”

她总是喜欢大呼小叫，江北野没放在心上，问道：“怎么了？”

简璐说：“想知道的话，你得先告诉我，你的眼睛到底是怎么回事。我记得你以前是看得见东西的，对吗？”

她的年纪是真的小，说起话来总是口无遮拦。好在江北野并没有生气，他在微微地愣怔过后，便有些无奈地说：“有一年，我当时很喜欢的女孩过生日，我那天临时有点事，去得迟了，偏偏手机也没电了，为了赶在零点之前见到她，我摩托车骑得太急了……”

他的语气很淡，就像是在说别人的故事一样，讲起这样的话题，竟然还有心情开玩笑：“不过，也幸亏只伤到了眼睛，不然，你今天恐怕就没法见到我了。”

简璐撇了撇嘴：“那你喜欢的人呢，她因为你眼睛看不见就离开你了吗？”

“她啊……”江北野说，“她不知道我眼睛出问题了。”

“为什么？”

江北野说：“没必要告诉她。”

“为什么没必要？”

小女孩问起问题来没完没了，难缠得很，江北野揉了揉眉心，有些不耐烦了，转移话题道：“你刚刚说我喜欢的作者人真好，她做什么了？”

简璐这才反应过来自己的话题跑得太远了，把书递到江北野的跟前说：“我刚刚并没有特别要求，她居然给我签了个特签！”

“哦？写了什么？”

简璐边走边念：“祝你一生平安，万事顺意。”

江北野的脚步倏地一顿。

那边签售会快要结束了，有人问南秋青春是什么，她想了好久，断断续续地说了许多话，声音在喧哗的人声里，有些模糊不清。

她说：“青春啊，大概就是某一年夏天，我为一个人淋了一场雨，生了一场大病，我被自己的爱感动得不行，觉得他肯定也会被我的一片真心打动。但事实上呢——事实上，他根本就不知道我曾为他淋过那场雨。”

拿到关于他人生的角色卡

✲婆娑果

拿到关于他人生的角色卡

1

玩剧本杀就像抽盲盒，你永远不知道自己会拿到怎样奇葩的角色。

比如，此时此刻的贝瑶，抽到的身份是“哑女”。

“请在维持人设的同时向别人证明你不是凶手。”

这本子……是哪位大神写的？

第一轮，各自阐述身份。

贝瑶手舞足蹈“阿巴阿巴”了好一会儿，换来了众人充满怜爱的目光。

负责主局的“侦探”是贝瑶同系的学长，刚和贝瑶表白过。他很努力地去看贝瑶的动作，想要推测出其中的意思，证明自己与贝瑶有那种天生一对的默契感。可惜，他实在看不明白，只能硬着头皮猜道：“学妹，你是扁桃体发炎不方便说话，对吗？”

贝瑶心里默念道：“呃……我不方便说话还来玩什么剧本杀？哦，虽然现在这个角色的确不需要说话。”

关键时刻，陆昂坐直身子，面无表情地说道：“她说她不会说话，不是凶手，不在案发现场。”

这翻译，虽不能说字字到位，但确实抓住了精髓。贝瑶想说的，的确差不多就是这些。

轮到陆昂阐述身份。

“哑女说她没有去过案发现场，但我看到了她，所以她在说谎。”

在安静地等待陆昂做自我阐述的贝瑶愣了足足三秒才反应过来游戏还没正式开始，她就已经被狠“踩”了一脚。虽然不知道这种玩法是否合理，但场上的气氛的确因此躁动了。贝瑶忙伸手去拿自己的身份介绍，通篇看下来，确实没找到自己在现场的说明。她手忙脚乱地比画着为自己辩解——案发时，我正在睡觉。

“我是尸体的第一发现人，我赶到现场时，正好看到哑女从现场逃走。”陆昂逻辑清晰，慢条斯理，“虽然我认为这很可能是真凶布置的陷阱，但哑女的确存在说谎嫌疑，希望侦探酌情考虑。”

他就是欺负她拿到这种身份牌没办法说话！

贝瑶气得牙根痒痒，比画着反问——如何证明说谎的不是你？

“按照死亡时间推断，我有不在场证明。”

“也许死亡时间被做了手脚，也许你的不在场证明有问题！”

“猜测不可取，需要讲证据。”

其他玩家集体化身吃瓜群众，在一旁看他们两个激烈地互踩“争吵”。苗苗伸手戳了戳陈怀：“贝瑶在比画什么我完全看不懂……陆昂是怎么做到不但能看懂还能和她吵起来的？而且看贝瑶的反应，他猜得好像还一字不差……”

“这就是默契吧。”陈怀托着下巴，懒懒地打着哈欠，“窗户纸还没捅破的小情侣……”

他突然感觉自己脊背发寒，扭头一看，是贝瑶和陆昂正在用同一种眼神看向他。就是那种“如果你再敢胡说八道，我就诅咒你这辈子吃方便面都没有调料包”的可怕眼神，陈怀被吓得瞬间闭了嘴，直到做完自我阐述还心有余悸。他忍不住小声和苗苗抱怨：“看到他俩刚刚那复制粘贴般的凶神恶煞的眼神了吗？说他俩没事，我死活不信。”

游戏继续。

贝瑶打开第二轮的信息卡，只觉得一个头两个大。

“其实，你目击了凶案现场。因为怕被凶手报复，所以你选择说谎。”

所以，她刚刚是真的说谎了？那她攒了一肚子的火气“阿巴阿巴”地和陆昂争了半天，是为了什么？是为了告诉他，哦，没错，你说得全对吗？

贝瑶硬着头皮继续看下去。

“但凶手仍不肯放过你，所以，你在去茅房的路上被灭口了。”

贝瑶：“呃……”

关于剧本杀玩到一半就下线这件事，贝瑶虽然无语，但可以接受。但是这个“死亡”地点，还真是够让人笑半年的。

“PS：你已‘死亡’，从现在开始，不可以发表任何言论。”

我从开始到现在就没有说过一句话好吗？

贝瑶以为自己已经够惨了，但显然，还没到下限——她看到工作人员竟然搬了一个假人放到通往洗手间的路上充当她的“尸体”，这个假人还摆了超人的姿势，因为做工劣质，显得格外妖娆。贝瑶一脸无奈地看着她的小伙伴们在那儿笑得上气不接下气，她如果不是至今都单身，还真会怀疑这里的老板是她前男友。毕竟，在她朴素的世界观里，除了那种希望可以老死不相往来的前任，没有人会这样坑一个无辜的、可怜的、只是玩剧本杀的少女。

贝瑶坐在一旁，其他人游戏继续。

陆昂话很少，包括玩这种纯靠嘴输出的游戏。如果让他抽到“哑女”，除了性别，几乎可以说是本色出演了。

贝瑶现在是一个中途领了盒饭的局外人，可以更直观地来看这场游戏。她以前倒是从未发现，陆昂的逻辑感，如此适合参加这个类型的娱乐活动。除偶尔回头瞟一眼正百无聊赖打哈欠的贝瑶，他的眼神大部分都很认真。十分钟后，他咬定陈怀是凶手，张嘴便是相当缜密的连珠炮："是你杀死了宋小蝶，你看起来与她并无私仇，所以杀机更直白，见色起意。我是因为哑女的死而开始怀疑你的，她是你家的丫鬟，身家性命都在你的手中。她怕你蓄意报复，自然谎称没有在命案现场出现过。其实你并不知道哑女看到了你杀死了宋小蝶，因为我说看到了哑女，你才决定杀死她。而我，师爷，赶到时宋小蝶已经死了两个小时了，所以我不可能知道哑女看到了你杀人。在我说的是实话的情况下就只有一种解释，我就是宋小蝶，还魂到师爷身上，来找你报仇。"

拿着"员外"身份卡的陈怀被说得哑口无言，瑟瑟发抖。

后来，没出任何意外，陈怀被全票投出去。学长拿着侦探的本子做着主持人的工作，感觉自己毫无存在感。

全程一句话没有说过的贝瑶不得不感慨一句：感谢陆昂给我报仇。

游戏结束。

陈怀一路小跑溜到贝瑶身边："你有没有发现，今天的陆昂像打了鸡血一样？咱们这游戏，结束得特别快。你说，他是为了给你报仇，还是怕你在一旁无聊，所以想早点儿结束游戏？"

嗬，怎么可能？

贝瑶翻了翻眼皮，一脸不屑。

陈怀喝了口水，润了润因为说多了话快要哑了的嗓子："你还没从哑女的身份里走出来？怎么还不说话？"

"我只是单纯不想和你说话。"贝瑶两条手臂在胸前交叉，比出一个拒绝的手势，"我和陆昂，什么关系都没有！连好朋友都算不上！听懂了吗？"

走在前面的陆昂突然回头，冲着贝瑶问道："一会儿有事吗？"

贝瑶茫然地摇头。

"陪我去隔壁商场买东西？"

"买什么？"

"去了你就知道了。"

贝瑶快走两步，走到陆昂身边："你总得先告诉我你要买什么吧？"

目送二人逐渐远去的身影，陈怀深深地叹了口气："就这还说什么关系都没有？果然，贝瑶的嘴，骗人的鬼。"

2

贝瑶和陆昂是怎么认识的？

呃……你看过《网球王子》吗？

贝瑶是看着这部动漫长大的，从花痴男生的帅气到感慨网球这项运动真危险。从某种微妙的角度来说，网球也算是横跨贝瑶整个青春的运动了，所以在得知大学有网球社团后，她毫不犹豫地……选择去了隔壁的心理健康社。

贝瑶很清楚，世上任何一项需要有手有脚才能完成的运动都不适合她。中考时体育老师说过，贝瑶的手脚就像阑尾，除了发炎，毫无用处。大学体测时，老师的嘴客气了很多，除了"记得补考"，多一个字都懒得和她说。

好在心理健康社并没有什么必须去的活动，因此贝瑶很闲，可以经常溜到网球社那边当吃瓜群众。

网球社的啦啦队是一个庞大且成熟的群体，妹子们平时"上班"都很积极。和贝瑶这种纯粹想要通过网球追忆青春的吃瓜群众不同，她们在喊"陆昂加油"时，个个仿佛自带扩音器。

贝瑶得承认，陆昂的确长了一张值得别人为他呐喊助威的脸，同时也拥有在各种比赛里取得优异名次的过硬实力。但贝瑶总觉得他身上还缺了点儿东西，这让她燃起的兴趣总是差那么一点儿前进的动力。

大概是缺少特效和热血背景音乐……

贝瑶熬夜苦读，自学了一手剪辑技术。她耗时整整一个月，将平时录下来的陆昂打球的画面加上了各种破次元壁的特效，最后又配上那种听了就想站在网球场上的BGM（背景音乐）。贝瑶看完，忍不住感慨："嗯，这味儿对了。"

她原本没想把视频发出去，是室友苗苗一时没忍住把这个视频发进了"网球社团啦啦队"的群里。此视频先是在内部走红，然后又被人发到了各大短视频 APP（应用软件）。"剪刀手"贝瑶火了，被强制地推到了啦啦队副队长的位置。视频里的陆昂也火了，被挂到了学校的招生网站上。

这件事，大家都很高兴，除了贝瑶和陆昂。

贝瑶其实没什么不高兴的，主要是陆昂不高兴牵连得她实在不敢高兴。

"你知道陆昂看到那个视频后的反应吗？"与贝瑶高中同校、如今也在网球社的陈怀神秘兮兮地跑来给贝瑶传播八卦，"就像恐高的人去蹦极，社恐的人去相亲，密恐的人看到蚂蚁搬家，有洁癖的人被人舔了勺。"

这单押，不去唱 rap（说唱）真是可惜了。

贝瑶说："我剪了一个月呢，效果那么差吗？"

"不是差，是太好了。"陈怀笑道，"你知道吗？就连我们教练都说，现在看陆昂打球总感觉他自带特效。跟他对打的更惨，无时无刻不在怀疑如果被球剐蹭一下，就要原地起飞被送到月球。陆昂吧，你也知道，是个闷葫芦，以前没几个人敢和他开玩笑。你那个视频，不仅打碎了他和纸片人的次元壁，还打破了他和我们的次元壁。人家苦心经营多年的高冷形象全被你毁了，生气也是理所当然。"

贝瑶抓了抓头发，只觉得一个头两个大。之后再见陆昂，她总是一脸心虚的表情。

那会儿，她和陆昂从来没有说过话，他们就是纯洁的球员与观众的关系。现在，他们仍然没有说过话，关系也依旧很纯洁——一心想要道歉赎罪的啦啦队副队长和因为被做了鬼畜视频而人设全崩每天脸都很黑的网球社人气顶梁柱。

虽然视频不是贝瑶发的，但视频的确是贝瑶点灯熬油剪出来的。这就相当于你养的狗在外面偷了隔壁狸花猫的猫粮，虽然不是你吃的，但你也得去道歉赔偿。猫粮可以直接物质赔偿，崩了人家的人设该如何是好呢？

贝瑶苦思无果，最后只得上某卧虎藏龙的 APP 搜寻答案。

提问："高冷人设崩了该怎么办？"

答："谢邀，人在美国，刚下飞机。需要维持人设的一般都是公众人物，最近高冷人设不太吃香，建议趁此机会干脆换成耿直人设或幽默人设。"

提问："如果这个人想以高冷人设一条路走到黑怎么办？"

答："不好意思，人在东非大裂谷，信号不好，所以刚看到你的提问。高冷其实并不是一种主动性的人设，这种人设需要其他人的配合。比如，面对表白无动于衷……"

这人后面还写了好长一串，贝瑶懒得看，觉得第一个可以试一试。于是，她特意让陈怀准备好摄像机在一旁等候，并认真交代道："等一下练习结束，我就冲上去和陆昂表白。他那么讨厌我，肯定会拒绝，到时候我把自己的脸打上马赛克，然后发到咱们学校论坛，面对表白无动于衷，他这高冷形象不就回来了吗？"

说完，贝瑶挽起袖子，蓄势待发。

陈怀看了看贝瑶手里的东西："你怀里抱着的这束花……为什么没有花，全是奥特曼？"

"这是玩偶花束，我特意换成男生都会喜欢的奥特曼，这样才能凸显我的诚意，才能让陆昂拒绝我时看起来更加高冷！"

话音刚落，练习结束。

陆昂去休息区拿毛巾，贝瑶当即抱着奥特曼捧花冲上前去："陆昂，你……"

陆昂转头，和她对视。身为女生，虽然只是假表白，但她还是不可避免地害羞了。

"那个，你……我……我是想问你有喜欢的人了吗？"

陆昂站直了身子，盯着贝瑶手里的捧花，看了足足三十秒，然后，他指着其中一个问道："这是谁？"

"迪……迪迦……"

"那这个呢？"

"泰罗。"

"这个？"

"赛罗……"

“最大的这个？”

“奥特之母……”

陆昂将水瓶放回运动包：“你刚刚问我什么来着？”

“你有喜欢的人吗？”

“没有，但我有喜欢的类型。”他起身，将运动包背到肩上，“我喜欢能分清奥特曼的女生。”

贝瑶：“呃……”

陆昂离开后，陈怀扛着他的摄像机一路跑过来。贝瑶伸手拍了拍陈怀的肩，怔怔地问道：“刚刚，他拒绝我了吗？”

“不但没拒绝，甚至好像还和你表白了。”

这怎么好像和计划的不太一样呢？

那天，贝瑶豁出老脸折腾一遭，结果除了让网球社啦啦队的女孩子们集体潜心钻研奥特曼，好像并没有得到她想要的结果。当苗苗拿着迪迦奥特曼来问贝瑶为什么只有他颜值这么高时，贝瑶沉默了。她好像突然有些记不起自己特意跑去和陆昂表白是为了什么。

3

剧本杀结束后，贝瑶被陆昂拉去商场。

“我姨妈家表姐的女儿马上就要过生日了，我要给她准备礼物。女孩子喜欢什么我不太了解，所以问问你。”陆昂指着商品货架，一本正经地问贝瑶，“你觉得，哪个好？”

贝瑶看着那一排排装在盒子里的奥特曼，只觉得一个头两个大。

她舔了舔下嘴唇，试探性地问道：“你确定……你姨妈家表姐的孩子是女儿？”

陆昂点头。

贝瑶拉着陆昂去了芭比娃娃货架：“我觉得，送这个比较靠谱。”

陆昂瞬间皱起了眉头。

他是那种天生表情就不怎么丰富的人，无论是笑还是哭，都能保证五官在最小活动的范围内将情绪表达清楚。此时此刻，即便他只是略微地抽了抽眉毛，但贝瑶还是觉得他把“嫌弃”两个字写在了脸上。

“我觉得，小朋友不会喜欢这种东西的。”

“女孩子会喜欢的。”

“你小时候喜欢这个？”

“喜欢。”

“你喜欢的难道不是奥特曼？”

贝瑶说：“虽然我都喜欢，但是，大部分女孩子喜欢的应该是芭比娃娃。”

陆昂倔强地选择了奥特曼，贝瑶也很倔强，于是，自掏腰包给孩子买了一套芭比娃娃。她郑重其事地将娃娃礼盒塞进陆昂怀里，然后一脸认真地交代道：“不要左右孩子的想法，务必让她自己选。”

陆昂点头，贝瑶可以深刻感受到他对自己挑选礼物品位的不信任。她感觉自己心情不是很好，想到自己与陆昂之间的关系发展至如今这种“针尖对麦芒”的地步，陆昂真的要负很大的责任。

话说当初她那通毫无意义的表白过后，陆昂与她之间的关系并没有发生什么实质性的进展。他们依旧没怎么说过话，街头偶遇时连招呼也很少打。后来，视频的热度降下来了，贝瑶的负罪感也跟着减轻了许多。她不再像先前那般执拗偏执，睡不着时还会反思自己当时的行为有多离谱。她越睡不着越想要反思，越反思就越睡不着。时间一久，贝瑶发现自己的童年都暗淡了——曾经，奥特曼是她的光，现在每一个奥特曼的假面下仿佛都藏着陆昂的脸。

可惜，交集还在，做不到老死不相往来。

全国大学生网球锦标赛，A大网球社的种子选手自然是要报名的。团体赛，陆昂作为固定的第一单打，得去。贝瑶作为啦啦队副队长，也得去。虽然贝瑶始终没想明白，身为心理健康社社员的自己怎么就能跨社团做了网球社的啦啦队副队长。

贝瑶在加油一事上不太擅长，队长就把医药箱托付给了她。贝瑶一再拒绝：“这种工作我肯定不能胜任。”

“别想那么多，基本不会有人受伤的。”队长拍了拍她的肩，语重心长地说，“咱们这毕竟只是大学生网球锦标赛。”

贝瑶瞬间就被说服了。

可惜，队长的乌鸦嘴说什么就来什么。

比分 2：2 时，陆昂作为第一单打出场。眼见将比分拉到 5：3，再赢一局就可以捧着奖杯快快乐乐回学校吃烤肉庆祝胜利了，结果也不知场地里面怎么会滚进去一个多余的球，他一个没注意，崴得“咔嚓”一声……好吧，这个“咔嚓”是贝瑶脑补出来的。虽然没听到声响，但她觉得那一定很疼。贝瑶瞬间共情，感觉自己的脚踝都在隐隐作痛。她背着医药箱跑过去，像模像样地替陆昂摸了摸骨。

围观的队员忍不住向贝瑶竖起大拇指：“挺专业啊！”

“我是兽医专业的，以前学着给猪……”

她话还没说完，陆昂已经抽回了他的腿。

贝瑶一脸殷切地看着陆昂：“你还要继续比赛吗？”

体育精神，永不言弃。哪怕只剩下一只手，倒立着也要站上比赛场。

——以上仅为贝瑶的个人想法。

陆昂看了一眼自己肿成馒头的脚踝，又抬头看了一眼一副很希望他继续比赛的表情的贝瑶。他脸上的表情愈发沉重，贝瑶觉得他在用脸骂人，他像是在说“总有刁民想害朕”。

那场比赛，陆昂最后还是弃权了。作为现场唯一的“医学生”，贝瑶给陆昂的脚踝做了简单处理，然后和教练一起送陆昂去了医院。医生安排陆昂去拍片，开单子时忍不住问道：“这临时处理是谁做的？对倒是挺对的，就是包扎的手法怎么这么像兽医？”

“兽医”贝瑶歪头看墙，一本正经地学习墙上挂着的“七步洗手法”。

诚然，她当时说的话听起来很没人性，包扎的手法也很粗糙，上不得台面，但她的确是一心一意在为陆昂着想，绝对没有任何私心。可惜，陆昂并不能理解她的良苦用心。两人本就有些复杂“混乱”的关系自此更进一步，陆昂做梦也想不到贝瑶报复人的手段会那么一击即中。

单身近二十年的贝瑶，因为这些日子在网球社的各种活跃表现，成功地撩动了他们单打二号的春心。二号也是纯情少年，不敢直接表明心意，也不知他听谁说过，贝瑶与陆昂特别熟，于是，他特意去找陆昂打探了贝瑶的喜好。

“你喜欢她？”陆昂蹙眉，转而一脸不可置信，“要不还是算了吧，毕竟生命只有一次，得珍惜。”

二号被吓得一哆嗦，但还是不想放弃：“有什么内幕，具体说说？”

陆昂当初说了什么至今成谜，但自那以后，二号看到贝瑶跑得比兔子还快。此事过去一月有余，贝瑶才从陈怀口中得知，有一个纯情少年曾对自己动过心。可惜，他已经被陆昂吓跑了，她却连对方叫什么都不知道，只能在抱怨时亲切地称呼对方——二号。

经贝瑶逼问，陈怀继续交代：“陆昂就是你脱单路上的绊脚石，是你单身路上的守护兽。”

贝瑶气到想摔手机，什么仇什么怨！

4

抽到哑女身份这次，并不是贝瑶第一次和陆昂他们出去玩剧本杀。

第一次一起去玩也是陈怀组的局，抵达后贝瑶发现陆昂也在，当即转身想走，谁料被陈怀死死地按住：“来都来了，就这么走了，岂不是显得你很心虚？”

她虚什么虚？她最多就是破坏过他的人设，又没毁过他的姻缘。两相对比，明明陆昂更缺德。

贝瑶算是很理性的人，平时玩此类游戏也算个中能手，结果当天在桌上看到陆昂便气不打一处来，死咬对方就是凶手。经她衬托，陆昂显得逻辑清晰又很理性。为带领游戏走向胜利，这理智的和不理智的注定要进行一场较量。

贝瑶率先发言：“我认为，陆县长是凶手。案发时间，他没有明确的不在场证明。而且，他对死者有很大的杀意。他可以凭借县长的身份将死者叫到现场，这是其他人都做不到的。”

陆昂淡定地反驳：“虽然我没有明确的不在场证明，但你别忘了，我右手是有残疾的。凭我的力气，无法完成作案。我认为，师爷才是真正的凶手。”

贝瑶：“但关于你右手的残疾，并没有实质性的证据。”

陆昂叹了口气：“请不要在游戏时掺杂过多私人感情。”

“是你先毁我姻缘的。”

“什么时候的事情？我不清楚。”

“就是……”想了半晌也没想到二号具体叫什么的贝瑶气势稍稍矮了一截，“什么时候的事，你自己心里知道。”

陆昂依旧否认：“我没有，但如果你说的是王禹……我只是对他说了一些实话。”

你说了什么实话能把别人说得看到我就跑？

贝瑶长舒一口气，决定摊牌直言：“诚然，用你的形象剪辑视频破坏了你人设那件事是我做得不对，你要生气也情有可原……”

陆昂打断了她的话：“我什么时候因为这件事生气了？”

“你没生气吗？”

“没有。”

鬼才信！

贝瑶继续翻其他小账：“关于你崴了脚我还问你要不要继续参加比赛那件事……”

“我懂，运动员就是应该有永不放弃的精神。”

“那我给你包扎的手法过于粗糙？”

“一直忘记感谢你，你当时给我做了正确的应急处理。”

贝瑶有些麻了：“所以说，我到底做错了什么，值得你特意毁我姻缘？”

陆昂沉默了好一会儿。

然后，他坐直身子，认真地说道：“咱们跑题了，游戏还在继续。我保持刚刚的观点，仍旧认为师爷才是真正的凶手……”

那天，陆昂有理有据地带领大家将真正的“凶手”投了出去。所有人的脑子都很清醒，只有贝瑶浑浑噩噩。她是有些强迫症在身上的，有未想明白的问题，就会抓心挠肝吃不好睡不着，考试时都觉得卷面上只写了一个问题——陆昂为什么要特意毁我姻缘？

苗苗说：“因为他喜欢你吧？”

贝瑶受到惊吓，觉得自己更睡不着了。

她更抓心挠肝了，每天拐弯抹角、变着法子想从陆昂口中问出他是否喜欢自己。“你喜欢能分清奥特曼的女孩子，那你喜欢送你奥特曼的女孩子吗？”“如果遇到喜欢的女孩子，你会主动对她表白吗？”“如果有其他男生想要追求你喜欢的女孩子，你会从中搞破坏吗？”……

贝瑶自认为问得很委婉，可旁观者觉得，她恨不能把“你喜不喜欢我”这几个字写在脸上。

更令旁观者震惊的是陆昂的回答，他说：“和是否做这些无关，主要还是看人。”

苗苗认为这句话的意思是“我喜欢的是你的人，和你做了什么没关系”，贝瑶的理解则完全不同，她觉得陆昂的意思是“你做什么都不可能打动我，毕竟我讨厌你”。

“说得好像我喜欢他一样！”贝瑶红着一双兔子眼，“我要和他割席断交……我……我要继续剪他的鬼畜视频！”

苗苗扶额，默默地给陈怀发了消息：“我的心很累。”

5

关于贝瑶想要和陆昂割席断交这件事，贝瑶同学堪堪只坚持到第二天见到陆昂前。贝瑶认为这件事并不能怪自己，主要还是怪陆昂不会看人脸色——他和她说话时依旧一脸坦然。对方如此淡定，她如果表现得斤斤计较小肚鸡肠，那未免过于小家子气，而且，很容易被误会成表白不成恼羞成怒。

与陆昂无声的、单方面的战争维持了一个星期左右，贝瑶同系的学长突然跑出来对贝瑶表白了。学长的帅气、成熟以及让人有安全感都是贝瑶理想中男朋友必备的要素，他简直是贝瑶脱单路上的明灯。可贝瑶没有答应，“被心目中的理想型表白”这件事并没有让贝瑶欢呼雀跃，她思考片刻，最终选择了拒绝。

“为什么？你有喜欢的人了？”学长如是问道。

贝瑶瞬间激动得像摸了电门：“绝对没有！”

学长用一脸“鬼才信你”的表情对贝瑶说：“不用这么激动，我相信你。”

贝瑶舔了舔下嘴唇：“倒也不用这么勉强地相信我……”

后来，学长邀请贝瑶周末一起出去。眼见贝瑶一脸拒绝，他连忙补充道：“不算约会，只是一起出去玩而已。如果你朋友有时间的话，也可以一起去。”

贝瑶原本是想带着苗苗一起去的，结果苗苗喊了陈怀，陈怀喊了别人，最后去了一群人，其中就包括看起来脸色很黑的陆昂同学。学长见了这仿佛要去打架的阵仗，表情管理多少有些失败。

因为人数众多，所以最后大家一致投票去玩剧本杀。

这是一次从本子到陆昂都在针对贝瑶的游戏体验。活动结束后，贝瑶直接被陆昂拐去了商场。等替他姨妈家表姐的女儿挑选完生日礼物，贝瑶才想起，约自己出来的人是学长……喜不喜欢不说，但这样不告而别确实挺没礼貌的。贝瑶正准备回去当面向学长道歉，谁料陆昂那好不容易多云转晴的脸色瞬间又黑了下去。

“你要走？”他脸上也没什么情绪的波动，但贝瑶就是能明确感觉到他很不高兴。

贝瑶想了想，继续问道：“你还有亲戚需要挑选生日礼物吗？”

“有。”他顿了顿，然后指向自己，“我。”

贝瑶：“呃……”

她默默地走回奥特曼货架，挑了一个最英俊帅气的迪迦。她把东西塞进陆昂怀里，感觉自己就像那种被熊孩子磨着买玩具、不买就不走的家长。然后，她意识到事情好像不太对——先前“表白”的时候，她就送了一捧奥特曼，现在又送，感觉像极了二次表白。

“我给你换一个！”贝瑶伸手，试图抢回奥特曼。结果陆昂手掌心里就像生了胶，他牢牢地攥着，坚决不放手。

他看着贝瑶的眼睛，一本正经地说：“我喜欢能分清奥特曼的女生……这样的女生，不多见。”

那是你没见过世面，我们小区一起扒沙子长大的女生，个个都能分清楚，贝瑶如是想。

但她不能这么说，她尽量委婉地说道：“这可能是因为你见过的女生比较少。”

“我喜欢送我奥特曼的女生，你是第一个。”

“你的意思是……我阻碍你姻缘了？”情商堪忧的贝瑶同学十分大度且愤怒地说道，“没关系，你可以等第二个。”

“我的意思是，我喜欢你。”

陆昂终于打出了他在球场上最擅长的直球，贝瑶完美接下，脸颊瞬间红了起来。她不断地用手给脸和耳朵扇风，顺便原地转了两圈：“哎呀，怎么突然说得这么直白？”

陆昂实话实说：“不这么直白你听不懂。”

贝瑶：“呃……谢谢你，我瞬间就不害羞了。”

陆昂向前迈了一步，因为身高优势，他微微低头才能直视贝瑶的眼睛：“所以呢？你喜欢我吗？”

贝瑶嘴角上挑，微微一笑：“要不，你猜猜？”

对自己的感情一向看得不怎么清楚的贝瑶在被陆昂表白的瞬间就彻底看清了自己的心，毕竟被学长表白时，她可没激动成这样。

学长……学长？差点儿把那位她至今记不清姓名的学长给忘了。

“那个，我得先去给学长道个歉。”

“发个微信不就可以了。”陆昂开始宣告主权，“我们接下来难道不应该一起去吃晚饭吗？”

尾声

陆昂姨妈家表姐的女儿喜欢的礼物是奥特曼，对于贝瑶挑选的芭比娃娃，只礼貌性地表示了感谢。

贝瑶为自己挑选礼物的品位陷入沉思。

“当初如果我送你的不是奥特曼，你还会喜欢吗？”

贝瑶试图在陆昂身上证明自己送礼的品位很好。

可惜，陆昂的回答是：“和送什么无关，主要还是看人。”

“那你是什么时候开始喜欢我的？”

那应该是很久以前的事情了，她站在网球场外，举着摄像机对着他拍。微风轻拂她鬓角细碎的长发，那样的她，好像一幅见之难忘的油彩画。

长亭

✻林稚子

/// 夏天的颜色再美好也只在一瞬间，这一瞬间是轻雾，是梦。

从这日起，还有三百六十五天就高考了，廖初桐独自在书店里闲逛。

“绮色佳三面墙是由小块小块的玻璃拼接，五点钟夕阳吻近山峦，山畔的书店会沐浴在霞色里，每一面玻璃都美得像圣心教堂。”

廖初桐读到这段话，是在书店最角落的一本书里。作者写浙江乡下的风土人情，养蚕、缫丝，春天茶山上采茶的明艳少女。初桐看得渐入佳境，一翻页，一张小麦色便利贴落下来。她拾起来看，上面用钢笔写着上述话语。

那会儿是阴天，水墨一样的云层涌动着，一滴雨水落下，玻璃上印出圆圆小小的水渍。闷热中，世界显出寂寥的境味。初桐合上书，看看腕上的表，是下午四点五十九分。

今天不会有夕阳，近来好久都不曾有。梅雨一直下，院子里长出潮湿的苔藓，波萝蜜树上坠着青色的果实，秀媚撑伞站在树下看，说不久就可以吃到今年的第一颗波萝蜜。

但雨水一直没有停，波萝蜜长得好小，营养不良的样子。秀媚说，等有太阳了就会好，金色的阳光会催熟它。初桐想起衣兜里麦色的便利贴，久违的明媚，鬼使神差地将它带了回来。

她喜欢这人的字，洒脱、飘逸，每个字的收尾一笔都轻轻荡开来，像古时喝酒之人拂过案头的衣袂。字是随人的，薏米的字就很像薏米本人，活泼、精神，像跳舞的小人一般挤在两排格纹线里。薏米走路也是蹦蹦跳跳的，像脚底安着弹簧。

晚上自习课时，薏米从前排传来字条，问她下午去哪儿了。初桐回复说只是去了绮色佳看书——笔尖顿了顿，小心地画上句号。薏米不相信，说自己才不相信她这样的优等生会去看闲书。过了一会儿薏米上厕所没有叫她，好在这种小脾气彼此早已习惯，初桐自顾自地埋头在胳膊肘里睡觉。

从这日起，还有三百六十五天就高考了。

余大头郑重其事地在班上贴了一张绿底红字的倒计时表格，初桐克制着自己不去将那颜色涂成黑白，实在是太丑了。回到家，秀娟做了鲤鱼炖豆腐，取的是“跃龙门”的意头。客厅的挂历旁开始拴上一支红笔，日期下面画了一把叉。挂历纸也是绿色的，红叉七天生长出一排，一个月便连成一片，在客厅里格外醒目。初桐想起秀娟总说不给她压力，可她却无意识地做了跟余大头一样令人厌烦的事情。

“他有他的河山明艳，如果没有动荡，或可称为风雅的人。”她又看到了麦色的便利贴，评价作者。她打开书包，掏出铅笔，在纸上写：虽没有动荡是好的，然而动荡中才显出一个人骨子里的品格，他不配他所爱的那种美。

写完了，她像做贼一样将评论贴在对方便利贴的下面。她给陌生人取名麦子，因为圣埃克絮佩里笔下的狐狸也有这样一片麦色的田野。会心地交流对她来说是奢侈，可遇不可求。初中一年级时她刚转学到广州，课间与同学聊天，说起《泰坦尼克号》，少女与画家疯狂的青春，那时他们看她的眼神怪怪的，她从来不合群。

直到遇见薏米。初二时全校重新分班，初桐像往常一样坐在新教室的最后一排。早课铃响时，一个女孩冒冒失失地跑进来。此时教室已坐满人，她大大咧咧地和初桐挤在一张凳子上，这个女孩就是薏米。

薏米话很多，也很爱说。她说起自己的老家在安徽，初桐就忍不住多看了她一眼。薏米是个皮肤微黑的女孩，短短的头发，会弹尤克里里唱粤语版的《情人》，天性开朗，她很快就在新班级里交了一群朋友。

在过去的班里，没有一个女孩同初桐讲话。现在薏米拉她一起吃午饭，陪她一起去操场，她小心翼翼地捧着这来之不易的幸福，像踩在钢丝上跳舞。有一天，薏米和她闲聊时，前座的男生忽地转过身来，习惯性地唤初桐的绰号——

“×× 妹，我的橡皮掉你那边了。”

他是初桐原来班级的同学。他喊出这个字眼时，初桐仿佛失足从钢丝上坠落下来。彼时她们正在讨论偶像的新歌，薏米乍听到，像走路的人冷不丁撞上一堵墙。初桐的头往课桌下低得更低，男生以为她没听见，用钢笔叩了叩她的课桌：“喂，×× 妹，我橡皮……”

薏米“噌”地站了起来，谁也没看清她是怎么抄起课桌上那么多那么厚的教科书，劈头盖脸就朝着男生砸过去的。男生和薏米打了起来，教室里满是起哄的声音。最终，被挠破脸的男生窜出教室很远，薏米还不忘踢翻他的课桌。初桐的头始终低着，一双手死死地抓着校服衣摆，很久之后，掌心里还有指甲抠破的红印。

从那以后，全年级没人敢再叫初桐的外号。薏米被记了处分，从老师办公室出来时，初桐在树荫下等她，薏米耸耸肩说没事，初桐的眼泪却“唰”地流了下来。

十六岁时，两人同时升入荔南高中。隔年夏天，陈子桉踏进高二（17）班。初桐仍然记得他跟随在余大头身后潇洒落拓的样子。文科班男少女多，女生们小声地嬉笑，余大头就重重地咳嗽，用不满的眼光扫了全班一圈，最后停在后排的初桐身上。

“廖初桐，你带新同学去走廊尽头搬一下桌椅。”走廊尽头是废弃的教室，教务处用来堆放多余的教学用品。初桐打开老式牛头锁时，迎面扑来一股尘埃的气息。

陈子桉走进去，手指插在校服裤兜里，气定神闲地在里面逛。初桐站在门口，想让他快点，又不好意思催。正犹豫着，男生已经晃到讲台的位置，手里玩着一支粉笔，坐在讲台上笑着看她，说：“缺月挂疏桐，漏断人初静。廖同学，你的名字还挺美的。”

初桐的心一惊，停一拍，又跳一拍，大气也不敢出。他亮晶晶的眼望向她这边，她禁不住这样紧迫的直视，慌乱地转过身看走廊外的天空，从来没有人解读过她的名字。

后来他和她一前一后走在走廊上时，她只觉得男孩的力气真大，拎课桌如拎麦当劳纸袋。初桐走在他后面，抱着铁制椅子，走两步歇一歇。走廊漫长，他们渐渐拉开距离，陈子桉察觉到她的吃力，回过头来轻轻一笑，拿过了她手里的椅子。

她就这么两手空空地跟在他后面。这条走廊如此漫长，以至于他后脑勺新剪发楂的深青，他校服上衣被风吹鼓成帆的雪白，走廊外合欢树摇曳如海的翠绿，纷纷落进她的眼底，令她觉得夏天好像永远定格在这些颜色里。

她是他们班的第一名，他说自己成绩不好，两个人坐得近，他就常常借她的笔记。那时刚教《卫风·氓》，她是全年级第一个过目成诵的学生。余大头表扬了她，课后陈子桉就猫咪似的两手攀在桌沿，可怜巴巴地拜托她教自己背。她告诉他隐妙的诀窍，男孩却总是背不下来。好不容易能背了，又遇到新的麻烦，央她给他释义。

渐渐地，初桐的课余时间都被陈子桉占满。她已经很久没去薏米那里玩了，薏米个子娇小又爱讲话，早被老师调到讲台边看守着。一天下了晚自习，初桐照例在教室门口等薏米。薏米收了书包，沉着脸，只当没看到，从她身边走了过去。

初桐跟在薏米后面，不晓得哪里得罪了她。

一直走到校门口，薏米才回头，轻轻说了一句："你再这么重色轻友，我就永远不理你了。"

初桐这才知道原来她是吃醋了，心里觉得挺过意不去的。薏米原来这么在意她，薏米从来都很在意她。当初她们一起考到这所高中，分在不同的班级，薏米是跟家里大哭大闹非要妈妈帮忙才转到了初桐所在的班级的。

"我以后不理他好不好？"初桐追上去又补了一句，"骗人是小狗！"薏米瞪她一眼，两个人忍不住都笑了。第二天，初桐果然不怎么搭理陈子桉了。夏天的颜色再美好也只在一瞬间，这一瞬间是轻雾，是梦，好朋友才是温暖而明媚的存在，何况是薏米这样冲破层层乌云降临在她青春里的天使。

一个多月没去绮色佳，再去的时候那本书仍然寂寞地立在角落的书架上。初桐踮脚取书，手指摸到侧页上柔软的尘土。

她闭上眼，觉得这柔软似曾相识。一回想，她才记起是陈子桉第一天来学校时，她和他在废弃的教室里闻到的尘埃味。

说到陈子桉，现在他们三个倒是常在一起。是薏米先耐不住寂寞，常常来后排找他们玩。但因为上次赌气的事，初桐仍然刻意地跟陈子桉保持距离。薏米作怪唤男生"橙子"，他也答应，爽朗一笑。他笑起来嘴角一侧上扬，像个坏孩子般狡黠。

不，他本来就是个"坏孩子"，他推说自己语文有多差劲，月考试卷发下来，分数比初桐还要高。

他的作文是满分。所有人都老老实实地按余大头教的考场必胜法写作，陈子桉却很不同。旁人引经据典总嫌生硬，他写的仿佛自己也看过古人看过的大漠、落日和长河。余大头赞赏地念过他的作文，说除非有很深的功底，否则写不出这样的好文章。他还不忘打击一片学生："你们庸人就不要学了啊，这个'凤头、猪肚、豹尾'三步走记住了啊。"

一下课陈子桉的作文试卷就被坐在讲台边的薏米抢了去，后来又被其他人轮番膜拜。初桐虽没有机缘看到，但凭着超绝的记忆力，夜里将余大头念过的段落默写了一份。

这是余大头第一次没有在课上念她的作文，然而她总归是要打败他的。她不信邪，她将他的文章压在书桌的玻璃板下。文章里男孩浩荡的知识面震慑了她，所以只要时间稍微空一点，她就会来绮色佳充电。

那本书她已读到中间，写乡下少年十几岁订婚的往事在低眉信手翻页的瞬间，麦子新留的便利贴滑了出来。

她捡起字条读过，也撕下一页便利贴附在其后。现在的她已经不怯，她同麦子在纸上聊天已久，一开始是文学，后来涉及音乐、生活，甚至是内心不便对外人讲的事。

有些事，是对薏米和秀媚也开不了口的。

比如父亲。

那时他们还住在合肥，父亲是当地小有名气的青年才俊，会抱着初桐给她念英文原版童话，出差回来给她带彩绘的俄罗斯套娃。父亲和美丽窈窕的秀媚站在一起，是这座城市的一道风景。

她五岁时，父亲的公司遇到危机，资金运转不良，愁得夜夜睡不着觉，只有坐在马桶上才略微能放松下。秀媚起初还觉得他只是压力大，后来有一天早上，发现他倒在卫生间里，那时才察觉他的精神不对劲。

翌年公司破产，秀媚把女儿和一堆烂摊子留给丈夫，离婚远走广州。直到初桐十二岁，秀媚才接她到身边来。

初桐开始不肯去，不知道秀媚是如何跟父亲商量的，后来父亲留下一张车票和字条就离开了家。等了父亲一周都没有消息的初桐明白了父亲的决绝，含泪上了火车。她一直对秀媚怀恨在心，可当她走进窄小潮湿的郊区小院，看到秀媚晾在卫生间铁丝上的服务员T恤衫，老式冰箱里隔夜的炒芥蓝，才发现母亲原来也不过是广州这颗通红熟透的大苹果上生出的斑点。

秀媚过得并不好，她的脾气坏，又总遇人不淑，仅有的一点积蓄也被人骗掉了。有一天，秀媚在镜子里发现自己眼角的皱纹，这才记起自己已经身为人母，才记起遥远的地方还有一个抛给精神病丈夫的女儿。

于是她接了初桐到身边来，给她落了户，给她安排了学校，给她买了新衣服和书包。初桐不爱开口，沉默而文静，捧着书能看一下午。秀媚不愿意和女儿有这样的隔阂，这样的隔阂让她感觉在自己家总像做客。于是她没话找话，问："你爸爸现在做什么呢？"

初桐嗫嚅了几个字，听不清。秀媚再问，她就腼腆地摇摇头，不愿说话。

两人可以正常交流的只有天气和院子里那棵波萝蜜树。树有些营养不良，瘦瘦的，叶子蔫黄，初桐很爱站在树下。秀媚觉得眼前的女儿陌生而熟悉，她心里偶尔也会有不安的念头，那个念头模模糊糊的，成为吞噬未来的黑洞，她极力不愿承认它。

秀媚做梦也没想到，她眼里安静得过分的初桐，是个还算健谈的女孩。虽然是在纸上，虽然对方是个素未谋面的陌生人。

初桐常常跟麦子聊起爸爸，聊小时候的人和事。在很多的便利贴里，初桐写，爸爸喜欢横着切苹果，这样就会看见小星星；初桐写，今天音乐课教了李叔同填词的《送别》，爸爸傍晚喜欢坐在树下吹口琴，吹的也是《送别》；初桐写，爸爸犯病的时候六亲不认，吃饭没有分寸，可以吃好多好多，吃吐了还要吃，还会哭着笑着用煤块在墙上写英文和古诗，有时候写"爸爸爱初桐"；初桐写，冬天到了，不知道爸爸的棉衣换上没有。希望爸爸一定要记得，每天三次，每次要吃六粒稳定病情的药，红色的三粒，蓝色的两粒，白色的一粒。

这些和父亲在一起的平凡小事，成为日后挂在虚空里的星辰碎片，供初桐在年复一年相见无期的离别里重温怀念。初桐喜欢和麦子谈论她生活中的小事，也喜欢麦子每一个充满睿智的回复。初桐的便利贴是暖橙色的，每次写了，就贴在麦子麦色的便利贴的下面。纸张相接的颜色如此温柔，以至于她看到它们，会不自觉地想起圣埃克絮佩里笔下的麦田和狐狸。

他们交流的"接头地点"总是那本书。暑假，一个学期过去；寒假，到新学年，初桐仍然没有看完那本书。那本书成了绮色佳角落里隐秘的天空，她所有的自由都在那里。她极慢极细地读它，好像故事翻到最后一页，陌生人就会消失似的。

三月开学前，初桐到绮色佳买习题册，她像往常一样踱到角落的书架前，拿下那本卖不掉的书，翻了几页，找到麦子留下的便利贴。她记得自己上次问过，该如何面对即将到来的高考，麦子回她一首小诗："当你起航前往绮色佳（Ithaca）……"

初桐刚看了一行，肩膀就被人轻轻拍了一下。

原来是薏米。

最后一学期的冲刺在高三（17）班全体同学看来，并没有想象中狼烟四起、浴血搏杀的场面。一场历时十二年的比赛跑到终点，所有人都疲倦了。有的人是对失败习以为常，有的人是把成功看淡了。薏米有个很形象的比喻，她说大家都是蒙着眼睛拉磨的驴，已经被考试这副重磨摧残到麻木了。

"伊敏变驴了？什么时候变的，那不是伊索的驴吗？"陈子桉转过头，一脸天真地问。

初桐听了笑起来，薏米边气边笑。因为薏米矮小，陈子桉很爱将书本卷起来敲她的头，有时两个人追着打，打不过了薏米会躲到初桐怀里求保护。在高三一片死气沉沉的气氛里，薏米和陈子桉是“唯二”可以像幼儿园小朋友一样大笑、开心吵闹的人。

这样的日子像海水一样，蔚蓝而洁净，似乎取之不尽，用之不竭。很久以后初桐才懂得，少不更事的幸福有多珍贵。

高三毕业时，三个人坐在学校天台上喝酒。初桐不胜酒力，只要了一罐菠萝啤，另外两个人真真切切地怼着对方喝。半打嘉士伯下去，薏米的脸变得像苹果一样红彤彤。

薏米说：“零点我们仨来交换礼物好不好？”陈子桉说好，薏米又说：“真希望我们能永远吃、永远玩，一起到老！”陈子桉哈哈大笑，重复道：“永远永远永远。”初桐微笑着看着两人，知道他们醉了。六月清凉的夜风里，她仰起头寻找星辰。繁华的不夜城没有星星，可她的心里微微潮湿，是如此不舍而眷恋，像一颗流星碎成一千片落在湖里。她想起爸爸的口琴，老且旧的《送别》，她在心里轻轻唱，后来不禁唱出了声。在栀子花香的夜风里，长亭外，古道边，芳草碧连天。

谁都不记得后来是怎么回到家的，迷迷糊糊中初桐做了一夜的梦，梦里她真的看到了星星。

永远，永远永远。

“你会去哪里？”

“合肥。”

“我在合肥等你。”

我在合肥等你，这是考试前麦子留给初桐最后的字条，从那以后，绮色佳角落里的那本书就消失了。初桐翻遍书架附近所有的书，再也没能找到麦子的任何讯息。

一瞬间，初桐觉得有些后悔，从前她觉得这样的交流神秘而浪漫，如果知道了麦子是谁，她反而没有向对方倾诉一切的勇气。她一直以为还有时间，还来得及，可猝不及防间，最熟悉的陌生人就从身边消失，无影无踪。

就像爸爸。

她本是想来告诉麦子，自己去不了合肥了。

初桐的第一志愿是合肥的中科大，可录取通知书到手的那天，却改成了中山大学。盛夏聒噪的蝉鸣里，初桐脸色苍白地坐在书桌前，老式台扇嗡嗡地转着，她鬓角的汗被吹得湿冷。秀媚一改往日要强的性子，先是认错，说：“是妈妈不对，私自改了你的志愿，可妈妈都是为了你好。”初桐没有吭声，秀媚交代她午饭放在桌上，初桐也没有应，傻傻地坐在风扇前，眼珠子愣愣地看着风扇，好像风扇成了一条能够回到过去的隧道。

秀媚夜里下班回来，看见桌上一口未动的菜，白米饭上结了一层硬皮，初桐还是中午那副样子，一动不动地坐在书桌前。她绷着的精神一下子垮掉了，将满手的蔬菜一摔，大声嚷嚷初桐这是做给谁看。

“我看你就是忘不了合肥！合肥有什么好的，不就是有你爸！我养了你这么多年，就算养个宠物也有感情，你就这么不珍惜！为了你，我一直累死累活工作加班，小没良心的！”秀媚舒了一口气，忽然哭了起来，“你总是觉得你爸爸可怜，可是桐桐，你爸爸有精神病家族史婚前不说，谁又来赔我被耽误的一生？你体谅妈妈一下好不好？”

从那一刻起，初桐耳朵里的蝉鸣忽然消失了。精神病家族史，她口里喃喃着这几个字，终于转头看向母亲。然而秀媚也被这几个字的分量压住，瞠目结舌地望着初桐。

从那以后，她尽量在秀媚面前表现得很正常，两人再也没有提起志愿被篡改的事。反而是那脱口而出的六个字，成了屋檐下的心结。再后来，很多以前看起来很正常的事，初桐回想起来也不敢再做。她心里开始惧怕，像一颗水果从心里开始腐烂。

她再没有长时间坐在树下看书，再不敢腼腆地沉默，好像这沉默也会变成一种疾病的征兆。进入大一后她住学校宿舍，搬出住了六年的大杂院，经过那棵波萝蜜树时，发育不良的青果被同院的孩子摘下当球踢，此刻独自在雨地里腐烂。她想起六年来自己从没有等到过它们成熟。

大二时，薏米和陈子桉在一起了。两个人的大学在一块儿，似乎是日久生情。薏米在网上发了很多合照，初桐先前还留言点赞，后来渐渐也不好意思互动了——他们游玩的风景，去过的地方，经历的聚会，一切的一切，对她来说都是那样陌生。

最重要的是，薏米好像不太喜欢她跟陈子校互动太多。

生活一如既往，初桐在中山大学的校园里寂寞地成长。走过康乐红楼，走过绿意葱茏的白千层林荫道，在史达理堂做永无止境的化学实验，在梁銶琚堂独自看晚场电影。生日时给自己买小份的纸杯蛋糕庆祝，年节时回小院看看秀娟，待不了一天就走。这是她的青春，平淡苍白如一杯清水。

实验室里有追她的师兄，图书馆里有给她传字条的男生，这样的艳遇不算多也不算少；寝室里的女孩们一起分享口红色号，一起上托福、雅思，这样的友谊初桐也有参与。秀娟口中的六个字成了初桐的贝壳，贝壳里的人努力撬开自己的外壳融入生活，她从不敢说自己吃力，从前的文静只是文静，现在她怕了……她可能有病？什么时候会犯病？午夜梦回，她从噩梦里哭醒，才深刻地觉得自己好孤独。

爸爸曾说，长大是一件不得了的事情，需要严肃认真地对待，她将有奇妙无限的未来等待她去书写。

可是真正来到成年人的关口时，回过头去看，好像既没有拯救世界，也没有实现理想。她仍然是喧嚣城市里一粒渺小的浮尘，她连读自己喜欢的大学都不能决定。

就这样到了二十二岁。

大学毕业时，秀娟来接初桐，直接带着她住到了快捷酒店。面对女儿的诧异，秀娟不好意思地说她准备再婚了。男人比秀娟大二十岁，是她做保姆时认识的雇主。孩子都在国外工作，男人很委婉地表示初桐也应该自立，又说半路夫妻已经没必要举行婚礼。秀娟唯唯诺诺地都答应了，初桐惊讶地发现一向强硬的母亲原来是这样懦弱。

"大杂院的房子已经退了，桐桐，不如你回安徽去吧，那里至少还有你爸爸留的房子。"秀娟安慰道。

"你以前不是不让我去吗？"

"以前是以前，桐桐，请你体谅妈妈……"母亲哀求的眼神望过来，初桐突然心里如火烛一样明亮。

以前是以前，以前她需要她，需要一个人慰藉她的孤独和老去，现在不需要了，她便可以立刻走人。体谅这个词原本代表了人性的善良，可原来说谎行刺的人，也可以用这个词来杀人。她再次被抛弃了。

"妈妈，祝你幸福。"

廖初桐头也没回，拎着行李去了地铁站。她最后在广州的日子，一刻也没有多待。她没有告诉母亲，大学实习的公司已经给了她远在北京分部的录取通知，当天下午她就离开了这个生活了十年的地方。

她再没向秀娟要过一分钱。为了省钱，她在北京住过地下室，住过没有暖气的昌平民房，每天倒三趟地铁挤到公司上班，吃自己带的便当，衣橱里只有寥寥几件套装，清一色的白衬衫配及膝黑裙。

过年时她回了一趟合肥，扩建翻修的合肥城陌生了好多。初桐凭着记忆来到小时候住的居民楼前，她望着熟悉的楼层，从前的防盗网被风雨冲刷得锈迹斑斑，楼上楼下的邻居都搬走了，阳台空荡荡的。可她的家，钢丝绳上还挂着蓝色工人衫，是爸爸的衣服。

廖初桐仔仔细细地看着那几件洗得薄而白的衣服，衣服是爸爸的样子，像爸爸的怀抱。她就这样傻傻地站着流泪，都不敢上去。

"请让一让！"有人喊，她回过头，是卖烤红薯的老头儿收了摊，要将小车推进阶梯夹角里。

她往后退了两步，忽地停住。那个苍老到佝偻，浑身散发着寒气，一双手长满冻疮的老头儿，竟然是她的爸爸。

在北京工作的第四年，有猎头挖角，初桐跳了槽。原来的公司也很好，可是她太需要钱，她需要攒下每一分钱，然后接爸爸来北京一起生活。

后来，初桐登录自己遗忘了好久的qq账号。她试了很多次才重新记起账号密码，网页打开的一瞬间，初桐有些不适，不知道自己来到了一个什么地方。新的版式，新的按键，无数的僵尸号弹出一堆令人眼花缭乱的广告私信，一条一条删的时候，初桐忽然看到了陈子校的名字。

“在哪里呢？”

“失去的东西都不再回来，道理明明都懂，只是有些问题，很想问个明白……”

“我和薏米分手了，她骗了我。”

……

最后的留言，停留在两年前。陈子桉没有再问任何问题，而是打了一首小诗。那是一首卡瓦菲斯的小诗，写绮色佳的漫漫道路，而奥德修斯历经艰难险阻才重返他在绮色佳小岛上的家，落款是麦子。

电光石火间，从前看似毫无联系的碎片，渐渐拼凑出完整的图画。突然消失的那本书，书本里麦子的留言，陈子桉的字，薏米为什么会去合肥。

初桐失声痛哭，她的心停一拍又跳一拍，像是回到很久很久以前的某个夏天。那个夏天她担心自己考不上中科大，压力重重地跑到绮色佳散心，有人告诉她五点钟的夕阳很美；那个夏天，她曾走过一条漫长的走廊，走廊上有男孩新剪过的发楂，温柔的白衬衫，合欢树被吹拂的碧绿枝条；那个夏天，她忘了锁门，返回废弃的教室时看到黑板上的粉笔字——廖初桐，潇洒飘逸的三个字，字尾微微翘起，她只匆匆看了一眼就跑了。那字有些熟悉，她却想不起在哪里看过。

缺月挂疏桐，漏断人初静。

爸爸以前给她取这个名字，是因为她出生在一个有月亮的冬夜里。爸爸说这种意境很美，陈子桉也说这种意境很美，可是他们都忘了惊起却回头，有恨无人省。这样静美的月夜，下半阕是她的孤独。

她已经订婚了。

荔南中学十周年聚会，老班长在机场意外地遇到初桐，问她要不要参加。

“好呀。”

“我们订的香格里拉酒店，这么多年都联系不上你，好巧赶上这次。”班长加了她的微信，兴高采烈地说了一大通，见初桐从头到脚很朴素，笑她这么多年还是一样，看着冷清。

初桐问起薏米，班长说薏米嫁给新加坡人做了全职太太，现在已经是两个孩子的妈妈了。她又问起余大头，得知他早已经退休。班长翻着大屏幕手机上的微信，一张一张熟悉的照片划过，初桐只觉得惊异。原来那样的少年也会老，想想又释然了。呵，十年已经过去了。

沉默片刻，初桐小心翼翼地问起陈子桉，班长在通讯录里翻了很久才找到他的微信。他发的动态很少，最近一条更新还是两年前。班长说陈子桉现在当随船医生，此时此刻不知在大海的哪一处随风漂泊。

“大家都会来吗？”

“都会，你也一定要来。”

分手时，班长一再叮嘱初桐，说完就拖着行李匆匆赶航班去了。日子一天天流逝，出发的前一月，父亲忽然中风摔倒在厨房，当夜就去了。

初桐辞了职，办理父亲的后事。合肥再也没有认识的人，于是她独自捧着父亲的骨灰下葬。夜晚在老宅里做了两个菜，摆了三杯酒，她和父亲一世的情缘到此为止。

聚会那天因为父亲未满头七，初桐穿了一条纯黑的裙子，不施任何粉黛，在花枝招展的女同学中近乎透明。她看到了很多老同学，薏米变得白嫩多了，也胖了，笑吟吟地搂着满周岁的小儿子和一帮女生讨论妈妈经。初桐想，她从前是多么叛逆的人啊。薏米始终没怎么和初桐搭话，可即使搭了话，两个人又能说些什么呢，彼此心照不宣的黑暗往事，就只能让它变成沉淀的谜语。吃饭时男人们喝多了，开始唱起歌来，而陈子桉因为耽误在海上，始终没有出现。

中途初桐接了个电话，从饭店出来后，她没有再返回。她沿着广州街道慢慢地走，地上铺着委顿的凤凰花，被雨水浸湿了，印在柏油路上，显出一种热闹后寂寞的残红。她将手插进裙子兜里，想起小时候常同爸爸唱——长亭外，古道边，芳草碧连天。

她想起十年前的夕阳，黑板上的字句，想起秀媚和父亲，想起天台上的月色，三个人发誓要永永远远在一起。今天的夕阳这样好，好得就像她曾在绮色佳也见过的那样。这样的夕阳不常有，而青春里细腻隐秘的爱、遗憾和痛，也仅此一次。像父亲口琴里的长亭一样，消失在过去，消失在风烟俱寂里。

橘子贩卖小桃心

✲ 肥猫球

摄影 / 繁星 Swan 模特 / 郑湘湘 –

“周珩深”三个字是唯一会扰乱她心弦的魔咒，每一次出现都会让她心动不已。

1

夜幕降临，少女提着行李箱费力地前行。她穿着羊毛衫，个子不高，整个人与巨大的箱子形成了鲜明的对比。

终于，她重重地呼出一口气，咚咚咚敲响了眼前的门。等了两秒，门被打开。

周珩深眯了眯眼睛，神情有些淡漠。他仔细打量了女孩一会儿，才幽幽问道：“你怎么来了？”

“阿姨没和你说吗？从大一到毕业，我都要一直和你住在这里了。”沈橘笑意盈盈，一双清澈的杏眼仿佛盛满了水。解释完，她轻车熟路地推开挡道的周珩深，走进去，扑通一声陷进沙发里。“累死了。帮我把行李箱拎进来，谢谢。”

沈橘仰倒在沙发上，毫无形象可言，与她的甜妹外表形成了鲜明反差。周珩深抿了抿唇，听话地把行李箱拎进屋，关好门。他坐在沈橘对面，一声不吭。

沈橘忍不住盯着他的俊脸看，视线描摹着他棱角分明的轮廓和深邃迷人的眼睛，心里却不禁感慨他果然还是那个“闷油瓶”。

被看得发毛，周珩深不自然地直了直上身，站起来往浴室的方向走去：“里面是你的房间，自便。”

沈橘叹了口气，再次栽倒在沙发里。

印象里，周珩深一直都这么不苟言笑，惜字如金。但实际上，经过前几年的相处，沈橘深刻地意识到他不止“沉默寡言”这一个特点。

他还情商低，更是“直男”。

想着想着，沈橘的思绪就飘到了几年前两人在同一所高中上学的时候。

2

“这位新同学，请你来回答一下，二氧化硫和氯化钡溶液反应会生成什么？”班主任笑眯眯地点了周珩深的名，视线落在他的脸上。

周珩深是今天刚来的转校生，虽然和班级同学都不太熟悉，但模样看着很听话，听课又认真，颇有几分好学生的样子。

对好学生，老师是再喜欢不过的。于是刚讲过一个知识点，班主任就决定给周珩深一个展现自己的机会。

问题一出，班级里陷入难得的静默。坐在周珩深后桌的化学课代表沈橘却着急了。

刚才她就看到这个新同学一动不动，没准儿睡着了。班主任抓睡觉一抓一个准，肯定是发现了他进入梦乡，这才点他起来回答问题。

谁会忍心让一个好看的男同学陷入困窘的境地呢？

沈橘决定英雄救美，低声提醒道：“生成硫酸钡沉淀。”

身后传来少女清甜的嗓音，周珩深一顿，“二者不反应”五个字刚要脱口而出，后背又被人轻轻戳了几下。

“新同学你听见了吗，生成硫酸钡沉淀呀。”

还以为是周珩深没听见，沈橘探着头凑近他说。

女孩的语气太过笃定，周珩深莫名产生了怀疑自己的想法。班主任灼热的视线射过来，没来得及再三思考，嘴边的“不反应”变成了“硫酸钡……沉淀”。

班主任脸上的笑容僵住，随即脸一阵红一阵白，最后他恨铁不成钢地举起教鞭道：“我刚讲过的，二者不反应！新同学，好好听课！看着挺认真专注的，心都不知道飞哪儿去了！”

来新学校上的第一节课就这样，可不是什么光彩的事情。跟着周珩深受罚的，还有沈橘的良心。罪过……真是罪过……

此时此刻，沈橘恨不得找一个地缝钻进去。好不容易想着通过提醒新同学回答问题，来和他促进一下同学关系，没想到偷鸡不成蚀把米，害得人家被说。

沈橘低着头忏悔，书面上突然出现一道浅浅的阴影。

“你……为什么要告诉我错误的答案？”周珩深问。

这下轮到沈橘傻了。他居然当着全班同学和目瞪口呆的老师的面，问出了这种问题。

沈橘活了十六年，从来没见过这种人，更没想到自己本来是好意提醒，现在困窘的竟成了她自己。

可是看着周珩深那副严肃又认真的表情，沈橘莫名觉得他是真的要把“为什么要告诉我错误的答案”这个问题追究到底。

最后的结果是，两个人把“二氧化硫和氯化钡溶液不反应”写了整整一百遍。

沈橘恶狠狠地盯着他，像是在用眼神控诉他，鼓起来的脸颊像个小包子，整个表情仿佛在说“无耻小人”。

感受到她的视线，周珩深看着她，迟疑了几秒道：“不用太感谢我，这次，你应该会永远记住这个知识点。”

沈橘破防了。

这个新同学，不仅不好相处，还莫名其妙。

3

当天放学，沈橘拎着书包回家。

一路上，沈橘的脚步越来越快，直到停在家门口，她转过头一脸郁闷地盯着身后的周珩深。

“不是吧，新同学。”沈橘眼神警惕，双臂环抱，一副“我已经看透了”的神色，“我只是告诉了你一个错误答案而已，不至于一直跟踪我到家门口吧。”

闻言，周珩深的眼神有些茫然，好像没听懂沈橘是什么意思。装，你再接着装。沈橘刚想开口，周珩深就把手伸了出去。

“你要干什么！”沈橘惊慌失措。

“让一下，谢谢，你挡到我的路了。”周珩深语气疏离地说完，绕过她打开隔壁的门。

沈橘目瞪口呆，羞得脸颊通红。他居然是搬过来的新邻居。

这次事件以后，沈橘几乎每次都躲着他走。

原以为两个人注定水火不容，可她万万没想到，周珩深妈妈竟然和自己妈妈处成了好闺蜜。

二人逛街之时，饿得前胸贴后背的沈橘不得不与同样被亲妈抛弃的周珩深相依为命。

周珩深做得一手好菜，尤其是排骨，烧得喷香入味。久而久之，两个人的关系终于有了些微妙的变化。

看在排骨的分上，沈橘小手一挥，决定原谅周珩深的种种“罪行”。

为了让周珩深不再孤单，沈橘还非常友好地表示，高三一定会多帮助他提高学习成绩。

实际上，到了高三后期，周珩深成绩始终拔尖，反倒是沈橘在繁重的课业压力下，靠着整天整夜刷题，才勉强稳定到班级前五。

高考备考阶段，桌面上书山题海。

沈橘睡眠不足，下课铃一响就趴下睡了过去。她的睫毛浓密如扇，睡着的模样莫名有种岁月静好的感觉。周珩深回头看了她一眼，有些出神。

“快看，沈橘睡着了还挺好看的。”有个男生小声说。

听到这句话，周珩深心里忽然有些躁意，面无表情地伸出手弹了她脑袋一下。

沈橘一脸蒙地醒了，脑门还隐隐作痛。

她不可置信地盯着那个慢条斯理的罪魁祸首，揉揉脑袋问：“周珩深，你是不是疯了？”

“复习，下节课提问。”周珩深敲了敲她的桌面，语气淡漠又理直气壮，完全没有对打扰了她清梦的愧疚。

沈橘妥协，认命地翻开书。多亏了周珩深每天的督促，最后高考冲刺，沈橘发挥得不错。

高考出分当天，周珩深妈妈和沈橘妈妈一拍即合，决定把两个孩子送进同一所大学。虽然专业不同，但他们的分数，对于想选的专业已经足够了。两个孩子还可以互相照顾，多好！

沈橘撇撇嘴，不好，一点都不好。她才不想和冷冰冰的讨厌鬼上同一所大学。不过，周珩深还是挺开心的。

沈橘叹了口气，夕阳的余晖洒在周珩深的侧脸上，她望着他出了神，性格这么古怪的人，也就只有她沈橘一个朋友了吧。

4

清晨，凉爽的风拂过，蝉声此起彼伏。

沈橘和周珩深一踏进小路，身后就传来一个温柔的男声：“小橘。”——是陈铭杰学长，和沈橘在一个摄影社，平时对她很是照顾，性格温和有礼。

沈橘对他印象不错，轻轻点头回应：“陈学长。”

小橘？周珩深蹙了蹙眉头，不动声色地打量着陈铭杰，眸子晦暗不明。后者长相普通，但是看起来彬彬有礼。

这种人背后说不定是什么斯文败类呢。但是看沈橘，很明显没有发现他的真面目，还笑得那么甜。周珩深伸出手，想轻轻拽一下她的衣袖以示提醒。没想到，女孩突然跑到陈铭杰那边，冲着他摆摆手道：“我和陈学长还要谈谈社团活动的事情，先走啦。”

羊入虎口。周珩深心里静静地想，却有种没来由的烦躁感。

他更没想到，中午在食堂竟然偶遇了沈橘和陈铭杰在一起吃饭。“所以，我的任务是拍几张大海的图片，要求就是尽量有氛围感。对吗？”沈橘问。

陈铭杰点点头，赞许道：“对，我看过你进社团时交来的那几张作品，构图非常好。小橘，我相信你的实力。”

拍大海对沈橘来说不是什么难事，既然社团分派了这个任务，那就抽空完成吧，反正她也很喜欢大海。当时选择这所学校不仅是因为它师资雄厚，还因为它沿海，可以随时随地去海边看风景。

沈橘微微一笑，自信道：“放心，保证完成任务。”她站起身，又冲着陈铭杰说道：“我还有点事，先走啦。照片我明天会发给你的。”

回到家，沈橘发现周珩深很不对劲。

他就像在沈橘身上安了定位器，眼神淡漠，却有种莫名的哀怨和不满，把她从左盯到右。

沈橘被盯得发毛，缩了缩脖子，问：“你这么看着我干吗？”

周珩深没说话，还是看着她。

“你不说话，我可就要走了。”沈橘撇了下嘴，准备去卧室拿相机。

走？和谁？和那个斯文败类吗？

周珩深迈着长腿抢先一步挡到门前，终于慢吞吞地开口：“我要告诉阿姨，你背着她偷偷谈恋爱。”

“啥？”沈橘蒙了，“你别乱说啊，周珩深！我哪有谈恋爱？！”沈橘急得直跺脚，不知道周珩深莫名其妙发什么疯。

周珩深双臂环抱，直勾勾地盯着沈橘，一副“还需要我提醒你吗”的眼神。

沈橘绞尽脑汁，还是不知道他在气什么。她双手合十，声音放软撒娇道：“周珩深，麻烦告诉小的，我到底犯了什么错嘛。”

周珩深抿了下唇，终于施恩般地开口：“上午，校园小路，你那个学长。”随后又补充道：“中午，食堂，还是你那个学长。”

沈橘终于想通了，长舒一口气，抚着胸口解释道：“那是我一个学长，平时对我挺照顾的，我们就是普通朋友，你在想什么呀。”

普通朋友？那个男的可不会这么以为。

周珩深别扭地转过头，闷闷的，像是受了多大委屈似的。

沈橘认栽，轻轻戳了戳他的腰：“周珩深，陪我去看海吧。”见他没什么动静，沈橘软下声音：“拜托了，小橘子很可怜的，都没人陪。”

周珩深终于动了，冷漠地点了下他高贵的头。

5

深蓝色的大海一望无际，海浪翻涌，潮声阵阵，吹来的海风带着湿润的气息。

沈橘有些兴奋，嗅了嗅海的味道。她把相机立好，将镜头对准大海，按下快门。“让一下，周珩深，你挡住我的镜头了。”

沈橘刚刚拍的那几张照片，无一例外都有一个突兀的黑色衣角。

周珩深往旁边走了几步，给她让开了位置——刚才她还轻声哄他过来，现在居然嫌他碍事。

沈橘没注意到周珩深的不对，浏览着照片，心想社团任务已经完成。她收好相机，视线落到不远处的大海上。

从小她就很向往海，向往那种神秘莫测的蓝色，总觉得有种魔力在吸引她。

海风微微吹乱了沈橘的长发。

沈橘看着海，没有注意到有一道视线从始至终都放在她身上。

“周珩深，大海美吧。”她轻声说，“以前我不开心的时候就看大海的照片，心里会平静很多。这下终于可以经常来看海了。”

“嗯。”周珩深回应她。确实很美。

周珩深也望向大海，发现海水竟然格外蓝。他有些心猿意马。

沈橘这时回过神来，凑到他旁边，眼里闪过一丝狡黠的笑意：“周珩深，我突然想起来，除了高中毕业照，我们都没有合照呢。”

周珩深一直都讨厌拍照，每次把相机对准他，他那张本就面无表情的脸就会变得更臭。

本来是抱着逗逗他的想法，可没想到周珩深竟然没有拒绝。很好，没有拒绝就是同意了。

为了防止他临时反悔，相机立好以后，她突然出其不意地站到周珩深旁边，比出剪刀手，露出浅浅的小梨涡。

果不其然，出其不意就是让周珩深不露出臭脸的最好招数。照片里，他只是微微低着头，莫名地安静动人。

沈橘笑得甜美可爱，身边的周珩深低头看她，画面和谐，岁月静好。

沈橘的脸有些发烫，她整理好心绪道："拍得不错，我一会儿要和其他照片一起发微博，记得给我点赞哦。"

"嗯。"周珩深应了一声。

沈橘有些诧异，今天他居然这么好说话。她掏出手机鼓捣了一会儿，看着评论，乐不可支地一一回复着。

直到看到某一条评论的内容，沈橘忽然倒吸一口凉气，不可置信地说："周珩深，竟然有人说我们般配！"

"他们失明了。"周珩深语气冷淡地说完这句话，不着痕迹地掏出手机，翻看那条最新发布的微博。

看到两个人的照片，他睫毛颤了颤，又点开评论区，果不其然，看到了那条评论：两个人真的好般配哦。

哎呀，一不小心手抖，周珩深给这个用户点了个赞。

算了，取消太麻烦了，点就点吧，反正他也没有什么别的意思。

6

一连吹了好几天海风的结果就是，沈橘悲催地感冒了。

身体像灌了铅一样沉重，沈橘打了个哈欠，声音带着浓重的鼻音，莫名有些软萌。

"为什么都是吹海风，你就没有感冒。"沈橘握紧了拳头，"说好了有福同享，有难同当呢。看海的代价全都落在了我身上。"

周珩深把药递给沈橘，任由她在床上撒泼打滚。见她还没有要起身的意思，周珩深迟疑着问："给你请假？"

"不用，我还能再战。"沈橘麻溜地穿好衣服，不过几分钟时间，已经站在了门口。话说，她压根不想去上课，可是今天是论文获奖名单公布的日子，她想看看自己的论文有没有上榜。

那篇论文她一直写到凌晨三点，头都熬秃了，可谓呕心沥血。

往学校走的路上，沈橘瞄了一眼手机，突然神秘兮兮地凑近周珩深问道："你猜，我的论文会不会获奖？"

周珩深点头："会。"

"哇，你对我这么有信心？"沈橘的声音变得美滋滋的。

周珩深没说话。

他亲眼看到沈橘为了写论文熬到深夜，再加上沈橘逻辑性很强，获奖并不是什么难事。果不其然，沈橘晃了晃手机，眼睛弯弯的："陈学长已经告诉我啦，一等奖，哈哈哈。"

陈学长，又是陈学长。怎么哪里都有他？！周珩深的眸子冷了下来，脚步加快。

沈橘忽然有些跟不上他的速度，拽了他一下，问："你走这么快干吗？我论文获奖，你不恭喜我一下吗？"

"让你的陈学长恭喜你。"周珩深丢下这句话，飞快地走远了。沈橘有些泄气，不过空落落的心很快就被获奖的喜悦填满了。

陈铭杰早早地就在楼下等她，见到她，立马迎了过来，声音温柔道："小橘，你很棒。我早就说过，你会做到的。"

"谢谢学长。"沈橘礼貌地点了点头。不知道为什么，每次听着从陈铭杰嘴里说出"小橘"两个字，她都会觉得有些别扭。

因为只有长辈才这么叫她，而陈铭杰从第一次见到她开始，就自来熟地称呼她"小橘"，怎么说怎么奇怪。

不过她也没有多想，婉拒了陈铭杰提出的为她举办庆功宴，因为晚上还有一只傲娇鬼需要她陪。

可她万万没想到，陈铭杰并没有放弃，而是在下午放学时堵在了校门口。他手里捧了一束鲜艳的玫瑰花，目光深情，惹得无数围观的女生尖叫起来。

沈橘本想过来凑热闹，可当她看到人群中站着的陈铭杰时，她莫名有些想逃。直到陈铭杰看到她，她暗叫一声"不好"，准备转头离开。

"小橘！"

陈铭杰抓住她的手，神色温柔："我喜欢你，和我在一起吧。"沈橘惊慌失措，转过头在人海里发现了周珩深的身影。

他迟迟未动，只是静静地与她对视，眼神深邃似海。

“救我。”沈橘用口型向他求助。一瞬间，周珩深像是被融化的寒冰，冷冽的眼神变得柔和起来。

他走过来，一把将沈橘带进怀里，对陈铭杰说：“不好意思，沈橘现在要和我回家。”

视线交汇，是无声的博弈。

沈橘挣脱陈铭杰的手，和周珩深往校外走去。

这一幕太过戏剧性，让陈铭杰大大地出了一次糗。他的眼神逐渐变得阴鸷，双拳也握紧了。

路上，周珩深看起来心情不错，主动问她要不要去看海。

沈橘脑袋里像是装满了糨糊，本来就身体不舒服，这件事又让她心生烦闷，头疼欲裂。

“周珩深，你今晚给我做排骨吃吧。我好难受，需要吃你的排骨才能好起来。”沈橘眨了眨眼，随即飞快地往楼上走去。

周珩深一个人站在原地，忽然低低地笑了。买完排骨回来，他临时改变方向，去了海边。

往常他都是和沈橘一起看海，而在这一刻，他忽然意识到，沈橘的陪伴成了他一个可怕的习惯。

潮湿的海风肆意吹拂，周珩深一个人静静地观望着。

他看着波浪翻涌的海面，忽然觉得这片海远没有前几天那么蓝。

又或者，在那几个夕阳渐落的傍晚，令他心潮澎湃的本就不是海。

7

沈橘在校园里偶遇陈铭杰的时候，她本来打算为昨天的不欢而散道歉，没想到陈铭杰将她视为空气，看都没看她一眼，径直从她身旁走了过去。

她正疑惑，导师忽然给她打来电话，语气焦急，让她赶快过去一趟。

导师语气不是很好，指着电脑屏幕说：“你自己看。小橘，希望你能给我一个合理的解释。”

沈橘粗略地浏览了一下网页，忽然感觉心里有种莫名的凉意。网页上是一封署名为“MJ”的举报信，而被举报的人，就是沈橘。

信里详细描述了两件事。一件是沈橘获奖的论文系抄袭，另一件是沈橘私生活不检点，随便和男人回家。

抄袭倒是没什么证据，但是举报信里放了一张图片，就是昨天她和周珩深一起回家时的照片。而凉意来自——这个署名她认识，是陈铭杰的。

昨天可以为她庆功祝贺，今天就往她身上泼脏水，她简直不敢相信，一向温和有礼的陈铭杰竟然能做出这种事。

“看完了吗？”导师的眼神带着审视，“你有什么想法？”

“我的论文您是知道的，草稿我给您看过，中途也问了您一些意见，网上并没有相似的。抄袭我没有做过。”

沈橘解释了一遍昨天和陈铭杰的事，导师知道了个大概。

陈铭杰也是她的学生，可是哪怕才和沈橘相处不久，她还是更愿意相信眼前的沈橘。再加上昨天在学校论坛又有几个人讨论陈铭杰表白被拒的事情，沈橘的说法更具真实性。

“至于那张照片，第一，这张照片是偷拍，侵犯了我的个人权益。第二，这个男生是我一个非常要好的朋友，我妈妈也认识。”沈橘停顿了一下，有些不好意思地挠挠头，“实际上，我有点喜欢他。”

导师终于露出一丝笑意，并为刚才有些不太好的语气向她道歉，然后摆了摆手道：“你先回去吧。”

真是冤家路窄，沈橘刚出门就碰到了陈铭杰。

这一次他没有躲开，而是目光阴狠地抓住她的手腕质问道：“你告状了，是不是？你和导师说是我做的，是不是？”

他力道很大，抓得沈橘生疼，眼泪在眼眶里直打转。“陈铭杰，你松手。”沈橘狠狠地挣脱开，厌恶之情溢于言表。

眼前的陈铭杰让她感到陌生，又或者说，这才是真正的陈铭杰。

“沈橘，我问你，我和那个男生比到底差在哪？我对你不好吗？”他有些疯癫，拿着手机不住地乱晃。

“我每天想着你，可是你为什么要拒绝我，还当着那么多人的面拒绝我。你别想好过！沈橘，你别想好过！”陈铭杰说到最后，布满血丝的眼睛睁得越来越大，看起来像是一个失去理智的疯子。

沈橘悄无声息地后退一步，低声问：“所以你就扭曲事实，在贴吧上对我泼脏水，是吗？”

“是又怎么样！你才开学几天，你觉得别人会相信你还是会相信我？”

话音刚落，周珩深拿着录音笔从角落走了出来，目光冰冷，仿佛在对一个罪人做出审判：“证据保留了，我会交给警方。陈铭杰，沈橘一直把你当好人。望你好自为之。”

陈铭杰不可置信地瞪大眼睛，上前去抢录音笔，却差点摔跤，像是一个跳梁小丑，随后浑身瘫软地跌倒在地。

造谣的帖子被校方删除，学校官博也发表了声明，陈铭杰被退学处理。

事情终于尘埃落定，沈橘松了口气，站在校门口恍惚出神。周珩深不知何时已经站到她的身侧。

安慰的话他没说，可他悄无声息地陪伴，就是对她最好的慰藉。

8

傍晚的云霞红似火，两个人吹着海风，直到太阳落山。

海面上闪着粼粼波光，十分动人。

沈橘没说话，只是静静地看着海。她心里乱糟糟的，总觉得一切事情发生得突然又离奇。

海风轻拂，吹来阵阵寒意。

沈橘紧了紧外套，转头看他，鼻尖微红，说不清是委屈还是因为天太冷。

“周珩深，你说，陈铭杰刚开始对我真的挺好的，”沈橘想不通，是真的想不通，“为什么会变成现在这样？”

她的声音轻轻的，有种莫名的哀伤。周珩深低下头看她，她像一只受伤的小兽，像是在等待他的安慰。

“我早就觉得他不可靠，是你一直维护他。”可没想到，出口的安慰变成了埋怨。

沈橘难得没有反驳，重重地叹息一声：“唉，果然，男生大多不是好东西。”感受到身旁周珩深的低气压，她补充道：“除了周珩深。”

这句话得到了他的赞同。

周珩深眼里翻涌着复杂的情绪，沙哑着嗓子道：“我会一直站在你这边。”

我会一直站在你这边。

周珩深说得随意，可这句话却在沈橘心里激起了千层波浪。

沈橘的心跳频率快得异常，她抬头，眸中似有万千星辰在闪烁：“周珩深，你愿不愿意，一直陪我看海？”

“好。”几乎是毫不犹豫。

沈橘严重怀疑，这个钢铁直男压根儿没有体会到她话里的深刻含义。

“我是说，不只是看海。”

“好。”

沈橘一头黑线：“你到底知不知道我是什么意思？”周珩深沉默半晌，仔细思索。除了看海，还有什么别的意思吗？

“周珩深，我是说，”这一次，她提高声音，站起来，无比认真地和他对视，“我喜欢你，做我男朋友吧。”

刚开始和周珩深相遇时，她觉得这个转校生又古怪又讨厌。可最后，她开心时身边是他，难过时身边也是他。“周珩深”三个字是唯一会扰乱她心弦的魔咒，每一次出现都会让她心动不已。

这个突然闯进她生活的冷淡少年到底为什么这么吸引她，沈橘想了很久都想不明白。

后来她恍惚意识到，也许这就是喜欢吧。

沈橘一向胆子很大，几乎从来没有害怕过什么东西。但生活中的每一次重要转折，都会让她无措。

正如此时此刻，月色映照着周珩深的眉眼，她静静地等待他的回应，心跳声清晰可闻。

“好。”他眼中激起波澜，嗓音低沉，“我会一直一直陪你看海，不只是海。”

笑意染上眉梢，沈橘钻进他的怀里。

感受到怀中的甜软，周珩深身体一僵，随即望向辽阔的海面。

风浪席卷，海潮翻涌，恰如他的心。

如今我独念长干行

✽柒时微

摄影/繁星Swan 模特/娜拉出走时

1

初遇沈星渡的时候，宋迢迢十五岁。她记得很清楚，连日的阴雨天因为他的到来画上了休止符。

他被宋爷爷牵着站在柳树下，身上沐浴着零碎的曦光，背后是漫天飞舞的柳絮，精致出挑的眉眼一尘不染，面容拘谨。

不知是不是那天的风带着什么魔力，柳絮连同他，一起吹进了她的心里。

直到手中毛笔尖的墨水落在宣纸上洇成一团，宋迢迢回过神才发觉自己的字还未写完。

“你瞧你，是不是又没专心练字。”宋爷爷嗔怪道。

她的注意力全在宋爷爷身边的少年身上，他看上去比她稍大些，不用猜宋迢迢就知道，这肯定是宋爷爷新收的徒弟。

宋爷爷是附近有名的国画大师，远亲近邻都想托关系让他们的子女拜入宋爷爷门下。可其中却有不少浑水摸鱼的人，明明对艺术不感兴趣，就为了一个噱头。

彼时的宋迢迢心生一计，想看看眼前这个少年的本领：“我这字还没写完，不如你帮我补上怎么样？”

少年怔了一下，抬眸看了一眼宋爷爷，得到他肯定的回复后，这才走到书桌前，拿起毛笔，一言不发地落笔。

片刻后，他搁笔，拿起宣纸，递给宋迢迢。

待宋迢迢见到他的字后，她惊了片刻。与宋迢迢行云流水的草书不同，他的楷体力透纸背，透着颜公的风骨，可在一撇一捺间又有自己的韵味。

这下宋迢迢不得不服。她放下宣纸，伸出手，莞尔道："你好，我叫宋迢迢，你呢？"

"沈星渡，"他的目光淡淡垂落下来，蹙着眉道，"你写的是《长干行》吧，不过有句写错了，应该是'十五始展眉，愿同尘与灰'。"

宋迢迢并未因他的行为而生气，而是激动地握住他的手，偏着头粲然道："看来是有几分真才实学的，以后你就是我的师弟了，我有不会的就向你请教，作为交换，我会罩着你。"

闻言，沈星渡清浅的目光垂落而下，深深看了一眼两人勾着的手指："我比你大，为什么是师弟？"

可宋迢迢却扬着脸一脸傲娇："谁叫我比你先入门的呢，不管你愿不愿意，我都是你师姐。"

沈星渡的脸上透着一股他这个年纪不该有的老成，他松开宋迢迢的手，清凌凌地看了她一眼，低沉道："我不需要你的保护。"他向宋爷爷点头示意后转身离去。

看着沈星渡离去的背影，宋爷爷叹了口气，嘱咐道："迢迢，星渡这孩子和其他师兄弟不一样，你不要欺负他。"

那个时候宋迢迢还不知道宋爷爷话里的意思，故作生气地挑着眉说："爷爷，在你眼里，我是一个欺负师弟的人吗？你放心，我不会欺负他的。"

之后的沈星渡在画院中一直独来独往，沉默寡言，按照他小刺猬般的脾气，宋迢迢以为自己不会再和他有什么交集。

2

宋迢迢没想到看上去不好惹的沈星渡会被人欺负，更想不通的是他居然没有反抗，任由那些人把他包里的颜料抢走。

见状，宋迢迢气不打一处来，冲上前把沈星渡护在身后："你们在干什么？快把东西交出来，不然我去告诉爷爷。"

说这句话的时候宋迢迢脸上透着一股初生牛犊不怕虎的气势，那几个学生个头比宋迢迢高出一截，可她全然不惧。

这些人知道宋迢迢是宋爷爷的孙女，不敢与她起争执，不情不愿地把颜料递给宋迢迢，悻悻离开。

宋迢迢把青色颜料交还到沈星渡的手中，语气中夹杂着一丝抱怨："之前你对我态度不是很横吗？怎么现在被人欺负就开始装哑巴了？"

沈星渡也不恼，捡起地上的包，掸了掸手上的灰，接过宋迢迢递过来的颜料，低低道了声谢。

"算了，不说话也行。"面对不搭话的沈星渡，宋迢迢并未恼火，从刚才的颜料联想到了他最近正在临摹王希孟的画，便跟了上去："听说你最近在临摹《千里江山图》，画完之后借我观摩观摩，就当作还我一个人情，如何？"

沈星渡依旧冷得像冰块一样，根本不应答。宋迢迢也不灰心，开始放大招。

"既然你不想搭理我，不如我们石头剪刀布，要是我赢了，我就不缠你了，怎么样？"宋迢迢眨着小鹿般的眼睛望着沈星渡，一脸真诚。

被她那么注视着，沈星渡眉梢轻挑，鬼使神差地点了点头。

在开始前，宋迢迢大发善心地告诉沈星渡："我等会儿要出拳头，你记得要出布。"

就在沈星渡出布时，同一时间宋迢迢伸手出了剪刀。

耍小聪明赢了的宋迢迢沾沾自喜地看着沈星渡，此刻他像个小大人似的垮下脸，眸光深沉，掀起淡淡涟漪，嗓音清冷："宋迢迢，你耍赖。"

"兵不厌诈。"宋迢迢秀气的眉眼漾起笑意，"沈星渡，别忘了我们的约定哦，愿赌服输。"

沈星渡虽然孤僻又无趣，但说话算话，一个多月后，真的邀请她来私人画室看他临摹完的部分画卷。

沈星渡的画室是宋爷爷特地为他一人准备的，选在了画院一个僻静的角落，没有允许谁都不准进入，包括宋迢迢。

这是她第一次进入沈星渡的画室，推开门，映入眼帘的尽是书画，彼时的沈星渡听到门外传来了脚步声，下意识地抬眸道："这是给你的。"

见到桌上的饼干，宋迢迢眸光微闪，欣喜道："你怎么知道我最爱吃这个，沈星渡，你该不会是特意打听了我的喜好吧？"

沈星渡抬眼睇了她一眼，道："上次的谢礼。"

宋迢迢拿起一块曲奇饼干塞进嘴里，走到书桌前时差点被噎住，她虽然知道沈星渡绘画功底深厚，但是没想到他竟然仿得惟妙惟肖。

要不是她知道真迹在故宫博物院，她会以为眼前这幅就是王希孟所绘。

她背过身猛地咳嗽了几声，差点儿喘不过气，一旁的沈星渡慌乱地给她拍背，问："是这幅画有什么问题？"

"没有，你画得太好了，我只是太惊讶了而已。"宋迢迢连忙摆手解释。

宋迢迢挪着步子向沈星渡靠近时，不知踩到了什么东西，她低头一看，发现书桌下散落着许多被揉碎的纸团，她捡起来才发现，原来是沈星渡的草稿："明明画得很好，为什么要扔掉呢？"

"废纸罢了。"沈星渡浓密的眼睫毛垂下，敛住眸中的情绪。

宋迢迢一直以为他只是自谦，后来才明白他今日这句话中暗藏的心事。

3

自从上次那件事之后，宋迢迢一有空就跑去沈星渡的画室，而让她意外的是，沈星渡竟没有赶她走的意思。

这让宋迢迢出入沈星渡的画室愈加频繁，也因此被人揶揄她不是沈星渡的助手，却上赶着献殷勤，但她不在乎。

就在某日，宋迢迢在画室门前撞见了几个气势汹汹的师兄弟："沈星渡，你躲在里面不出来算什么本事，你有本事开后门，没本事出来迎战吗？"

他们得知宋爷爷特地为沈星渡开辟了一间私人画室，又有宋迢迢这个御用助手，颇为不满，打算找沈星渡单挑。

面对他们，宋迢迢满脸不屑，他们肚子里的那点墨水宋迢迢一清二楚，能力远不及沈星渡，她嗤了一声："你们几个的水平都不及沈师弟的一根手指，别在这里丢人现眼了。"

经过几个月的相处，宋迢迢摸清了沈星渡的性格，他不爱出风头，肯定不愿与他们比试。

被她的话一激，为首的师兄情绪有些失控，推搡间宋迢迢被他猛地推了下："难怪你爸妈从来都不来看你，像你这种怪人只能靠走后门！"

突如其来的推搡让宋迢迢失去了平衡，她蹙着眉紧闭双眼以为自己要和大地来个亲密接触时，突然一道温热的触感挽住她的腰，使她免去一桩血案。

扶稳宋迢迢后，沈星渡黑着脸冷冷地吐出两个字："道歉。"

宋迢迢立马点头附和："对，你必须向沈师弟道歉，你刚刚的话实在是太过分了！"

沈星渡提着宋迢迢的衣领把她拎到身后，一字一顿，怒气逼人："向宋迢迢道歉。"

正当宋迢迢一脸蒙的时候，沈星渡沉声解释："你刚刚推了她。"

沈星渡的气场太过强大，刚才还盛气凌人的师兄弟们见状立马𡰪了，纷纷向宋迢迢道歉。

还未等他们转身，沈星渡又补了一句："我接受你们的挑战。"

宋迢迢瞪大了眼不可置信地看着沈星渡，直至他们走远后才问："你不是一直很排斥这种事情吗，怎么会答应？"

"因为你。"沈星渡惜字如金。

宋迢迢心底生出一丝欢喜，快步跟在他的身后，想到刚才师兄弟们过分的话，安慰他道："他们的话你别在意，不过，你妈妈为什么不来看看你？"

眼前的人身形一僵，攥紧了拳头，脸色看起来很糟糕，宋迢迢见状，不敢多问。

对于比赛这件事宋迢迢是胸有成竹，可是沈星渡却犯了难，在一众画作中选择参赛作品时，他却觉得没有一幅拿得出手。

即使沈星渡并不满意，但在她的强势干预下，最后选择了上次临摹的那幅《千里江山图》。

比试当然毫无悬念，那幅画惊艳四座，他的笔法行云流水，千里江山美景跃然纸上，全然看不出是出自一个十六岁少年的手笔。

这下在场的人都哑口无言，再也不敢找沈星渡的麻烦。

归途时两人并肩走在夜色中，宋迢迢抬眸望着漫天的繁星，指着天边最亮的一颗，笃定地说道："沈星渡，你一定会像那颗星星一样闪闪发亮的。"

宋迢迢早已明白，他是难得的绘画奇才，在他眼里并不完美的画作依旧能拔得头筹，若他一直潜心修习，必然能成为一颗巨星。

她侧过脸，恰巧对上他深邃的眼眸，倏忽间，她的心跳漏了一拍。

炙热的目光让沈星渡一时无所适从，他轻咳一声："不是看星星吗，怎么一直看我？"

浓密的睫羽下是比浩瀚星海更璀璨的眸子，宋迢迢一时冲动伸手轻抚他的睫毛，道："沈星渡，有没有人说过你的眼睛很好看，比天上的星星还要好看。"

酥麻的触感传来，沈星渡呼吸一滞，下意识地抓住了宋迢迢的手腕，半晌，沉声道："做我的助手吧。"

若不是夜色悄悄为其遮掩绯红的双耳，他的秘密就要不告而破。

4

当沈星渡的助手并不是一件容易的事，他对自己要求严苛，一张画稿因为一处细节多次修改是常有的事。

活虽累，但宋迢迢却乐在其中，她以为会一直岁月静好下去，直至那场比赛的发生。

不知不觉间，沈星渡进入画院学习已经两年了，可他却未曾参加过一场比赛，这对于宋迢迢来说，不免有些遗憾。

于是当宋迢迢看到中国少年国画大赛时，立马撺掇沈星渡报名。

彼时的沈星渡正站立在书桌前，在画卷上提笔舒展笔墨，听不出语气："你很在意那些奖项吗？"

宋迢迢调色的手一顿，鼓了鼓脸颊，说："在你眼里我是这样的人吗？我想让你参加比赛是希望有更多的人看到你。"说完，她便气呼呼地跑了出去。

等她跑了好远，回头看时没瞧见一点儿人影，她嘟着嘴更加不满："好你个沈星渡，居然也不哄哄我。"

就在宋迢迢生闷气时，突然有人拍了拍她的左肩，她下意识朝左看去，发现空无一人，却从右侧传来熟悉的声音："我在这。"

宋迢迢看到站在右侧的沈星渡，知晓自己被耍了，怒瞪了他一眼，偏过头不看他。

半晌，沈星渡服软道："你很想让我去参加比赛吗？"

一旁的宋迢迢点头如捣蒜。

"好，我参加。"只要是她的心愿，他都愿意替她实现。

通过初赛之后，沈星渡踏上了去北城的路。初赛和复赛、决赛并不一样，初赛通过线上筛选，而复赛和决赛都需要在北城的线下场馆进行。

宋迢迢想跟着沈星渡前往，可她却被繁重的寒假作业包围，无法亲自前往为他加油。

复赛那天，北城下雪的新闻上了热搜，这让从小生长在南方、没见过雪的宋迢迢十分激动，她捧着手机等沈星渡的视频电话。

可到了晚上，还未等来沈星渡的消息，宋迢迢正闷闷不乐时，她的手机铃响了，是沈星渡发来的视频电话。

视频那端的沈星渡裹着白色的羽绒服，站在昏暗的路灯下瑟瑟发抖。

看得宋迢迢不禁有些心疼："外面这么冷你出来干什么？"

"北城下雪了，你看到了吗？"沈星渡调整摄像头，漫天的雪花簌簌地落在他的肩上。

宋迢迢的眼底闪过一丝欣喜，随即又黯淡下去："可是我……"却没有在你身边。

就在宋迢迢失落时，沈星渡在屏幕那头捡起一根树枝，在雪地上不知在描画什么。

良久，一只冻得通红的手指着雪地上的三个字，隔着屏幕的宋迢迢辨认得有些吃力，半晌她才看出端倪，原来写的是她的名字。

"宋迢迢，我今天认识了一位教授，他说以我现在专业课和文化课的成绩，只要能在这次决赛中获奖，就有机会保送进入北城美院，你觉得好吗？"犹豫许久，沈星渡终于启唇道。

听到他被人赏识，宋迢迢应该是高兴的，可是她心里却五味杂陈，强颜欢笑道："北城美院可是最厉害的美院，我为你感到开心。"

她是由衷地替他开心，可是眼泪却不争气地流了下来，如果他去了北城，意味着他们再也见不到了。

就在宋迢迢伤心失落之际，一个声音把她拉了出来："宋迢迢，考北城的大学吧。"

他希望来年和他一起看雪的是活生生的宋迢迢，而不是三个冰冷的文字。

5

决赛的前一天，宋迢迢的手机收到了一条来自沈星渡的短信：迢迢，我想弃赛了，对不起，让你失望了。

等宋迢迢再打电话过去时，沈星渡选择了关机。

第二天恰巧是周末，她担心沈星渡一个人会发生意外，在爷爷的支持下，她买了最早的一班飞机前往北城。

当沈星渡的房门被敲响时，他怎么也没想到几个小时前还在南方的宋迢迢会出现在他的面前。

眼前气喘吁吁的少女见到他安然无恙，来不及抹去眼角泛起的泪珠，一把扑到他的怀里："看到你没事，真是太好了。"

沈星渡眼底闪过一丝错愕，他两只手尴尬地停留在空中，半晌后才木讷地抱住宋迢迢，问："你怎么来了？"

"打你电话一直关机，我怕你会做什么傻事，放心不下就来了。"

看到灰头土脸的宋迢迢，沈星渡的心底突然生出一丝歉意。

正当他要开口时手机传来了消息，宋迢迢不小心扫到了屏幕，是他妈妈发来的消息。

"是因为你妈妈才弃赛的吗？"她小心翼翼地试探。

沈星渡紧抿着唇保持缄默，蓦地手机铃声响起，是他妈妈的来电。正当他拿起手机打算挂断时，却被宋迢迢给抢了去，按下了接听键。

尖锐刺耳的女声从电话里传来："沈星渡，你不要再给我丢人现眼了好不好，你以为你能当画家吗？你和你爸一样都是废物！"

难听的话悉数灌进了宋迢迢的耳朵，沈星渡面色难看，想去挂断电话时，宋迢迢大声维护道："阿姨，沈星渡不是废物，是我心里最优秀的画家，即使你是他的妈妈，我也不允许你这样贬低他。"

说完，宋迢迢气呼呼地挂断了电话，说道："你妈妈也太过分了。"

沈星渡一愣，扯了扯嘴角，自嘲道："或许我妈妈说的是对的，我根本不适合画画。"

原来在沈星渡小的时候，他学画的父亲以出门采风创作为由丢下他们母子俩跑了，从此之后沈妈妈就一直痛恨沈星渡学习绘画。

可偏偏沈星渡遗传了他父亲的绘画天赋，每当他偷偷画画时，画作就会被沈妈妈撕得粉碎，把他的画贬得一文不值。

在童年很长一段时间里，他一直被妈妈用语言打压，他一度陷入黑暗，甚至冒出放弃作画的念头。宋爷爷和沈星渡的爸爸是故交，得知此事的宋爷爷不忍他的天赋被埋没，就把他带回了画院。

来了画院后的沈星渡面对旁人的欺辱早已习以为常，若不是宋迢迢的出现慢慢抹平他偏执极端的棱角，他可能现在还是一个没有感情的作画机器。

沈星渡的妈妈本想借着这次比赛的机会让他尝尝失败的滋味进而放弃画画，但当她得知他进入决赛时，想到为了艺术放弃家庭的丈夫，她害怕重蹈覆辙，立马打电话过来奚落他，让他好不容易重建的心理防线再一次决堤。

"抱歉，我的人生其实没有画卷上那么缤纷，只有灰暗而已。"低垂的长睫毛里掩着深沉的晦暗，眉头微蹙，整个人蒙上了一层黯淡的灰。

见状，宋迢迢的心被猛地揪了一下，难怪他之前被欺负时并不反抗，原来早就习以为常。

她伸出手去勾沈星渡的手指，嘴角漾起最灿烂的笑，说："不会一直灰暗的，等太阳出来了，你的人生就是五彩斑斓的了！"

明明是晦暗如墨的黑夜，可在那一刻，沈星渡看到了他的光。

6

最后沈星渡还是参加了比赛，他的天赋并没有被埋没，他在决赛中通过自己精湛的画技一举夺冠。自此，画坛又多了一位冉冉升起的新星。

沈星渡各项成绩优异又有奖项加持，毫无意外地进入了北城美院，两人虽天各一方，但宋迢迢只要想到报考北城的学校就能和他在一起，便不觉得难过了。

出高考成绩的那一天，沈星渡也提前完成了课业考试，赶了回来。两人久别重逢，可沈星渡却没多欢喜，原因是宋迢迢和沈星渡回画院时，差点儿发生意外。

有辆电动车失控，冲着沈星渡而去，而宋迢迢下意识地挡在了他身前，若不是对方及时刹住，必然酿成灾祸。

虽然有惊无险，但沈星渡却黑着脸，很不悦。

为了赔罪，宋迢迢约他去附近的公园游玩。

夜色如墨，公园内却灯火通明，宋迢迢拉着沈星渡进入大殿，一个工作人员拦住他们，递上两张纸条，说道："只要你们把愿望写在纸条上，并诚心祈愿，你们的愿望便会实现。"

沈星渡陪她一起，提起笔在纸上写下心愿。

一旁的宋迢迢见沈星渡如此认真，忍不住凑过去看，还没靠近纸条就被沈星渡捂住："愿望是不能被别人看见的。"

"哼，小气鬼，"宋迢迢轻嗤了一声，佯装不屑，"你的愿望无非就是变成最厉害的画家，不用看我也能猜到。"

两人把纸条虔诚地投进了铁箱中，然后走出了大殿。沈星渡开口："宋迢迢，以后不许再冲到我面前保护我了。"话未完，突然身后的人群中传出一声惊呼。

一股刺鼻的浓烟从大殿内飘出来，通过一旁惊慌的路人他们得知原来有小孩不慎打翻了烛台，殿内都是易燃物，火势愈来愈猛，还有小孩被困在里面。

沈星渡把宋迢迢送到安全区域，不顾危险道："你就站在这里，我去救人，等会儿来找你。"

说罢，沈星渡就冲进了大殿。过了片刻，被困的人陆陆续续从大殿内逃了出来，可始终未见沈星渡的身影。

放心不下的宋迢迢正打算冲进火海去找沈星渡，突然腿脚一软，整个人便失去了意识。

宋迢迢是被刺鼻的消毒水味唤醒的，等她睁眼时，映入眼帘的是沈星渡。

她生怕下一秒他就会消失，不顾身体不适把沈星渡拉入怀中："你没事就好。"

"笨蛋，我怎么会有事。"沈星渡揉了揉宋迢迢的脑袋，言语温柔。

待坐立在病床上时，她才发觉自己的两侧站满了人，是她的师兄弟和爷爷，可他们的表情看上去有些说不出的怪异。

宋迢迢打量了他们一眼，以为他们太过担心，安慰道："爷爷，你看我和沈星渡都没事呢，你放心吧。"

一旁的师兄表情凝重，欲言又止，不知是不是她的错觉，爷爷一夕之间似乎平添了许多白发，苍老了许多。

医生说她因为紧张过度才会晕倒。在沈星渡的照料下，宋迢迢没多久就恢复了。

可是随后的几年里却发生了很多奇怪的事。

7

第一年，沈星渡参加新一届全国国画大赛，在最末的参与奖中都未出现他的名字，宋迢迢一度很自责，因为比赛前一晚她带他看流星，流星没看到反而害得他感冒才让他痛失奖杯。

第二年，也是这一年开始，宋迢迢晚上频繁地做噩梦，梦到她身陷火场之中，而不远处的沈星渡被团团烈火包围，她想要过去，却被大火阻隔着，只能眼睁睁地看着他化为灰烬。

宋迢迢一睁眼就扑入沈星渡的怀中："我梦到你被困在大火里，然后你丢下我一个人走了。"

"梦境都是反的，我永远也不会丢下你。"沈星渡哄道。

第三年初春，一个连绵的阴雨天，画院来了一位不速之客——沈星渡的妈妈，她穿着一身黑，面色憔悴。

宋迢迢对沈星渡的妈妈一直都有敌意，她蹙着眉，态度不悦："您来干什么，是又要骂他吗？"

她愣了一下，然后红肿的双眼流下两行清泪，宋迢迢看得不明所以。

沈阿姨叹了很长一口气，拍了拍宋迢迢的肩膀："你是好女孩，星渡遇见你，是他的幸运。"

第四年，沈星渡为了找寻灵感，去江南采风，宋迢迢一同跟随。

坐在摇摇晃晃的乌篷船上，宋迢迢靠在沈星渡的身侧，忽然她看到岸上有一女子穿着汉服路过，她新奇地喊道:“沈星渡快看，那个小姐姐长得好漂亮。”

沈星渡却一本正经地说道：“不看，犯法。”

宋迢迢眉头微蹙，不解：“犯什么法？”

“家法。”沈星渡淡淡地吐出两个字。

明明是两个简单的字，竟引得她心旌摇曳，一定是船太晃的缘故，宋迢迢如是想。

可就在宋迢迢晕头转向之时，他们的船突然和另外一条乌篷船相撞，本就摇晃的船身开始剧烈地翻滚起来，她不慎跌落在河中。

冰凉的河水灌入她的口鼻，紧裹着她每一寸皮肤，她伸手拍打水面试图抓取什么，可随之而来的是紧迫的窒息感。

意识逐渐昏沉，她以为自己要溺亡时，一只手揽着她的腰际，带着她逃离河底，就在她闭眼时，她看到了那人模糊的面容，是沈星渡。

可当宋迢迢在医院苏醒时，发现身旁空无一人，一旁的护士恰巧进来替她换药，她问道：“请问你有看到和我一起进医院的人吗？二十出头，长得很高的男生。”

护士茫然地看着她，半天才打趣道：“一直都是你一个人啊，我没见过你说的男生，是不是因为溺水导致记忆混乱了？”

“怎么可能呢，你真的没有看到过吗？”宋迢迢紧紧抓着护士的手不肯松开，试图从她的表情里探寻沈星渡的踪迹。

护士被吓了一跳，松开宋迢迢的手，一脸可惜地说道：“好端端的小姑娘，没想到精神不正常。”

这句话犹如银针扎进她破碎的心，巨大的悲痛从胸腔里涌了出来，她感觉头疼欲裂，零星的记忆碎片如老电影般一幕幕闪现在她的脑海里，一遍遍地折磨着她唤起旧时的记忆。

被派去暗地里保护宋迢迢的人立马告知了宋爷爷她溺水的消息，他一路奔波赶来，当他看到病床上脸色苍白的宋迢迢，正欲开口告诉她真相时，宋迢迢却平静地开口了：“爷爷，我已经知道了，沈星渡他已经死了，四年前就已经死了，对不对？”

“迢迢，这不是你的错。”宋爷爷叹了一口气。

她终于回想起了一切，悲怆道：“爷爷，如果不是我要带他去公园看花灯，是不是一切都不会发生，他还会好好地活在这个世界上？”

那天大殿着火，被困的其实是宋迢迢和沈星渡，火势很严重，两人只能逃出去一个，而他毫不犹豫地放弃了生的机会，只为换她平安无虞。

“这是当年在火灾现场找到的纸条，幸好存在铁盒之中才不至于损毁，我之前一直不敢给你，如今该物归原主了。”宋爷爷不知如何劝解，脸上写满叹息，把一张字条交到宋迢迢的手中。

宋迢迢一眼就认出了那张字条，是大殿着火那天沈星渡写下的心愿，她慌乱地打开，上面的一行字让她泣不成声：宋迢迢，你都保护我那么多次了，什么时候我也能保护你一次呢？

可惜纸张最后剩下的半截空白再也无人将它补全。

不知不觉，宋迢迢的脸上已淌满了泪水，她贪婪地沉溺在这美梦之中不愿醒来，可事实却残酷地告诉她，无论现实还是梦境，她身边都不会再有沈星渡了。

她失去了他两次。

尾声

宋迢迢出院后回到了画院，又是一个草长莺飞的三月天，她在画室整理沈星渡的遗物。

倏忽间，有张折叠规整的宣纸掉落在她的脚边，她弯腰捡起，小心翼翼地打开宣纸，才发现，原来是他们初遇时合写的《长干行》。

娟秀端正的楷体和行云流水的草书明明格格不入，可在这张宣纸上却相得益彰。

窗外传来了琅琅的读书声，宋迢迢朝窗外望去，漫天的柳絮在空中飘舞，好似与沈星渡初遇那天。

“‘低头向暗壁，千唤不一回。十五……’十五什么来着？”女孩一筹莫展地问道。

“笨蛋，是‘十五始展眉，愿同尘与灰’。”男孩提醒道。

曾经，她的身边也有一个光风霁月的少年郎愿同她尘与灰，只可惜，如今只剩下她独念这《长干行》。

趁月色渡过星河

我在月台等你

✻薄皮大馅

1

大雪封山的第二天。

一大清早，伏夏就被冻醒了。窗外的雪才停不久，玻璃上结了厚厚一层霜，朦胧得看不清景色。

伏夏是一周前来青县的。

这里虽然位置偏僻，但是自然风光极佳，冬天的冻原尤其出名，伏夏主演的新电影有几处场景都选在这里拍摄。

然而没人料到，就在电影拍完的当天，突降大雪，附近有好几处山体出现雪崩，硬生生将一行人困在了山里。

不幸中的万幸是这里还住着几户人家，能腾几间空房间借给他们用。

房屋的主人就是王婶，她为人热情好客，送完这一场旷日持久的追逐，终于由他奔向她而告终。

水还给伏夏递了个消息："救援队的人已经来了，听说还是从星城那边部队调的，我刚去看了一眼，打头的那个队长长得可帅了，瞧着比你们剧组那个男一号还精神。"

伏夏闻言微微一怔："星城？"

没等王婶回应，院外蓦地传来咯吱咯吱的踩雪声，伏夏下意识抬起头，对上一道凌厉的视线。

来人穿一身挺括军装，身材高大，往院中一站，像一棵挺拔的树，空间忽然变得狭小逼仄，压得伏夏无法呼吸。

"星城救援一队队长陈初白，过来了解情况。"男人对着她抬了抬眉，"受伤了吗？"

有多久没见到这张脸了。

四年还是五年？

伏夏有一瞬间，几乎忘了眨眼。

"我……"半晌，她回过神，抿了下唇，"我没事。"

陈初白似乎只是例行公事，没有跟她相认叙旧的打算，问清楚她身体状况没有大碍后，就转身出门，去找下一个被困者。

有王婶这个移动广告，外加陈初白亲自挨个走访，山里来了个帅军官的事没多久就传得尽人皆知了。

陈初白并没有拒人千里的长相，相反，他生了一双天生含情的桃花眼，但周身气质却十分冷厉，两相结合，莫名给人一种故事感。

等到中午吃饭的时候，一向最爱从各行各业的人物身上挖掘故事的导演，就主动坐到他旁边，笑眯眯地跟他攀谈起来。

"陈队今年多大呀？"

"二十三。"

导演有些惊讶："这么巧，那你跟我们小夏年纪一样大。"

伏夏坐在他们对角线的桌上，低头看着桌上的菜，假装什么都没听见。

导演问什么陈初白便答什么，看起来很配合，但没有一句话是超过五个字的，饶是导演这样的聊天高手，也不由感到几分挫败。

最后，他指了指陈初白的额角，没抱什么希望地问："陈队眉尾这个月牙形状的小疤好别致，是胎记还是受过伤？"

伏夏倏地抬起了头。

不远处，陈初白眼睑微垂，安静几秒，发出一声轻哂："读高中的时候，听说喜欢的女孩跟别人在一起了，没忍住，找那人打了一架留下的战绩。"

2

伏夏第一次见陈初白，是在三伏天。

博英中学的军训不讲人情，偏偏挑一年之中最热的时间，短短一周就把人晒得蜕了几层皮，也将新生们刚升入高中的新鲜活力蒸发得一干二净。

最后一次晚训的时候突然下了场大雨，教官一句"解散"还没说完，满操场的人就一窝蜂地往宿舍楼的方向涌去。

伏夏身体素质打小就不好，能撑下军训全靠毅力，是半点跑步的力气都没有了，原先还有朋友牵着她的手一起，结果没过多久俩人就被人群冲散，她落到了队伍最末尾。

反正已经淋了雨，也不在乎再多淋一会儿，伏夏慢吞吞地往前走，竟还有闲情逸致欣赏雨中的训练场。

独自欣赏到第三秒时，她头顶的雨丝突然被什么东西遮住了。伏夏一抬眼，看见一片大得不可思议的荷叶，而举着荷梗的少年，有着一张英俊到大雨也无法掩盖的脸。

“刚在岸边捡的，勉强用这个挡雨吧。”说完，他随手把荷梗塞进她手里，背朝着她挥了挥手走了。

托这个不知名同学的福，伏夏走回宿舍楼时，衣服只湿了一半，第二天早上顺利晾干，没耽误最后的军训会演。

只是她一心记挂着要向人道谢，但是在这之后的整整一年里，她却再也没有见过那个男生一面。

直到高二的开学典礼。

校长请上一学年成绩排名年级前十的学生上台接受表彰。伏夏是年级第一，站在队伍最前面，而她身旁的第二，就是她找了一年的好心人，高二（21）班的陈初白。

伏夏在一班，两个班级的教室相隔十万八千里，甚至不在同一栋教学楼，难怪她之前从未在学校遇见过他。

她不确定陈初白是不是还记得自己，一时踌躇，不知道怎么开口。

少年个子很高，从伏夏的视角能看见他瘦削的下颚线，脑袋微偏，正在和旁边第三名的男生有一搭没一搭地聊天。

表彰环节一共五分钟，一班有两人上台，另一个在队伍末尾，是伏夏的朋友，眼看快结束了，隔着人群叫了她一声：“妹妹！待会儿要不要一起去小卖部啊？”

话音落下，伏夏感觉有好几道目光都落在了自己身上，包括她身侧陈初白的目光。

“妹妹”是一班同学给伏夏起的昵称。一是因为她生日在十二月，算是班里最小的，二是她长着一张乖巧漂亮的脸，性格温柔又好说话，属实是大家的“梦中情妹”。

队伍里隐约传来几道笑声，并没有什么恶意，伏夏脸颊还是不自觉一热，答了声“好”。

她鼓足勇气正要趁最后的机会向陈初白道谢，却听见第三名开口对他说：“陈初白，你上次期末考试是不是考前又通宵看球赛去了，语文差点没及格，年级第一都被人家小姑娘抢了。”

伏夏心头一紧，话被堵在了嗓子眼。

被调侃的少年却毫无所觉，单手插在裤兜里，语调散漫道：“无能的人才喜欢给自己的失败找借口，输了就是输了。”

“更何况——”他侧头，目光扫过伏夏的脸，很轻地笑了一下，“输给妹妹不丢人。”

在她无措的眼神中，陈初白低下头，面对着她，弯了弯眼睛说：“是吧，妹妹？”

3

爱笑、不太正经，但是又很细心、会替人解围——这就是陈初白最初给伏夏留下的印象。

那天早上伏夏被朋友拉走之前，只来得及匆匆说一句：“之前军训，谢谢你的荷叶。”

从当时陈初白有些惊讶的表情里，伏夏大致判断出来，他应该不记得她了。

意料之中的事，所以她并未失落，只是心里有几分懊恼，道谢应该再正式一点的。

不过，陈初白的一声“妹妹”，还是让伏夏的耳朵红了一整天，晚上回家耳垂的温度都没降下去。

后半夜，她开始浑身发热，醒来一量体温才知道自己发烧了。

开学第一周，校门口的执勤工作从高二（1）班开始，今天恰好轮到伏夏。

她在校门口站到七点十分，北方的九月，天气已然逐渐转凉，平时感觉不到，但冷不丁在室外待一早上还是把人冻得不轻。

伏夏的脸颊透出一丝绯红，看上去就像个病恹恹的小可怜。

第一节早自习的预备铃即将打响，她抱着执勤本正要交给保安室，一道熟悉的身影闯进了她的视线。

是刚好踩着铃声进校的陈初白。

这个时间很尴尬，属于应该记名字，但也可以睁一只眼闭一只眼不记的范畴。

看清来人的脸，伏夏捏着笔准备记录的手顿了顿，下一秒，一杯温热的奶茶贴上她的脸颊，霎时驱散了寒意。

“可以用这个贿赂一下妹妹吗？”陈初白眼角带笑，“别记我名字了，行不行？”

发烧时，人的心跳要比往日快得多，五感也变得很敏锐，伏夏的呼吸里盈满了面前人身上的淡淡薄荷绿茶味儿。

见伏夏不出声，陈初白佯装受伤："昨天还感谢我，今天就不认识我了？"

话说到一半，怕她当真，又解释道："逗你的，妹妹该记就记吧，早知道就应该像去年军训那样，直接把奶茶塞给你，免得你现在不愿意收了。"

此话一出，伏夏才反应过来，原来军训那天的事，他还记得。

"我不记你的名字。"她蜷了蜷发麻的手指，"但你……别叫我妹妹了。"

"行啊。"陈初白挑了挑眉，提出条件："你收下我的奶茶就成交。"

伏夏一向不擅长口舌之争，最终还是拎着那杯芋圆奶茶回了教室。

一班今早连堂三节数学课用来考试，结束后是大课间，老师刚收了卷子出门，就有个隔壁班的同学来给伏夏送东西："第一节课下课陈初白就来找你了，但你们班在考试，他就托我把这个给你。"

那是个很小的袋子，里面装着两片从学校医务室开的退烧贴，还有一张便签。

上面是男生遒劲有力的字迹。

——妹（画掉）伏夏同学，早点养好身体。

自此之后，很长一段时间里，伏夏觉得她的世界到处都是陈初白的影子。

学校从高二开始按文理科开设竞赛培训班，周末召集一帮种子选手在阶梯教室上课。大家都是年级里的佼佼者，成绩相当，兴趣爱好也相似，很快就混熟了，上完课还经常约着一块儿出去聚餐。

其中有伏夏，自然也有陈初白。

这个周末限定小班级的成员和一班的同学一样，都喜欢叫伏夏"妹妹"，只有陈初白信守承诺，规规矩矩地一口一个"伏夏同学"，反倒像是被她刻意孤立了一样。

这点儿微妙的差别待遇没人察觉，伏夏心中却一直隐隐有点儿不安。

她当然知道陈初白不是斤斤计较的人，可能连他自己都不把这点小事放在心上，但伏夏还是陷入了自己恩将仇报的自责中。

于是她便努力从其他方面悄悄弥补，陈初白翘了培训课和几个男生出去打篮球的时候，她主动帮忙打掩护。知道他喜欢吃甜食，她就每个周末提前到，在他抽屉里放上一块巧克力。

怕他察觉不对劲，还给其他同学都一并放了，假装是老师发放的慰问品。

伏夏做这些事，不求任何回报，只想让自己心安，因此她从未想过让任何人知道，也没想过会被陈初白"人赃并获"抓个正着。

窗外的天空是一层蟹壳青，零星洒下几束阳光，打在少年身上，他手里拎着个篮球，不疾不徐地朝她走来，挑了挑眉，像撞破了什么大秘密。

"怎么做好事不留名啊，伏夏同学？"

4

"怎么做好事不留名？"

相似的场景发生在六年后。

午饭没吃多久，陈初白就再次奔赴雪灾现场进行救援，工作紧张急迫到晚上八九点了还没来得及吃口热饭。

伏夏打着手电筒，跟着王婶一起去给救援队送饭和热茶。

队里大多数都是年轻小伙子，他们平时在军队很难见到女生，更何况还是漂亮的女演员，看见伏夏多多少少都有些害羞。因此没人注意到，他们队长的杯子里装的不是普通热水，而是飘着甜香味的巧克力牛奶。

没有一碗水端平是因为伏夏包里只剩下一盒牛奶了，而且有王婶做掩护，她不怕这点儿私心被发现。

结果收拾东西打算走的时候，她毫无防备地被人拦在了树下。

陈初白的个子比高中时又高了一些，肩膀宽阔有力，衬得伏夏像一只孱弱的小鹿。

六年前，陈初白问这个问题时，她纠结了半天，眼睛一闭，结结巴巴地把事情的原委从头到尾解释了一遍。

话还没说完，伏夏就听见了他抑制不住的笑声："就你这小胳膊小腿的，还能怎么孤立我啊？"

"再说了，"伏夏面前的少年脸上写满狡黠，"让别人叫你妹妹，不让我叫，不就说明我对你很特殊？"

或许是回忆里的陈初白太过鲜活，看见现在隐藏所有情绪、将自己包裹得不留一丝缝隙的陈初白，伏夏没来由地感到难过。

她深吸一口气，不答反问："陈初白，你今天中午说你喜欢……"

话说到一半，陈初白面色倏地变得沉冷，伏夏一愣，下一刻，就见陈初白大步朝前方路口的拐弯处走去。

两分钟后，他拎着一个贼头贼脑、身材矮小的男人过来。

伏夏对这个人没印象，在陈初白的逼问下，才知道他是附近村民，听说这里有明星，便偷偷摸摸想过来拍几张照片，看能不能卖出去。

最初只想拍伏夏一个人，偶然发现她和陈初白关系非同一般，觉得是个大新闻，多拍了一会儿，不巧被陈初白抓个正着。

陈队威慑力十足，一个眼神下去，那村民就立马把手机交过来给他们检查："我全都删了！一张都没留！"

陈初白这才把人放了。

伏夏则是缓缓地松了口气。

她最近热度高，网上经常传各种各样的绯闻，她只专心拍戏，从不去理会这些，但是她不想因为自己，让陈初白也陷入风波。

他的身份和职业，应该被人尊敬和爱戴。

陈初白转过头，就看见伏夏一脸如释重负的样子，他自嘲地笑了一声。

"放心！"他扯了扯唇角，"不会流出去让你男朋友误会的。"

5

高二下学期期末考试结束那天，培训班一个同学过生日，请了许多人吃饭。

伏夏临时被班主任叫走，赶到包厢的时候，一大桌子坐满了人，只剩下一个座位，就在陈初白旁边。

寿星招呼她坐下："妹妹先将就坐那儿，你别怕，要是陈初白欺负你，我们这儿这么多人呢，帮你揍他！"

被点了名当作恶霸对待的陈初白本人，懒洋洋地靠在椅背上，抬头看过来，笑得一脸无辜："怎么老把我当坏人？我欺负谁也不可能欺负伏夏同学啊。"

朋友们觉得他俩关系不好，事出有因。

那天陈初白撞破伏夏偷偷送巧克力的秘密后，说的那番"特殊"言论，让伏夏躲了他好几个星期。

陈初白是随口开的玩笑，伏夏却知道他说的是事实。

不让他叫"妹妹"，是因为他自带了让她心跳加速的按钮，轻描淡写的一声"妹妹"就能让她的心跳速率冲破阈值。

她躲得明显，周围人都看得出来。出于对"妹妹"的天然偏心，大家一致认定是陈初白的问题，但也相信以他的人品不会做出什么特别恶劣的事，所以这次特地将座位安排成这样，想给陈初白一个解开误会的机会。

吃完饭已经是晚上八点，送伏夏回家的任务自然落到了陈初白头上。

伏夏一整晚都提着一颗心，幸好饭店离她家只有一站路的距离，没走多久就到了巷子口。

陈初白一路不紧不慢地跟在她身后半米的位置，路灯将两人的身影拖得仿佛一样长，伏夏做足心理建设，转头说："我到了，你也早点……"

"对不起。"陈初白打断她，脸上笑意收敛，第一次露出了严肃正经的表情，"那天对你说那句话，其实是因为，你对我很特殊。"

伏夏愣住了。

"第一次听说你的名字，是中考后。"陈初白说。

那一届市中考状元是两个人，并且双双花落博英中学，陈初白在军训当天，才见到了跟他分数一样的另一位状元，却没想到是个漂亮到晃眼的女孩子。

看上去有点呆。

下雨都不知道躲。

他装作路过走到她旁边，第一次在她的眼睛里看见自己的身影。

然而后来高一一整年，他再没找到第二次机会。

伏夏同学一心向学，不闻窗外事，两个人抢了一年的年级第一，她都没发现他的存在，果然很呆。

伏夏当即反驳："我不呆。"

陈初白无奈得想掐她的脸："听了半天就听到这一句，还说不呆。"

"所以……"伏夏仰头看他，犹豫地问，"你是把我当作你最有力的竞争对手吗？"

陈初白刚要回答，巷子里忽然冲出一个男生，三两步跃到伏夏跟前，大大咧咧地揽过她的肩："伏小夏！我集训回来啦！以后又能送你上学了！"

笑容从陈初白脸上瞬间消失。

他的视线落在伏夏肩头的那只手上，目光冷冰冰的，男生却半点没有被人敌视的自觉，还笑嘻嘻地跟他说："你是小夏的同学吧？谢谢你送她回家，我是她发小。"

"不用。"丢下两个字，陈初白转身离开。

男生名叫林燃，住伏夏隔壁，俩人打小一起长大。他是体育生，也是博英中学出名的小霸王，没人敢惹，怕伏夏性格好受欺负，时时罩着她。

也就是过去一年，他到外地集训去了，才没在伏夏身边看着。

朋友回来，伏夏自然高兴，只是，她心里忍不住一直在想陈初白没来得及回答的那个问题。

陈初白是将她当作竞争对手，所以才特殊对待吗？

6

高二升高三的暑假，短到几乎可以忽略不计。

高考第一轮复习轰轰烈烈地打响，竞赛培训就此取消，与之一同消失的还有一周一节的体育课，所幸学校还保留了最后一丝丝良心，改成了一个月一节，统一时间。

即便如此，大多数学生还是选择留在教室里做卷子。

听人说陈初白和林燃打起来的时候，伏夏正在做一道棘手的物理压轴题，笔尖一不小心扎破了试卷，她笔帽都没来得及盖上，就往操场的方向跑。

从来没有跑过这么快，风灌进嗓子里，她几乎能尝到一丝铁锈的味道。

林燃很早就开始练跆拳道，博中一霸的名号也不是吹出来的。伏夏一路上心惊胆战，到了现场，看见的却是陈初白把林燃摁在地上。

"不就是最后一个篮球被我抢到了，我给你就是了，干吗要动手？！"林燃气愤地喊。

可能是老师快过来了，伏夏刚到，陈初白就一言不发地松开了手。

两人之间，显而易见是林燃更狼狈，伏夏脚步一顿，最终还是朝他走了过去。

一旁的陈初白伸手抹掉额角的一抹血丝，眼神慢慢暗下来。

"有话好好说……以后别打架了。"伏夏试图缓和气氛道。

林燃委屈地捂着脑袋："我没想打！"

陈初白望着她，勾了勾唇角，说："好。"

这一天，在伏夏的记忆里，像是一条隐形的分界线，此后直到高考，她只见过陈初白一面。

那是高三的百日誓师大会，在学校的大礼堂举行，每个班级派出一名代表，到台上带领宣誓。

一个年级四十个班级，代表按号排序，站成两排，陈初白恰好站在伏夏身后。

誓词念完的时候，她在嘈杂的人潮中，似乎听见陈初白对她说："加油啊，伏夏同学。"

少年脸上挂着一抹洒脱不羁的笑，一如初见。

在那一刹那，伏夏的眼眶有热意上涌。

她唇瓣张合，想问他的目标院校是哪一所，又想问他高考后的打算，然而到了最后，千言万语只汇成了两个字："加油。"

两三场大雨过后，夏天悄然而至，高考的两天是人生中最短暂也最漫长的两天，亦是少年时代终结的标志。

六月末，博英中学举办毕业典礼，新任校长颇具浪漫情怀，给每一个毕业生都发了一枝百合花，取它前程光明一切顺遂的寓意。

天气给足了面子，一场雨憋到典礼结束才轰轰烈烈地落下来。这次伏夏带了伞，却依旧步履缓慢。

她也说不清自己在等什么。

是等她再好好逛一次这座待了三年即将告别的校园，还是等一个三年前出现在这里，从此闯进她生命的人。

可是再大的校园，也有走完的时候。

伏夏走出校门时，被门卫叫住，笑容和蔼的老人递给她一枝百合花："刚刚有个个子好高的男生把花留在这儿，让我帮忙转交给你。"

原本已经毫无波澜的心脏似被突然注入一针强心剂，伏夏控制着有些发颤的嗓音问："那他现在人呢？"

"去车站坐车了，喏，"门卫给她指了个方向，"应该坐的是那辆车。"

交通灯跳转到绿色，城市公交毫不迟疑地从校门口开过。

隔着茫茫雨幕，伏夏看见了坐在后排靠窗位置的陈初白。

他静静坐在那里，就这样渐行渐远，直到一个转弯，彻底驶出了她的十八岁。

7

五年前的伏夏，喜欢一个人，却对他表现得最疏离。

少女心思腼腆又脆弱，不断猜测对方的想法，千回百转，最后得出的结论也不过是陈初白的确只将她当竞争对手，最多是良性竞争的那种。

如果有其他可能，他又怎么会没跟她也没跟任何人打招呼，一声不吭填报了军校，学业和训练占满所有时间，连昔日的朋友聚会都未参加过。

大二那年，伏夏参加了央视举办的一个知识问答节目。这个节目一年一届，属于大学生必看课程之一，每年都会有高颜值或者高智商的参赛者因此走红。

两者兼具的伏夏当仁不让地成了那档节目的最大赢家。

几年时间，她在电影里演绎了无数次的悲欢离合，今天中午又亲耳听见陈初白说出那样的话，知道了当时他和林燃打架的真实原因，她现在再看不出他喜欢她，才是真的呆。

伏夏反客为主地堵住陈初白的去路，单刀直入地跟他说："我没有男朋友。"

陈初白浑身一僵，看着她，又像反应过来什么，抿唇道："你不用担心，我不会跟别人提。"

说完，他抬脚朝人群的方向走去，步伐迈得又急又快，等伏夏反应过来他话里的意思，抬头已经看不见他的人影。

她又好气又好笑，完全不知道陈初白的脑回路怎么会将她的话理解成害怕暴露恋情。

伏夏一心要把事情解释清楚，可她不想让他们迟到五年剖白心迹的场所发生在微信聊天对话框里。可是，现实中，陈初白不愧是国科大的优秀毕业生、年轻有为的军官，反侦察能力一级强，只要他不想见，别人休想找到他。

三天后，积雪清理完毕，道路畅通，也到了剧组要启程到城里坐高铁回北京的时候。

伏夏像是彻底死心，没再想着找人，而是乖乖地上了剧组的大巴车。

陈初白没去送她。

看着车从盘山公路开走，他的一颗心终于尘埃落定，却是沉入了谷底。

下一次见她，不知道又会是多少年后。

早知道结果的事，就不应该奢望。

陈初白顺风顺水当了十八年的天之骄子，人生第一次受挫，就是得知伏夏有了男朋友。

那节体育课，起初陈初白只是听见林燃跟一帮朋友坐在看台上闲聊，说着说着，有人提起伏夏，语气里都是对林燃的羡慕。

"燃哥命真好，有这么漂亮的青梅竹马。"

"你懂什么，青梅竹马哪有这样的，那是燃哥的女朋友！"

从第一次看见林燃和伏夏站在一起时胸口就酝酿的怒火，在那一刻再也压抑不住，陈初白挥拳出手。

知道伏夏赶过来的时候，他心中还怀着一份希冀。

可那份希冀在看见伏夏走向林燃时，被浇灭得一点不剩。

从那以后陈初白不敢再见她。

怕自己忍不住越过雷池，将她从林燃身边抢走。

因为曾经的一句玩笑都会让她躲着自己，如果他真的横刀夺爱，也只会把伏夏推得更远。

于是他尽可能让自己忙起来，躲开所有同学聚会，可她却像一轮太阳，光芒普照到每一个角落，让他睁开眼睛就能看见她。

而他见一次，就会更喜欢她一点。

听说她被困青县后，他第一时间打报告申请过来支援。主动接过走访的工作，也是想亲自确认她的安危。

可也只能到这一步了。

他没有那么光明磊落，他曾经也盼望着伏夏和林燃分手，可是不久前的一个采访中，她说自己有喜欢的人，从高中喜欢至今。

她不信他会保守秘密，他就用实际行动作答。

不知过了多久，陈初白口袋里的手机震动了一下，微信弹出一条新的好友申请，备注是“林燃，速加！”。

陈初白跟他无话可说，不过是担心伏夏那边出了什么状况，才点了通过。

林燃那边像是一早就打好了草稿，发了一大段话过来。

【就此澄清！伏夏不是我女朋友，我们就是清清白白的发小关系！什么女朋友，那都是他们瞎说的！早知道我会因此挨打，当时就跟你解释清楚了。对了，这是我和我女朋友的合照，别再误会了啊！】

几行字，陈初白却直到看到窗外的树梢被雪压断，发出“啪嗒”的声响，才醒过神。

他猛然起身，朝外奔去。

8

陈初白赶到高铁站时，车站电子屏幕播报，伏夏的那班列车已经开走了。

就差三分钟。

错过的又何止是三分钟。

候车大厅里人来人往，时时刻刻上演着分别与重逢，可他想见的人，又要和他相隔千里了。

陈初白望着检票口的方向，半天没有挪步子，眼前却忽然递来一张纸巾。

举了两秒钟，见他不接，举着纸巾的手便主动往上伸，擦去他额角的汗，拂过那枚月牙形状的小疤时，力道格外轻。

陈初白怔怔地看着眼前的人。

伏夏大半张脸都藏在口罩和鸭舌帽里，只露出一双漂亮的眼睛，眼里含着笑，话里却带着点记仇的味道：“不是在躲我吗？”

“……你没走？”

伏夏瞪他：“我不像有些人，当年那么狠心，留下一枝百合花就跑了，话也不说清楚。”

所以作为报复，她让陈初白也感受了一次没追到人的失落。

只不过没虐多久，伏夏自己就心疼了。

早该知道的，爱会让胆怯的人变勇敢，也会让勇敢的人变胆怯。

胆怯的人伸手握住她的手腕，下一秒，伏夏连同身上厚厚的羽绒服一起跌落进一个滚烫的怀抱。

“对不起。”这是陈初白第二次对她道歉。

伏夏脸埋在他胸前，问他：“这次是为什么？”

“没能在六年前回答你，我从来没有把你当成竞争对手。”陈初白说。

“那是什么？”

——是一见钟情的对象，是情不自禁就偏爱的“妹妹”，是哪怕不能在一起也想要保护一辈子的人。

不知是谁先认出了伏夏，发出一声惊呼，然后人潮朝他们涌来。

一片闪光灯里，陈初白坚定不移地将伏夏护在怀中。

五年前，伏夏没有追上他的那班车。

这一场旷日持久的追逐，终于由他奔向她而告终。

风很大，我们依偎在一起互相取暖。

落日欢度

✲ 青生雨

1

余识离开 A 市的那天，是近半个月来最晴朗的一天。

她知道我早上有课，因此不肯让我来送她。

关系到我和付知学习的事，余识一向很在意，用她的话来说，这就叫失去后才懂得珍惜。

第二天，我还是偷偷打车过来了，我随意买了张车票进了站。

周围人很多，站在或多或少拿着行李的人群中，两手空空只带了手机的我实在有些突兀。

我没有告诉余识我来了，但她很好找，她穿的是初来 A 市和我一起逛街时买的红色长裙，此刻正站在长长的检票队伍中。

真巧，我穿着同款式的另一条。

她身边放着一个小小的行李箱，手上提着一个包，这就是她全部的东西。

我躲在距离她十几米远的柱子后没敢出去，怕她又撵我回去上课。

余识低头掏出手机在上面按了几下，我收到了消息："我要上车了。"

我回她："好，一路顺风。"

余识随着人群缓缓走向检票口，我看着她的背影慢慢消失，直到检票口空无一人。电子屏上显示余识乘坐的那辆列车已停止检票，在一个跳动后那行字便消失不见了。

一拨人上了车，另一拨人又从站外进来，候车大厅里仅仅空闲了片刻，便重新挤满了旅客。

我转身即将离开时，手机又收到一条信息，同样是余识发来的。她说："快回去上课吧，我看到你了。"

我捂住脸，在人来人往的候车厅里，终于无声地哭了出来。

我第一次见到余识，是在初二开学的第一天。那天，我正被一只狗追着仓皇逃跑。

我一向不招猫狗待见，今天这只，更是像逮到了老鼠的猫一般，带着些许戏弄的意味，不紧不慢地追了我许久。

遇到余识时，我颇为狼狈——校服上衣的拉链因为狂奔而散开，马尾本就没扎好，已经全散了。

看到拿着长长的竹竿站在砖堆上的余识时，一瞬间我误以为她是仙女下凡。

她拿着竹竿猛击地面，死死地盯着那只狗，我连滚带爬地上了砖堆，蹭到她身边。

那只狗略带迟疑地停下，顿了顿，从旁边溜走了。

手下是碎砖屑，我坐在码放整齐的红砖堆上，敞着校服仰着头大口喘气。一转头，就看到余识正低头看着我，她穿着和我一样的校服，身后是一片绚烂的朝阳，整个人格外好看。

余识将竹竿重新扔回旁边的院墙后面，我这才知道她站在这上面是为了取竹竿。

清晨有风吹过，方才散乱的头发也微微飘动，我用手拢了拢，这才发觉发圈不知掉到哪里了。

眼前忽然多出一个带着小鲸鱼的发圈，我抬头，余识正微笑着将它递给我。

"谢谢啊。"我小声道谢，对于这份善意却有些不知所措。

余识笑着说不客气，然后便开始絮絮叨叨地介绍自己，和我聊天。

我忙着用手将头发拢起，手却抖得怎么也扎不好。

手中的头发忽然被人接过，我手里被余识塞了一面小镜子，她从包里拿出一把梳子，我呆呆地通过镜子看着身后正在帮我扎头发的她。

直到余识满意地拍拍手，我才回神。她转身跳下砖堆，一边将东西放回包里，一边问我："同学，你叫什么名字呀？"

我学着她的样子跳下去，腿却一软差点摔倒，狼狈地回答道："我叫纪溺。"

余识张了张嘴还要说些什么，我忽然听到远处学校的广播声，心头一跳，拉着她就朝学校跑去："快跑，今早有升旗仪式。"

任凭我俩跑得飞快，还是没赶上，更是被年级主任抓个正着。

被狗追，又被年级主任训话半天，这在我分外平淡的生活里，实在算得上是浓墨重彩的一笔。

刚出了办公室，被狗追的后遗症这才袭来，我一时腿软蹲在墙边走不动了。

"纪溺，你还好吗？"余识在一旁有些担心。

我摆摆手示意自己没事，正要起身时，忽然看到眼前多出一双鞋。

顺着面前的运动鞋看上去，面前正站着一个俊秀的男生，崭新的校服被他穿得分外整洁，他戴着眼镜，视线正落在我旁边的余识身上。

这便是我同余识和付知的初见。

2

后来我才知道，余识才是惹那只狗心气不顺的罪魁祸首。

她先前无聊地乱扔石子，没承想误伤了狗，听到狗吠就跑了，谁能想到被倒霉的我撞上了。

那场初见很狼狈，却因此同余识结识。

付知和余识从小便认识，两家家长工作同步调动，两人也一并转学，分到了我们班。

付知一看就是那种被老师喜欢的学霸，而我哪怕再刻苦，成绩却总是算不上好，面对这类天资过人的好学生，我甚至有些自惭形秽，一向敬而远之。

这样的人，如果不是和余识认识，我想我应该永远都不会和他有交集。

余识很快就和班上的同学打成一片，我自认为和她关系不远不近，直到我被意外锁在教室的那天。

那天清早我有些发烧，下午放学听到余识说老师找她和付知商量艺术节的事，让我先走，不用等他们一起吃饭。

我想到晚上还要上晚自习，也懒得出去吃饭，便趴在桌上睡了一会儿。醒来后，面前依旧是厚厚的书堆，可教室里却一片漆黑。

我看向窗外，旁边的教学楼也没什么灯光。

脑袋像一团糨糊，借着月光我才勉强看清黑板上通知今晚学校停电，不上晚自习。

我磕磕绊绊回到座位上，没有手机，试着敲门也没人回应。

月色随着天上的云层时明时暗，窗外树影婆娑，头越来越烫，让我有种意识和身体被割裂的感觉，我甚至没想到其实我可以从靠近走廊那一侧的窗户翻出去。

我只是迷茫地坐在座位上，不太确定地想：妈妈等不到我回家，应该会来学校找我吧？

不知在座位上坐了多久，眼前忽然出现一道亮光。

耳边有开门声响起，窗户外出现了余识焦急的脸。

我一直没想通她是怎么发现我被困在教室的，后来我问她时，她才笑着说："因为每次放学即使我说了不用等我，小溺你还是会在学校门口等我一起回家啊。"

仿佛已经习惯了黑暗，被手电筒的灯光照到时，眼睛居然被刺激到想要流泪。

我僵硬地起身，顺从地让余识牵着我的手带我出去，在手电筒的余光中，我看到门口站着的保安大叔以及他身后正朝着我们走来的班主任和付知。

我想过我睡在后排那么高的一摞书后面，又睡得太沉，什么都没听到，通知不上晚自习时天色应该很晚了，其他人没看到我也在情理之中。

可这一刻，在手电筒的光中，余识紧紧牵着我带我走出这片黑暗时，我却忽然觉得有点委屈。

一点点，不算多，就像柳絮那么小，却钻进了我的眼中，令我的眼睛有些干又有些涩。

3

余识便是老师口中脑子聪明，却不用功的学生。但即使这样，也比我这个天天埋头做题的书呆子成绩要好。

但我的运气不错，中考时超常发挥，顺利和付知、余识他们一起进了同一所高中。

我们三个一起拿到通知书的那天，余识拉着我俩说要去一个采摘园庆祝。

可我们一路骑着自行车，都快走到城市的边缘了也没见到果园，眼看越来越荒凉，这才意识到，余识记错地方了。

正当我们准备折返时，忽然发现路旁有一片向日葵地。

此时的向日葵正金灿灿地开着，余识停下车，招呼我们过去。

她从粗大的向日葵分叉处揪下来三个开着花的小旁枝，"咳咳"清了清嗓子，拿起向日葵当作话筒，用极为夸张的声音说："欢迎来到著名歌手余识的演唱会现场。"

付知皱着眉正要吐槽，却被余识塞了一枝："给你，你是伴唱。"

她又看向我，我连忙自觉地接过，补充自己的定位："我是歌迷。"

余识掏出手机开始放歌，我们三人在这片荒无人烟的向日葵地里，开着属于我们的演唱会。

最后是我先累倒，坐在阴影里看着他们，平时一贯稳重的付知此刻也拿着小向日葵和余识对唱。

他们身后是一片小森林，再往后便是一片晴空。

我将上半身微微向后仰，用食指和大拇指组成一个框，将眼前的一幕框了下来。

他们唱的歌是他俩曾经在学校艺术节上表演过的。付知弹吉他，余识唱歌，我特意从家里拿来相机和手机，一个拍照一个录像。

这个视频一直被我保存着。

余识很爱唱歌，她是我认识的人中唱歌最好听的，时隔许久再听，我仍然觉得，这是我听过的最好听的歌。

4

到了高中，付知去了重点班，我和余识还在一起。

学业压力愈来愈重，即使在稍微还算轻松的高一阶段，这里的学习节奏依然让我透不过气来。

余识依旧是那般不算认真听的状态，她总是偷偷利用上课时间玩游戏、看小说、化妆、涂指甲等，却不肯看一眼书。

这样的状态导致的后果自然在月考成绩上体现得淋漓尽致。

每次考试结束，付知总会给我和余识总结整理错题。

他赶着下午放学后的空闲来到我们班，我在一旁拼命记着他归纳的知识点，直到他有一会儿没说话，我才抬起头看他。

付知看着余识的试卷和旁边还在玩游戏的她，问："余识，你难道就要这样过一辈子吗？"

付知很少用这种语气说话，更不要说是对余识。

余识错愕地停下手中的动作，顾不上游戏角色的死亡，坐在座位上高高昂起头同付知对视，一句话也不说。

最后，付知转身离开。

"余识，你就随意挥霍时间吧。"

这是我第一次见到他俩冷战。

放学后，余识不等付知，拉着我就走。

快到家的那段路一般只有我们三个，付知不紧不慢地跟在我们十几米外。

那段时间余识每天看起来很瞌睡，为了多睡一会儿，常常不吃早饭。

我记起付知以前总会带她喜欢的面包，便偷偷问付知是哪家的面包。

付知拿笔的手顿了顿，告诉了我。

回到教室，我从书包里找到一根棒棒糖塞给余识，准备待会儿再去给她买面包。

窗外的春光从玻璃上洒落进来，我低头看着错题，余识闭着眼靠着我，嘴里咬着棒棒糖。

我的座位就在走廊靠窗的位置，桌上忽然被扔下来一个东西，我定睛一看，原来是余识爱吃的面包。

走廊闪过付知的身影。我推了推余识，她睁开眼看过来，默默拿起面包。

可是他俩依旧不说话。

两人的冷战持续了一个月。直到新的月考成绩出来后，看到成绩单的余识激动地抱住我，我才知道，那段时间她每晚都在熬夜学习。

她拉着我趁着大课间直接冲到付知班里，将自己的成绩单拍到付知桌上，像一只骄傲的孔雀一样得意地看着付知。

正在做题的付知一顿，细细看过去，然后才抬头慢悠悠地将自己的成绩单拿出来。

他用两根手指夹着那张纸条，坐在座位上眼含笑意地看着余识。

付知一向在全年级名列前茅，余识接过，不出意外地撇了撇嘴。

窗外的光影落在地面上，余识学着付知的样子看了一遍，然后点点头说："嗯，还不错。"便拉着我离开了。

余识走了两步才想起自己的成绩单，又折返回去拿走了成绩单。

但从那天之后，两人的冷战总算停止了。

付知的成绩一直数一数二，我也一次比一次有进步，高二快结束时，甚至可以说是出类拔萃了。

我们整日埋头在题海里，那场向日葵里的演唱会似乎被我们遗忘了。

高考越来越近。直至高二下学期的一个午后，余识说，她要去声乐集训了。

除了一句"加油"，我说不出其他。

只是偶尔我会看一看当初艺术节的视频，想到付知的吉他，想到我说将来想要拍好看的照片，然后又重新埋头于题海之中。

余识参加集训、统考、校考，再重新回到学校学习，高考就在我们这般匆忙中来了。

5

付知考进了A大的王牌专业，我选的专业比较冷门，居然也被A大录取了。

而余识的高考却有些不尽如人意。

她整整消失了一个暑假，发给她的消息没有回复，她搬家了，我和付知谁也联系不到她。

再次收到余识的消息，得知她来了A市时，我刚下课。

将近三个月没见她，她看起来有了很大的不同。她家搬去了C城，高考失利后，她犹豫着要不要复读，但她以前在网上发过的一个弹唱视频意外走红，有公司联系她签约，还说会支持她以后出唱片。

她同家人发生了争执，最后还是孤身一人来了A市。

我们三个约在A大附近的一家烧烤店见面，听到余识说这些，付知皱了皱眉，但他并没有说什么。

后来我们依旧会时不时见面，只是怀着热爱来到A市的余识，却肉眼可见地越来越焦虑。

我问过她，但她什么也不说。

直到有天晚上余识突然打来电话问我："小溺，你能联系到付知吗？"

那时我刚从实验室出来，我敏锐地听出了电话那头余识语气中的无措。

在我的追问下才得知，余识最近的状态不太好，付知和她聊过后才得知公司根本没有给她正儿八经的工作，只是零零碎碎有几个打杂的活给她。

他先前便不赞同余识如今的选择，现在更是觉得这家公司不靠谱，两人便吵了起来。

余识的最后一句是："你凭什么管我？"

付知摔门而出。

付知很晚才回复我们，说他临时要交一个材料，一直没来得及看手机。

余识这才放下心来，我也松了一口气。

直到几天后我在校园里遇到了左臂打着石膏的付知，他身边跟着一个叫小圆的女生。

付知有些无奈地解释："先前赶路有些匆忙，被小圆骑电动车撞到了，左臂骨裂。她说要请我吃一周的早餐用来赔礼道歉。"

临走时，付知叮嘱我："小溺，不要把我受伤的事告诉余识。"我回头，看到他轻轻靠在墙上，说："她最近很忙，别打扰她了。"

余识最近确实很忙，我每次和她打电话说不了几句就只能匆匆挂断。

等我们三个人重新在烧烤店见面时，已经是一个月后了。

余识瘦了很多，但她眼里却是亮晶晶的，她兴奋地同我分享她遇到的趣事。

"付知，这里！"余识站起来朝门口刚进来的付知招了招手。付知前几天刚刚拆了石膏，现在除了左手不常动，倒是看不出异常。

我抬眼，看到小圆跟在他身后走了进来，于是一不小心打翻了杯子里的饮料，雪碧从桌面上流下，狼狈地落在地上。

"认识的人想吃烧烤，我就推荐了这家，刚好一起过来了。"付知坐下时解释了一句。

我松了口气，擦干了桌面。

6

再次见到小圆，也是在这家店。

余识越来越忙，经常和我聊着聊着就在电话那头睡着了。

她也越来越瘦，当我拿着药递给胃疼到瘫倒在沙发上的余识时，我说："余识，你有需要的话可以找我的。"

即使——

她和我说工作的种种，我却不能再像上学时面对不喜欢的人那样安慰她：那我们不理她了。

我只能看着她痛骂他们公司后，又在对方周末打来电话时，立马进入工作状态。最后我们点的麻辣烫冷掉了，余识也没再吃一口。

有一天在看到她听到我那些天真的话之后脸上略带疲惫和无奈的笑的时候，我忽然停住了，我像个只会纸上谈兵的人，只能说着那些苍白无力的话语。

抱着日渐消瘦的她，摸着她后背凸出的骨头时，我忽然觉得有点难受。

我察觉到虽然我们紧紧相拥，虽然我到目前为止仍旧是余识最好的朋友，但我们的心，在这些外力的作用下，在我们的阅历越来越不对等的情况下，被拉扯得越来越远。

而这些问题，并不只存在于余识和我之间，还有她和付知。

有一天晚上我忽然接到了余识的电话，她问我能不能来接她。

我到的时候，余识已经在门口等了一会儿了，我搂着筋疲力尽的她，和她一起站在街边等着车来。余识几乎将全身的重量都放在我身上，我看着璀璨的路灯，在想她以前一个人是怎么回到家的。

在一片光怪陆离中，我忽然意识到余识已经在我未曾察觉的时候长大了，她已经真真切切地踏入了社会。

下了车离她住的地方还有一段路，快到楼下的时候，她忽然来了精神，拉着我站定，抬头看着天空。

天上本应有很多星星，可是在A市看不到。

我沉沉睡去。第二天一大早，余识亮着眼睛将我摇醒，说："小溺，你是我的福星！"

我这才知道，昨晚余识洽谈的那个工作机会定下来了。

她拽着我说："走，我们去吃烧烤，不带付知了，让他最近总是忙！"

我俩兴冲冲地到了好久没去的烧烤店，余识率先推门进去，却停在了原地。

我跟在她身后，越过她的肩膀看到了付知和他身旁的小圆。

店里人很多，后来，我们四个是一起拼桌的。

付知他们点的菜率先上来了，我看到老板端上来的一盘海鲜拼盘，愣了愣。

余识海鲜过敏，我和付知平时也没多爱吃海鲜，一般出去我们是默认不点海鲜的。

付知顿了顿，开口道："是小圆点的，她喜欢吃海鲜。"

他很清楚小圆的喜好。

那天，余识一直没有说话。回到租的房子后，她躺在沙发上，盯着桌上的空糖盒发呆。

她低血糖，家里专门有一个放糖的盒子，之前付知每次都会带很多糖过来。

余识的胳膊搭在眼睛上，看起来像是睡着了。

我悄悄出门，再偷偷回来，小心翼翼地将买来的糖全部放进糖盒。可是如同当初我找不到余识爱吃的那家面包，现在我也找不到付知买的那种糖。

我买来了看起来相似的糖果，可是连同外包装一起放进去时才发现尺寸不对，那些糖紧紧地挤在一起，使糖盒看起来变小了。

付知一向选择用暂时远离余识作为她成长的推力，他很清楚自己在余识心中的地位，只是在他远离、在余识努力成长的途中，他先遇到了其他人。

7

接到余识的视频时，是在一个雨夜。

她说，上次的那个舞台去不了了，她的名额被人顶替了。

她说，当她看到那个搭建的简陋舞台时，就知道即使她去了，那里也不会是她想象中的舞台。

她为了这个机会忙了好久好久，可在当她得知一切的那个夜晚，她步行走到公司给的地址。那个地方既偏僻又荒凉，她走了很久，终于在一场暴雨中目睹了她心中梦寐以求的舞台。

她说，她要回C城去了。

她说，她会老老实实按照家里的安排去复读，不再做梦了。

余识家人本就不同意她当艺考生，这一年，更是他们给余识的最后机会。

A市很繁华，但在这里的一切，就像是一场并不美好的梦。

余识想要解约时才意识到解约费对比这一年来公司给她的机会，实在是太昂贵，最后还是她父母掏了这笔钱。

她在雨中同我打视频。

她躺在暴雨中，躺在一个尚未搭建好的简陋舞台上，躺在一片属于她的青春的狼藉里，她意识到，她失去了所有。

她说，我离开前总得和你们道个别吧。那时的我没有意识到，余识竟需要通过我来联系付知。

她没有让我把这些告诉付知。她说："就告诉他，像以前一样，我们出来聚一下，只是换个地方而已。"

像以前一样，又和以前不一样。

即使那个舞台，格外荒凉，即使那个舞台的背景名单上没有她的名字。

但这是这一年来，余识距离舞台最近的一次，她依旧想带我们来看看。

最后，余识有些自嘲地笑了笑，说："对不起呀，小溺，让你在中间总是很难办。"

我顿了顿，给付知又发了一条，余识也在。

两句连在一起实在有些逻辑不通，可直到天黑，我也没能得到回复。

8

天空是浓重的灰色，像是墙上抹的水泥。

我在风中看着余识站在一片荒草地里，拿着一个发不出声音的麦克风在尽情演唱自己的最后一曲。

风掀起她的头发，她的声音像撕裂般痛苦，却又高昂嘹亮，像是一只濒死的小鸟发出的啼鸣。

偶尔有车从身后的公路驶过，我静静地看着余识唱完最后一首歌。

然后，她笑着对我说："小溺，他不会来了。"

我很清楚，从此，我再也不用周五下课后赶着去和他们吃烧烤了。

头顶一片看起来马上就要下雨的乌云，远处天边却是一片亮光。

风猛烈地刮了起来，余识穿着红裙站在舞台的废弃木箱子上。

我站在下面仰望着她，脑海中却是当时站在向日葵地里尽情唱歌和开怀大笑的余识。

我将食指和大拇指组成一个框，用同那时一样的手势，将眼前笑着哭着的余识记录了下来。

她看着我，然后抛下那只坏掉的话筒，在台上用同样的手势将我框住。

她说："小溺，我会想你的，我一定会想你的。"

我说："我现在就已经开始想你了。"

余识跳下木箱，木箱被她蹬得向后倒去，她一把将我抱住，头埋在我颈边，呼出的热气打在我的皮肤上。

余识抱着我一动不动，过了一会儿，我感觉到脖子里湿湿的。

她哭了。

我轻轻拍着她的后背，她终于不再忍耐，彻底哭出了声。

那天，最后也没有下雨。我陪着她在狂乱的风中坐到天黑，直到最后付知也没有出现。

风很大，我们依偎在一起互相取暖。最后天很黑了，是余识将我拉起来，说："该回去了，你明早不是还有课吗？"

我没有动，抬眼看着她，周围一片漆黑，有些看不清她的眼神。

我开口，声音有些干涩和沙哑，我说："再等等吧。"

我偷偷将地址再次发给了付知。

余识没有再说话，可是即使周围一片漆黑，我依然看清了她的动作，她摇了摇头。

良久，她再次轻声开口，像是祈求，声音很轻很轻："走吧。"

我眼中那颗酝酿许久的眼泪忽然就落了下来。

9

余识离开后，我打了车赶着回去上课，一路狂奔到教室，拍了照片发给余识。

她那边信号估计不好，一时没有回我。

付知联系我时，我刚下课。

他的脸上满是焦急，问："余识呢？"

我看着他，没有说话，好像第一次认识付知一样，如同当初他着一身干净整洁的衣服站在我面前一般，是我很不熟悉的那类人。

我当时的眼神应该有些奇怪，因为付知的眼神竟然有些躲闪。

"小溺，余识去哪里了？我今早赶去了你发的地址，可那里只是一片荒草地。我给她打电话她不接，发消息她也不回。我……"他顿了顿，才再次开口，"我找不到她了。"

我没有再为难他，只是忽然觉得应该质问他的人不是我："她回C城了。"

临走时，我问他："付知，昨天你为什么没来？"

他说，他们最近比赛项目正到紧要关头，昨天要提交材料。

他还说，他和小圆确定恋爱关系了，他觉得应该和我们保持距离。

我想说："你知不知道昨天余识濒临崩溃？你知不知道昨天余识等了你多久？"

可我最后只是微笑着说："是的，肯定是比赛比较重要，只是你和余识，不太有缘。"

我又说："对，你说得没错，是该保持距离为好。"

我看到了他身后走来的小圆，她走过来，温柔地朝我笑了笑。

我也朝她笑了笑。

我忽然想起很久以前，余识拉着我躺在她的床上，我只想睡觉，她却拿出很多衣服，让我挑哪件好看。

我拧着眉看了半天，选出来一件，还被她皱着眉否决了。

她用从小卖部买的指甲油涂指甲，劣质的指甲油闻得我头晕乎乎的。她笑着点点我的头，说："小溺，你可怎么办啊。"

她用粉色的蝴蝶结装饰贺卡，说第二天要和付知出门，要送他贺卡。

我渐渐朝前走去，这是余识、小圆、付知他们三个人的故事，而我只是一个旁观者，无权去评价任何人。

也许，当付知第一次将小圆带到烧烤店时，那时我不小心打翻的那杯饮料，就是命运对我的警示。

我走了两步后，回头问付知："你现在还能用吉他弹出完整的一首歌吗？"

付知愣在原地。

我转过身，听到小圆问他："原来你还会弹吉他啊？"

天边，飞机拖着白色的尾迹划过天空。今天的天很蓝，如同很久很久以前，我坐在向日葵地里看到的那般。

有那么一瞬间，我忽然懂了昨天晚上余识眼中的绝望。

她绝望的不仅仅是付知最终也没来，也不仅仅是那场最后也没能还原的演唱会，更不仅仅是她的青春里那个一直同行的人的离开。她还意识到，她以后的人生会像我们一样隐匿于如潮的人群中。

她心心念念那么多年的梦想，终于在现实的打压下，破灭了，她意识到，那场梦，遥不可及。

以前付知喜欢弹吉他，余识喜欢唱歌，而我只想做一个可以帮他们拍照的摄影师。

如今我看着面前实验记录本上的数据，看着身旁的试剂仪器，又看看窗外，窗外依旧是晴天。自余识走后，A市的晴天异常多，像是要将缺失这么久的太阳全都补回来。

昨晚余识抽空打来电话，临挂断时我问她，还会来A市吗？

电话那头的她沉默良久，最后回答我说，她想去一个不常下雨的城市。

我说："挺好的。"

可惜余识和A市，不太有缘。

趁月色渡过星河

✿ 纪南方

1

“谢只只！毛巾！”

空旷的游泳馆五十米赛道里一个湿漉漉的脑袋探出水，少年中气十足的声音荡开来，回荡了好几遍，他才听到慢吞吞的脚步声。

少年趴在泳池边上，挑眉，声音扬起：“谢只只，你也太慢了。”

谢只只淡淡地瞥了他一眼：“上来。”

少年听话地爬上来，任凭她拿着毛巾胡乱地蹂躏他的头发，毛巾宽大，偶尔落在脖颈处，他觉得痒了，忍不住甩了几下头，水珠摇摇晃晃地飞到她的衬衫上。

谢只只毫不客气地一巴掌拍在他的头上：“别乱动。”

少年哼唧了两声，到底是老实了，嘴上却不停：“谢只只，这才第二天，你就对我这么不耐烦了，剩下的二十八天，你岂不是要对我家暴？”

无论是对游泳，还是喜欢她，他尽力了，就不算输。

“不过，这也不能怪你，谁让你们比赛输了呢？看我多善良，让你给我当助理，开心吗？”

谢只只费了好大的力气才忍住没把他按到水里，从牙缝里挤出几个字：“沈秋鸣，闭嘴。”

沈秋鸣听出她语气中的怒意，乖乖地闭了嘴。

帮他擦干头发后，谢只只抱着围巾，面无表情地问：“可以回家了吗？”

“嗯？你作业写完了？”

“还没。”

“那我再游一会儿吧。”

“……你才擦干头发。”

“不碍事的。”沈秋鸣在岸边做了一个拉伸动作。他其实只是想吓吓她，并不打算跳。岂料后面一阵大力袭来，直接把他踹进了泳池。

他扑腾着露出头，看到谢只只微笑地看着他：“来，沈少爷，上来，我为您擦头发。”

沈秋鸣转身就跑，游到对岸后才松了口气。

那边谢只只已经坐了下来，五十米开外的沈秋鸣在她眼中有些模糊，只觉得少年的眼睛黑而亮，像乌蓝天空的星子。他在那头喊：“你等着，我冲个澡！”

看着他爬上岸跑进更衣室，谢只只不由得扶额，叹了一声“失策”。

这个学期初，谢只只所在的A学习小组跟沈秋鸣所在的F组杠上了，F组多是体育生，文化课成绩不好，A组便故意提议比赛做试卷。

本以为是稳赢的事，谁知道硬是拖到了沈秋鸣比赛回来，沈秋鸣文化课成绩也名列前茅，三十分钟一张理综卷，他写得又快又对，A组学霸完败。

彼时A组组长咬牙切齿：“沈秋鸣，你就是个BUG（漏洞）！”

沈秋鸣咧嘴笑了，露出尖尖的小虎牙，慢条斯理地开始提要求，第一条就是让谢只只过来给他当助理，谢只只黑着脸：“你确定？”

沈秋鸣无辜地卖萌：“我需要你。”

于是，她被队友双手奉上。

谢只只叹气，好在沈秋鸣知道她一心扑在学习上，他游泳的时候，她就在休息室写作业，倒也没有那么难以忍受。

谢只只刚想到这里，沈秋鸣已经走到她的面前，他伸手在她的头上拍了拍：“嘿，谢只只，我有个好地方，一定要带你去！”

谢只只嘴角一抽，她想收回自己的话。

2

不管谢只只多么不情愿，沈秋鸣决定的事坚决不改，他绑架了谢只只的书包，要求她必须去。

少年换了身运动服，潇洒恣意地走在前面，像是想到了什么，他顿住脚，回过头，说：“对了，只只，我给你妈妈打过电话了，说今天我送你回家。”

谢只只深深觉得他这副纯真的模样太有欺骗性了，至少把她妈妈骗得团团转。她冷哼一声：“这次又是什么理由？”

沈秋鸣一本正经："比赛了一周，功课跟不上。"

沈秋鸣的父母与谢只只的父母是故交，两人从小学到高中一直同班，沈秋鸣对此感慨："这大概就是神奇的缘分吧。"

谢只只毫不留情地揭穿他："我听说有人一看跟我不是一个班，立刻跑去找关系了。"

沈秋鸣难得被堵得说不出话，别扭地吹了声口哨转移话题，连带着走路的姿势都别扭了几分。谢只只忍不住拍了拍他的背："好好走路。"

沈秋鸣的腰背立刻挺直，不一会儿又黏上来："只只，我带你去的地方，你肯定会喜欢，如果你喜欢，你一定要夸我。"

他带她去的地方是一片荒废的花园，应该是哪个富贵人家的后花园，久未打理，杂草丛生，倒是春日的花开得极艳，将破败全都遮了去，好看得像童话世界。

谢只只最喜欢花，正看得入神，便听到旁边有人轻咳了一声。

谢只只微怔，沈秋鸣站得笔直，运动服也遮不住他的好身材，他正眼巴巴地看着她，眼睛黑亮，就差身后长条尾巴摇起来了。她犹豫了一下，说："你真棒！"

沈秋鸣默默地看了她一眼，低下头自顾自地蔫了。

谢只只补充："我很喜欢。"

沈秋鸣猛地抬起头，跑到花丛里，说："你想要哪朵花，我摘给你。"

虽然沈秋鸣说要摘花给她，她以影响不太好为由拒绝了他，他还是不肯罢休，钻进花丛中，不一会儿就捧了一手的花瓣："可以做成书签，你要吗？"

谢只只心生警惕："沈秋鸣，你到底想干什么？"

沈秋鸣歪了歪头："看不出来吗？"

谢只只后退了一步，审视着他，想知道他葫芦里卖的什么药，谁知他露齿一笑："我是在讨好你呀。"

而对于他为什么讨好她，他则义正词严地说："讨好朋友，哪里有什么企图。"

对此，谢只只冷笑一声，根本不信。

"好吧。"沈秋鸣一边把花瓣弄平夹进书里，一边说，"其实我有求于你。"

谢只只不说话，他耷拉着脑袋，撇了撇嘴："我下周要去台北比赛，我跟我爸吹牛说队里给我配了助理，不让他陪我了。结果……"

结果，沈秋鸣并没有助理，只好求助于她，他充满期待地望着她，看得她心都软了，罕见地伸出手摸了摸他的头，然后冷漠地说："我不去。"

说完，她又有些于心不忍，只好改口："我再想想。"

3

谢只只这一想就想了三天，于是大家就看到沈秋鸣献了三天的殷勤。A组组长终于忍不住了："是不是沈秋鸣欺负你欺负得狠了，你把他打了一顿？"

谢只只无语，放下笔，推了推眼镜："组长，我是这么不讲理的人吗？暴力是解决不了任何问题的。"

她话音刚落，一罐可乐塞到了她手上，沈秋鸣的声音从头顶传来："只只，渴了吧？"

组长意味深长地看了谢只只一眼，谢只只从她的眼神中分明看出了"暴力解决不了任何问题，但解决得了沈秋鸣"。

谢只只忍不住要吐血，觉得自己被冤枉，连看着沈秋鸣都不顺眼了，把可乐推给他："不喝。"

沈秋鸣疑惑地"嗯"了一声，也没多说，飞快地跑了出去，没一会儿又捧着热奶茶回来了，他托着下巴，喜滋滋地问："我体贴吧？"

谢只只心跳漏了一拍，匆忙低下头，说："要上课了。"

说完，她才觉得不对，沈秋鸣是体育生，一周有固定的时间去训练，下节课他应该不在。果然，上课铃声刚响，沈秋鸣就抱着书包冲了出去。

谢只只喝了一口奶茶，她嗜甜，沈秋鸣很清楚，甜腻的奶茶顺着喉咙抵达胃，她的心里也暖了。

谢只只偷偷拿出手机给沈秋鸣发短信："几号去比赛？"

去台北要办一些手续，好在走加急手续办下来也快，周日晚上，沈秋鸣就给她送来了。他在她家很受欢迎，顺便留下吃了晚饭。

吃完饭，沈秋鸣又去准备点心，谢只只不轻不重地瞪了他一眼："你该回家了吧？"

沈秋鸣切着水果："嗯？你要送我吗？"

他抬起头，送了颗草莓到谢只只的嘴边，她勉为其难地张口吃了。吃进嘴里，她才觉得酸，更是气从心中来，伸手想打他。

沈秋鸣连忙躲，手上的刀把没握好，在他的手背上划了一道口子。

本来是小伤，作为男子汉连眉头都不该皱一下，可是沈秋鸣忽地嘴角一撇，带着哭腔控诉她："谢只只，你赔！"

谢只只："……"

用沈秋鸣的话来说，谢只只欠他的越多越好，所以，他也没想到要她赔什么，贴了块创口贴让她等着，就回家了。

谢只只看着他快要消失在巷口的背影，转身正要回家，背后忽然传来急促的脚步声，她诧异地回过头，见他气喘吁吁地站在她的面前："只只，我……"

他跑得急了，说话也不利索，放缓了语速："如果这次我拿了第一名，你跳舞给我看好吗？"

谢只只静静地看着他，少年的眼睛本来就好看，在无边的黑夜像星星般闪耀着期待的光芒，让人说不出拒绝的话。可她到底心硬，张了张口："不好。"

沈秋鸣眨了眨眼，低下头踢了踢脚边的石子："如果……如果我非要呢？"

他赌上了他的自尊心，再三恳求她，她能听出他语气里的失落。半晌，她听到自己叹了口气："还是不好。"

当巷子陷入一片死寂后，沈秋鸣舔了舔唇，轻轻地"哦"了一声。

4

因为谢只只连着两次的"不好"，沈秋鸣蔫了好几天，连训练的时候都频频走神，更是拒绝了谢只只陪他去训练。

他拨了拨黑色的头发："算了，别耽误你学习了。我走了。"

他的话说得潇洒干脆，听在谢只只的耳朵里却略带讽刺。她攥着手中的书，用了力气的指尖泛白，又缓缓松开。

谢只只知道沈秋鸣在耿耿于怀什么，她从小就学芭蕾，十几年来从未荒废，本来是准备考艺术类学校的，没想到高一时，她突然对物理学产生了兴趣。她向来果断，直接放弃了芭蕾。

就因为这件事，沈秋鸣跟她闹了好久的别扭。少年义愤填膺地拿着她的舞鞋："只只，你怎么忍心，这么多年都坚持下来了！"

谢只只不为所动："沈秋鸣，我跟你不一样，游泳是你选的，但是芭蕾不是我自己选的。"

打那之后，她便将舞鞋收了起来，全身心地投入文化课中。家人看她那么执着，到底是同意了。只有沈秋鸣一直心有不甘，动不动就要撺掇她，每次都被她拒绝，但是，他从没像这次这么失落过。

谢只只在心底叹气，就当他在耍少爷脾气。

谁知他这一闷就闷到了出发那天。谢只只扣好安全带，问："你还要纠结到什么时候？"

沈秋鸣梗着脖子："什么？"

谢只只不说话，沈秋鸣一下子来了气："你都拒绝我了，我连生气都不行吗？谢只只，你不要忘了你的身份！"

谢只只"哦"了一声："那沈少爷，你想喝点什么，可乐还是可乐？"

沈秋鸣瞪她："雪碧！"

谢只只憋着笑："没有这个选项，不喝可乐就喝白开水。"

沈秋鸣最后还是选择了可乐，他捧着可乐，用眼神谴责她，她只当作看不见。

沈秋鸣因为性格好，实力也不错，在队里人缘很好，教练也很看重他，上场前对他再三叮嘱。

见沈秋鸣听得心不在焉，教练一巴掌拍过来："走什么神？"

"啊？"沈秋鸣回过神来，他看到看台上谢只只脸上贴着他的名字，冷淡的目光扫过全场，他的心忽地狂跳起来，嘴角也跟着翘起来，"我在想等会儿赢了，怎么回答记者的提问。"

教练警告道："记住！胜不骄，败不馁！"

沈秋鸣摇了摇头："不行，我胜利了会骄傲，输了会哭的。"

好在对手没有给沈秋鸣哭的机会，这次比赛，沈秋鸣参加的是他的拿手项目两百米自由泳，一路从预赛杀到半决赛再到决赛，第一个到达终点。到达终点后，他气喘吁吁地摘掉护目镜，看向看台，觉得自己厉害极了。

他目光扫视一圈，却没有看到想看的人。他茫然地上了岸，记者蜂拥而至。他不是第一次接受采访了，进退得体。到了休息室，他逮着人就问："谢只只呢？"

他刚放开第三个队友，后面就传来脚步声。

沈秋鸣眼前一亮，回过头，谢只只拿着一杯奶茶站在门口，见他眼睛发亮，她以为他渴了，把奶茶往前面递了递："要喝吗？"

沈秋鸣将杯子夺过来，抱怨："你为什么不看我比赛，回去你得看重播十遍！"

谢只只不置可否："刚刚有点低血糖。"

"怎么会低血糖？"沈秋鸣一边说，一边喝了口奶茶，脸颊顿时变得扭曲起来，"……你到底放了多少糖！"

谢只只计谋得逞，忍着笑："怎么了？"

沈秋鸣被甜得眼泪汪汪："太甜了！"末了，他又觉得没面子，舔了舔发干的唇，凶巴巴地撩她："像你那么甜。"

谢只只表示完全没被撩到，并抢回了自己的奶茶，拍了拍他的脑袋："很厉害。"

沈秋鸣摇了摇头："你像在摸小狗。"

谢只只："……哦？"

沈秋鸣却弯了弯眼睛："汪。"

5

比赛连着周末，队里顺势放了两天假，自由活动。春日的台北走到哪里都像一幅画，杜鹃花开了一大片，色彩迷人，沈秋鸣租了辆自行车带谢只只穿过鳞次栉比的高楼，试图将自己融入画中。

沈秋鸣提起自己的所想时，他们正在一块巨大的广告牌旁吃冰棍，谢只只听了直摇头："别吓我。"

谢只只想起在《三体》中，有其他文明向太阳系发送了二向箔，结果整个太阳系变成了平面的一幅画。沈秋鸣眼睛发亮，猜想那幅画肯定很美。

谢只只赞同地点点头："可惜，就算变成了一幅画，我们也看不到。"

沈秋鸣抬头看天空，湛蓝的天空上白云缓缓地飘着，飘过山谷与溪流，他喃喃道："只只，你以后想探索宇宙的奥秘吗？"

谢只只却笑了出来，摇了摇头："我还没想好，再说吧。"

她不像沈秋鸣，沈秋鸣的梦想像每一场比赛，起点与终点都很明确。而她不是，她每走一步都要试探许久，生怕没有前进，又生怕走错。

跳舞的事情像是翻篇了，沈秋鸣没有再提过，他一心只想带着谢只只好好度个假，攻略做了一堆，疯玩了一天后，第二天却没音了。

谢只只踢了踢他的小腿："今天去哪玩？"

沈秋鸣脸色变了变，粗声粗气地说："你休息吧，不出去了。"

谢只只疑惑："又怎么了？"

"我知道你刻苦，也知道你不好拂了我的意！"沈秋鸣将手中的早饭放下，说，"那你就不能休息一下吗？我这边的阳台能看到你房间里的灯光，你……你凌晨两点才睡的吧？你们学霸就非得争分夺秒地学习吗？"

谢只只面无表情："第一，不是你们学霸，是我们。第二，你以为我那么晚不睡，是在学习吗？第三，如果是，我大概是疯了吧。"

沈秋鸣怔了怔："那你在干什么？"

谢只只看了他一会儿，忽然懊恼地捂住脸，闷闷的声音从指缝里流出："沈秋鸣，我可能是真的疯了。"

谢只只没有解释太多，而是让沈秋鸣跟她走。她的方向感不好，绕了不少远路才看到两人昨天看过的杜鹃花。野生的杜鹃花开在溪边，她放下背包，说："沈秋鸣，我找了好久才找了个比较简单的，你要配合我。"

沈秋鸣还想问配合什么，只见谢只只脱下鞋，从背包里拿出芭蕾舞鞋，将手机丢给他："第三首《胡桃夹子》。"

沈秋鸣这才知道谢只只昨晚在忙什么，他按下播放键，只听音乐声起，女孩踮起脚尖，修长的手臂抬起，优雅而美丽。

她虽许久未跳，却丝毫不觉得生疏，姿态优美地在杜鹃花丛中起舞，绕到他身边时，他习惯性地伸出手揽着她的腰。女孩的腰肢纤细，在他的掌下转了个圈，转瞬离去。

像是梦中一般，她留给他一个淡淡的笑容。

谢只只只准备了半首曲子，谢幕后，她套上外套，破天荒地觉得不好意思，看都不看沈秋鸣，说："走吧。"

走出十米还没听到脚步声，谢只只拧了眉，回头看他，哪想一回头就对上一双感动得眼泪汪汪的眼睛，她的心尖猛地一颤，开口："还不走？"

"只只，谢谢你的出现，让我的青春绚烂璀璨，够我余生……"谢只只看着他，等着他接下来的话，该是深情而浓烈，她觉得自己会脸红，哪想少年话锋一转："跟孙子吹好久。"

谢只只："……"

6

沈秋鸣一句话得罪了谢只只，后果很严重，回来不管怎么耍赖卖乖都没有用。谢只只翻着借来的笔记，说："沈大少爷，你的训练时间到了。"

沈秋鸣嗷了一嗓子，抓着书包就往外面跑。

谢只只出去了四天，落下的课不多，多花点时间就能补回来。

她正想着，跑出去的沈秋鸣忽然折返回来，她终于不耐烦了："又怎么了？"

"我想确定一件事。"沈秋鸣咽了咽口水，手撑在她的课桌上："只只，你既然带着舞鞋，其实你在去之前就想跳舞给我看了，是吗？"

谢只只本来就对自己的心软懊恼不已，他一提更是怒从心起："滚！"

沈秋鸣却像是得到了想要的答案，喜滋滋地走了，在接下来的训练中进步神速，队里给他配了助理，跟着他去比赛也有个照应。

哪想沈秋鸣却给谢只只打电话抱怨："只只，我觉得谁都没有你照顾得好。"

谢只只一心二用，手里做着实验，"哼"了一声："沈秋鸣，你想让未来的物理学家给你当保姆吗，你有那么好看吗？"

沈秋鸣沉默了一会儿，说："虽然我是挺好看的，但我也不忍心你给我当保姆。"

谢只只被噎了一下，没把握好手中的剂量，实验失败了。

她闭了闭眼，作势就要挂电话，他这才道出打这通电话的意图，说他受伤了。

谢只只眉头轻皱："怎么回事？"

沈秋鸣倒也没受多重的伤，不过是在酒店碰到打排球的，跟人学了一会儿，觉得好玩便打了一下午，结果第二天手臂上一片瘀青。他拍了张照片给谢只只，哭喊道："真心疼啊！"

谢只只看了半天，回复："真心疼。"

沈秋鸣问："只只，你这三个字我该怎么断句？"

谢只只反问："你想怎么断？"

沈秋鸣嘚嘚瑟瑟地分析："我说的是真心很疼，你说的是真的心疼吧？"

谢只只犹豫了很久，等手上的实验终于结束，已经是深夜一点，沈秋鸣这次去了伦敦比赛，他那边应该是傍晚。

她拿起手机，看着窗外黑沉沉的夜，想着现在的沈秋鸣站在日暮夕阳中，攥着手机等她的消息。

谢只只忽然有点于心不忍，回复："就是你想的那种断句。"

许是受了谢只只的鼓励，沈秋鸣次日比赛如有神助，一路顺畅居然冲进了决赛，虽然最后惜败，但拿了个亚军也足以让人惊喜。

彼时临近冬日，谢只只怕冷，整天抱着杯奶茶窝在教室里，放学都比别人要多磨蹭十几分钟，等出去的时候，学校早就没人了。

保安远远地看见她，吹了声哨子："同学，快回家了。"

谢只只将小脸埋在围巾里，鼓起勇气踏进寒风中，可是刚走了几步，就又听到保安喊道："这位同学，现在学校不让进了，你不是那谁吗？"

谢只只一听，快步往前走了几步，便看到沈秋鸣隔着校门正冲她招手："谢只只！我来接你回家了！"

他站的地方刚好被保安室的灯光笼罩着，暖黄色的灯光映在少年雀跃的脸上，打下一层温柔的光影，让人想对他投以最温柔的笑意。

谢只只这么想着，也这么做了，她将围巾往下拉了拉，对他笑了笑。

7

沈秋鸣这次回来感受到了什么叫众星捧月，他忙得团团转，居然还有学妹来找他要签名。他工工整整地签上名后，又跑来找谢只只嘚瑟："要不要我给你签名？"

谢只只依旧头也不抬："你知道你给我传了多少次字条吗？"

沈秋鸣悻悻地说："那你一次都不回我？"

沈秋鸣坐得离谢只只很近，他上课不认真听讲就算了，还总是骚扰谢只只，时不时就要递张字条过来，她看完便塞进书里。

听到沈秋鸣这么控诉她，她面不改色："我回过。"

沈秋鸣"啊"了一声，想起来了，他当时在纸上画了个QQ的对话框，上面写着："沈秋鸣向您发送了一个窗口抖动。"

谢只只回了一句："谢只只把窗户关了起来。"

沈秋鸣想起这件事，深感挫败，像霜打的茄子一样趴在座位上。谢只只看不下去了，学着他给他传字条，发送窗口抖动，不一会儿，他回复："沈秋鸣把窗户卸了，直接进来。"

谢只只："撤回窗口抖动。"

沈秋鸣："……"

他在后面戳戳谢只只的背，谢只只回过头，看见他弱小可怜又无助，觉得好笑，无奈地摇了摇头，打开书认真听课。

身后的沈秋鸣不满地轻哼了一声，却也没有继续打扰她，等到下课了，才说："我可以参加夏季的全国锦标赛，队里要庆祝一下，你要来吗？"

说是庆祝，不过是大家找个由头一起吃个饭，安排晚上吃火锅。

谢只只不愿意浪费一晚上的学习时间，拒绝了他，见他很失望，又说："你在哪里吃？我下了晚自习去找你。"

地点离学校不远，不到十分钟就能到，谢只只紧赶慢赶，那边还是散了场，远远地看到沈秋鸣裹着围巾坐在台阶上，百无聊赖地看大妈在跳广场舞。

谢只只慢吞吞地站到他的面前，他抬起头，眼尖地发现她手上拎了东西，跳着就要过来抢，她没躲开，被他抓了个正着。

"这是什么？"沈秋鸣打开袋子，里面是两杯酸奶，"给我的吗？"

谢只只"嗯"了一声："听说吃完火锅吃酸奶会好一点。"顿了顿，她又补充："也算是帮你庆祝了。"

她的话还没有说完，沈秋鸣已经打开酸奶开始吃了，她的最后一句话声音太小，他没有听清楚，疑惑地看着她，问："你说什么？"

他吃相不好，嘴角沾了一些白色酸奶，看起来很好笑，谢只只决定放下心中的纠结好好地嘲笑他。

沈秋鸣也不生气，抱着酸奶吃得很欢，无忧无虑的样子不由让她感慨，然后鬼使神差地开了口："好羡慕你。"

沈秋鸣抬起头："嗯？"

既然开了口，就不吐不快，谢只只抿了抿唇，说："你的目标一直都很明确，可是我很迷茫，感觉什么都很远，不知道未来要做什么，要去哪里。"

沈秋鸣静默地看了她一会儿，说："其实我也很迷茫。"

谢只只诧异，又听见他继续说："很多事情我都不敢往前看，游泳的时候我只管游到头，拼尽全力就好，这是我给自己定的要求。可是，有时候，我也不得不接受，拼尽全力也得不到自己想要的。"

少年依然看着她，眼睛黑亮有神："可是，那又怎么样呢，我尽力了，就不算输。"

他还有一句话没有说。

无论是对游泳，还是喜欢她，他尽力了，就不算输。

8

迷茫的沈秋鸣那天晚上吃完了两瓶酸奶，把迷茫的谢只只送回家后，像是想起了什么似的，让她在门口等他一下，不一会儿便捧来一束淡紫色的小雏菊，微笑着递到她的手上："送给你。"

谢只只盯着花看了片刻，抬起头说："沈秋鸣，我十八岁了。"

沈秋鸣："我知道啊。"

谢只只叹了口气，说："我现在这个年纪收到男孩子送的花，你知道我会误解吗？"

沈秋鸣失神了一秒，忽地露齿一笑："我知道呀。"他又向前走了一步，离女孩更近了，能闻到她身上的馨香，他笑着说："是你误解的意思。"

"准确地说，你没有误解。"

谢只只这次是真的愣住了，还没回过神来，沈秋鸣飞快地说了声"再见"便跑远了，留她一个人站在门口发呆，晚上甚至破天荒地失眠了，做了一晚上的数学题，到学校时只觉得头重脚轻。

后座空空如也，沈秋鸣已经去训练了，他的同桌见谢只只来了，递来一张字条，说是沈秋鸣留给她的。

谢只只打开，沈秋鸣的字迹潦草横飞："好好学习，别为了我分心。"

谢只只被气笑了，习惯性地将字条塞进书里，又忍不住拿出来，左看右看，在下面回复："好好比赛，别为了我分心。"写完，她又觉得不解气："如果我因为你分心没考好，你要负责。"

可怜谢只只聪明了十八年，完全没想到这句话把自己搭了进去，等沈秋鸣看完字条，欲言又止了半天，才扯了扯她的帽子："只只，你放心，我会负责的。"

谢只只："……"

为了不给沈秋鸣负责的机会，谢只只在百日誓师后搬到了学校宿舍，开始了头悬梁、锥刺股的学习生活，而沈秋鸣则在五月开始为全国锦标赛做准备，常常不在学校，成绩下滑得也厉害。

沈秋鸣随意地将成绩单揉成团，问谢只只："如果我学习不好，你会嫌弃我吗？"

谢只只毫不客气："会。"

于是，在三模中，沈秋鸣一跃成为年级前十名，让整个学校跌破眼镜，连老师都觉得心疼，找沈秋鸣谈话，让他不要太拼。

沈秋鸣走出办公室，谢只只在门口等他，他连续进行高强度训练，回家又刷题，嘴唇微微泛白，看得她心里一阵抽疼。

沈秋鸣走到她面前，伸出手在她的头发上揉了揉，轻笑道："拼尽全力，别回头，别在意，往前走就对了。"顿了顿，他说："我熬的鸡汤好喝吗？"

谢只只轻笑："甜的。"

沈秋鸣眼眸微动，扯了扯嘴角，露出一个微笑。

后来，谢只只想想，她总以为高三的那段时光，她是靠意志力坚持下来的，其实她是靠沈秋鸣的笑容才坚持下来的。譬如，在那魔鬼般的三天结束后，沈秋鸣对她笑了笑，缚在她身上的枷锁便去掉了，她说："结束了。"

这一段旅程结束了，下一段旅程即将开始。

七月中旬，沈秋鸣参加全国夏季游泳锦标赛，拿下男子一百米仰泳冠军，他下了赛场便拿着冠军奖杯站在谢只只的面前，称要把奖杯送给她。

谢只只警惕地看着他，他笑起来露出可爱的小虎牙："只只，你看我在干什么？"

"……你在讨好我。"

"那我为什么讨好你呢？"

"你有求于我。"谢只只抱着手臂审视他，"说，又求什么？"

沈秋鸣把奖杯塞到她手里，叹了口气，眼睛却明亮如星子，她听见他说："谢只只，我在求你喜欢我呀。"

他在恳求她，恳求她能将目光落在他身上，与他经历那漫长的一瞬间。

而这浩瀚宇宙中短暂而美好的一瞬，是他和她的一生。

另一种暮色

✻花凉

1

提到夏天，程树脑海中首先浮现出来的，便是各种声音。

刺耳的蝉鸣声，此起彼伏的蛙声，竹林间呼啸而过的风声，还有女孩子清脆嘹亮的声音："程树，你又输了。"

然后，才会浮现出一幅幅画面。

大片大片的果树，上面挂着一个个毛桃，蒋果然穿着短裤，耷拉着两条长腿坐在树枝上，摘下来一个用衣服擦擦便往嘴里塞，问站在下面的程树："好甜，你要不要吃？"

程树还没回答，她便丢下来两个。

还有鱼塘。太阳明晃晃地炙烤着大地，蒋果然的额头上冒出大颗大颗的汗珠，她说了句"热死了"便一头扎进鱼塘，钻上来的时候，怀里还抱着一条大鲫鱼，说是晚上红烧了吃。

当然，那些画面中，最最清晰的，还是蒋果然那张脸。

被毒辣的太阳晒得黝黑的皮肤，隐约还可以看到几颗雀斑，单眼皮，高挺的鼻梁和微微翘起的嘴唇，笑起来的时候眼睛常常眯成一条缝，牙齿却像珠贝一样光洁明亮。

石榴花开着，她摘下一朵插进头顶盘起来的辫子上，咧开嘴笑着问程树："好看吗？"

程树怔怔地看着她，好半晌才答了一句："好看。"

暑假快要结束的时候，会有黑色的奔驰车从凹凸不平的地面上开过来，中年男人从车里下来，冲着程树挥手："哟，黑了这么多，走，接你回去了。"

车开了三四个小时，到达市区中心的大平层里，休息之后中年男人会带他去外面的餐厅吃饭。高档的西餐厅，程树在乡下待了两个月，都快忘记刀叉怎么用了，坐在对面被他喊作爸爸的中年男人笑着帮他把牛排切成小块，他把牛排往口中放一块，鲜嫩多汁。

蒋果然的生日在暑假里，今年她许下的生日愿望是："好想吃一顿麦当劳。"

程树心想，等哪一天，他要带蒋果然来这家西餐厅吃饭。

当时的程树还是个孩子，九岁十岁的样子，蒋果然大他两岁，他乖巧的时候，会喊她“果然姐姐”。

后来很多个暑假，程树都会被父亲送到乡下蒋阿姨的家里。

他在这个桃源般的地方，在和蒋果然的打打闹闹里，度过了很多个田园牧歌般的夏天。

2

程树出生后，蒋青是他们家请来照顾孩子的阿姨。

程树的母亲是事业型女性，怀孕本就是偶然，更不愿意将精力投入照顾孩子和家庭之类的事情上，家里便请了阿姨来带孩子，面试了几个人，最后选择了最年轻的蒋青。

蒋青比程树的母亲还小两岁，没怎么读过书，早早地进入婚姻有了孩子。农村家庭，夫妻分居是最常见的事情，生下孩子之后男方便去上海打工，她留守照顾孩子，后来感情出了变故离婚，女儿跟了她的姓。在家做主妇的三年已经充分体会了向别人伸手要钱的辛酸，女儿上幼儿园之后，她迅速地找了工作。

想要挣钱，也喜欢孩子，再加上原本也没有太多的选择，蒋青做起了照顾孩子的住家阿姨，从程树出生，照顾到他三岁。

坦白来说，那三年，她称得上是全心全意，把程树照顾得很好。程树的母亲做律师经常出差，飞来飞去，父亲的生意也很忙，不常在家，蒋青满足了一个婴孩最原始的依恋。

三岁之后，某一天母亲看到程树对蒋青极为依赖，甚至完全不需要自己这个母亲，她忽然生出了些许危机意识。于是蒋青离开程树家，回到了自己的家乡，照顾要上小学的蒋果然，顺便做一些小生意。每年程树生日的时候，他们会邀请她过来庆祝。

后来几年，因为聚少离多，程树父母之间的感情已经极为淡漠，他们换了临江的大平层，但偌大的房间里充斥着的，不是沉默就是争吵，程树八岁那年，母亲有了更好的工作机会和前景，独自去了美国。

平日里去上学，寄宿学校，父亲可以勉强应对，可到了暑假，便会为怎么照顾程树而发愁。

重新找阿姨的时候，父亲想到了蒋青，当即联系了她。

还没说到价钱的时候，蒋青那边便答应了下来：“可以的，程先生，我也很想程树，你把他送过来吧，果然还可以和他做个伴。”

也许是受家庭环境影响，那个时候，程树性格有些孤僻，并不合群，也没有什么朋友，时常一个人在一旁安静地坐着。

蒋果然是他生命中的第一个朋友。

3

程树第一次去蒋青家，奔驰车在凹凸不平的泥路上颠簸了许久，最后在路尽头一座门前种着桃花的院子前停下。

车窗缓缓摇下来，程树探出头，门前站着一个女孩，穿着无袖的亚麻上衣，下面是洗得有些褪色的短裤，细胳膊细腿地站着，和程树四目相对的那一刻，咧开嘴对他笑笑，而后喊了声“妈，来了”便往屋里跑去。这便是蒋果然。

程树当时并未对这次出行有什么期待，在他看来，自己不过是从一个地方被遗弃到另一个地方罢了，他没有回应蒋果然的笑，闷闷地看着她跑进去，没有作声。

偌大的行李箱里，只有轻飘飘的几件换洗衣物，其余都是书。

他这么小，便已经学会了在书中寻找温暖和慰藉。

家中自建的房子，屋子也多，蒋青已经收拾好一间，干干净净的，新换上的床单还带着洗衣液的清香。

父亲客套了几句感激的话便匆匆回去了，程树便在这里住下了。

他原本打算沉默地度过这个夏天，没想到，落果然却对他这个不速之客很感兴趣。父亲刚走，他正在房间整理东西，敲门声响了起来，他还没走过去开门，落果然已经推门进来，她扬了扬怀里抱着的大半个西瓜："喏，吃不吃西瓜？"

程树摇头拒绝，她并没有放弃，自顾自地走了进来："很甜的，你尝尝，我们家自己种的。"

"那你先放着吧。"程树说道，眼睛没有从自己手里的书上移开。

是《小王子》，他正看到小王子遇到玫瑰花那段。

落果然并不准备走，歪着头看他："放假了你怎么还看书，走，我带你出去玩吧。"

"我不想去。"

"带你去看兔子，我们家养的兔子。"

程树的心头微微一动。

他向来喜欢小动物，也多次央求父母让他养只小猫小狗，但都被毫不留情地拒绝了。

落果然看出了他的心动，伸出手拉住了他："走。"

程树原来并不知道，友谊的建立可以如此直白和简单。那个下午，落果然不但带他去看了兔子，还带他去了山上的竹林，又去了屋后的鱼塘，落果然对这个城里来的男孩的一切都很好奇，一个问题接着一个问题，程树走在她身旁，耐心地给她解答。

夏日傍晚的风异常凉爽，两人玩得忘记了时间，暮色沉沉的时候，落果然才反应过来，说了声"坏了，要挨骂了"，赶紧拉着程树的手往家里跑。

长胳膊长腿的落果然，比那个时候的程树高出半个头，跑起来的速度很快，活脱脱一匹小马驹，程树被牵在后面，也是大步向前奔跑着，在呼啸而过的风中，他的心中洋溢着一种从来没有过的奇妙感觉。

是快乐。

他的嘴角微微上扬，忍不住笑出声来。

落果然转过头来嗔怪道："我都要挨骂了，你还笑。"

回到家，果不其然，落青对着落果然一阵责骂："死丫头，自己疯也就算了，还带着程树一起，快洗手吃饭了，成绩这么差，多和程树学学。"

落果然撇了撇嘴搞怪。

第二天，落果然照样来敲门喊他出去玩。

程树扬了扬手中的书本："要写暑假作业了。"

落果然眼珠一转："好吧，我和你一起写，下午再出去。"

她和程树坐在一起，刚打开作业没多久便在那唉声叹气，抱怨道："太难了，都不会。"

程树伸头看过去，虽说落果然高他一级，但那些数学题目，对他而言并没有什么难度，他拿过来给她讲解。

程树原本不喜欢夏季，觉得夏季的每一天都炙热而漫长。但那个夏季不同，那个夏季，每一天晚上入睡的时候，程树都觉得这一天快乐而短暂，他开始隐约期待第二天的到来。

暑假快要结束的时候，父亲来接他回去，程树留给落果然一本书作为纪念，是那本《小王子》。

"真是麻烦你了。"父亲向落青道谢。

"不麻烦，两个孩子相处得很好，以后寒暑假，你都可以把他送过来。"

"好的好的。"

回去的车上，沉默半晌的程树开口问："你说我们还会再来，是真的吗？"

从车边镜中，父亲在程树的眼里看到了些许期盼，他有些开心，当即承诺："真的，你喜欢的话，每个暑假都让你来这里。"

4

果真如此，那之后的每一个暑假，程树都会来这里。

最开始的拘谨已经不见，坐在副驾驶位上，老远看到落果然，他便会摇下车窗，大声喊道："果然。"

落果然笑着朝这边跑过来。

有一次过来的时候，落果然没有在门口站着，他大声喊她的名字，她赶快从院子里面跑了出来。

应该是洗头洗了一半，头发和脸上都是湿漉漉的，往下滴着水滴，她朝着程树咧开嘴一笑，用手扶着头发往这边跑来。

当时暮色沉沉，玫瑰色的夕阳给她全身镀上了一层迷人的色泽，她朝着程树的方向跑过来的时候，好像电影里的慢镜头一样。

程树的心头微微一颤，只觉得这一瞬间，世界都变得不一样了。

这一年，程树十六岁，蒋果然十八岁。

他们已经在一起度过了五个暑假，程树的脑海中珍藏了许多宝贵的记忆。

那只叫悠悠的兔子去世了，他们一起在后山的草丛中埋葬了它。

他教蒋果然学数学和英文，给她读莎士比亚的英文诗“我可否将你比作一个夏日”。

他黯然伤神，同蒋果然说心事：“我时常觉得是我不够好，我妈才不要我的。”蒋果然在他的脑袋上敲了一下：“我爸还不要我了呢，这是他们这些大人的问题，才不是我们的错。”

杨梅熟了，他们从树上摘下来，酿杨梅酒。

蒋果然仍旧喜欢逗程树，让他喊自己姐姐，程树不服气，往她身旁一站：“我都比你高这么多了。”

是的，不知不觉间，他已经从孩童长成了英俊的少年，比蒋果然高出大半个头了。

这个暑假过去，蒋果然就要升入高三了，再没心没肺的性格，也会有几分担忧：“唉，我成绩这么差，肯定考不上什么好大学，我妈肯定要骂死我了，不过我也不想上大学，我想挣钱。”

农村的女孩，没读完高中就出去打工或者是上个中专的比比皆是，蒋果然羡慕人家早早有了收入，能买喜欢的东西。

程树毛遂自荐：“我来给你补习。”

他虽然开学才上高二，但辅导蒋果然绰绰有余。

蒋果然原本最厌恶学习，没想到程树能够把复杂枯燥的数学题讲得简单有趣，也使她多了几分兴趣。

“我做出来了哎。”程树带着她过完一个知识点后，拿出一道题目测试，做出来之后的蒋果然开心极了，晚风吹拂着她额前的刘海，那笑容对程树而言，和夕阳一样美丽。

那一瞬间，他很想伸出手去，轻轻抚摩一下她的发丝。

但那只手最终还是没有伸出去。

“等下一个暑假，你高考完，来我家玩吧。”程树提议道，“和蒋阿姨一起。”

“好啊，”蒋果然的眼睛发亮，“我妈说你家的房子可大可好了。”

“哪有，”程树摇头，轻轻说道，“哪里比得上这里。”

程树后来去过很多地方，未曾有一个地方，比得上这里。

5

然而这次，他却没能在这里过完一个完整的暑假。

某一天傍晚，他接到医院的电话，说他父亲在出差的途中遭遇车祸，目前正在医院抢救。

当时程树手中的筷子掉在了地上。半个小时后，蒋青便找了镇上的车，送他回去。

不放心程树自己回去，但蒋青这边因为家里的小生意又实在走不开，正着急的时候，蒋果然已经拿着自己收拾好的双肩包从屋里跑了出来：“程树，我和你一起去。”

小货车颠簸地开着，程树只觉得心中一片茫然和慌乱，蒋果然的手伸了过来，她的手心温热，覆在程树冰冷的手上。

“没事的，”她轻轻说道，“程叔叔不会有事的。”

但上天似乎不会怜悯人世间这些可怜的期盼。他们赶到医院的时候，程树的父亲正在抢救中，两个小时之后，医生颓然地走出来，宣告抢救失败。

程树站在那里，只觉得天旋地转，他哭不出声来，只是大口大口地呕吐。

他同父亲的关系着实说不上亲密，但毕竟是血亲至爱，他也知道，父亲对他已是尽心尽力。

程树原本想着，以后要邀请蒋果然到市里玩，带她去很多地方，去高档餐厅，去豪华游乐场，去电影院。

没想到，她第一次来，竟是来陪他参加葬礼。

在葬礼上，程树又一次见到了他的母亲。

当时他正站在遗像前，沉默地接受来人的吊唁，有一个女人在他面前站定，轻轻喊了声："小树。"

程树脑海中尘封的记忆全部被唤醒，他抬起头来，看着眼前这个四十来岁的女人。

她对程树笑笑。程树想起幼年时，他最渴望的，就是能获得她对自己的微笑。

"我是你妈妈。"她开口说道。

母亲此行的目的很明确，她要把程树带到美国。

人总是如此，为了得到一种东西，放弃另一种东西，等真正得到的时候，却又看到另一种东西的可贵。

事业有成之后，自己那幼年时便被抛下的孩子，成了她最大的心结。

程树自然是拒绝的，一是他同眼前这个女人的情感，早已隔断在童年时期，二是他在这里，已经有了新的情感依赖。

"我不会去美国的，我只想留在这里。"他说这句话的时候，轻轻看了一眼站在身旁的蒋果然。

"你可以考虑考虑再作决定，我先回国陪你。"她对程树微微一笑。

她在美国的律师事务所早已在业内站稳脚跟，下面有一批得力干将，她是完全可以退居幕后的。

母亲住进了临江那个她已经很多年没有回过的家中。是的，这还是称之为家的地方，当年她负气出走，夫妻两个人并未办理离婚手续，法律意义上仍旧是夫妻关系。

她连带着友善地接待了蒋果然，这个在葬礼上，她一眼就看得出来，和程树有着非同一般关系的女孩。

程树父亲的身后事尘埃落定之后，趁着暑假还没有结束，她带程树和蒋果然，去了一趟香港的迪士尼。

没有一个孩子会不喜欢迪士尼，因为这里永远有欢声笑语和可口的食物。对蒋果然这种从未踏出过自己所生长的城镇的女孩，尤为如此。

晚上的烟火晚会，璀璨的烟花升腾而上，是蒋果然从来没有见过的绚烂美丽，她激动地"啊"了一声，被这迷人的夏日花火所震撼，忍不住抓紧了身旁程树的手。

在门口的米奇头像前，程树和蒋果然有了一张合照，是用拍立得拍的，两人都是白T恤和牛仔短裤，程树比蒋果然高出一头，太阳明晃晃的，两人的眼睛都眯缝着。

那是后来无论程树还是蒋果然，回忆青春时都避不开的片段，因为其间承载着他们最真挚的友谊，以及最难以言说的情愫与哀愁。

旅行的最后一天，他们坐游轮看维多利亚港，东方之珠灯火通明的繁华与璀璨更是让蒋果然屏住了呼吸。

"外面的世界原来这么好。"她不禁感慨道。

也许那个时候，程树就应该意识到，他与蒋果然，注定要走上不同的人生道路。

他生活在一线城市，和父亲出入过很多所谓的高档场所，所渴望的不过是那小小乡村里的温暖和爱。如他先前所说——"哪里比得上这里"，然而对于蒋果然而言，外面的世界美丽又新奇，全都好过家乡。

人总是想拥有另一种风景，看看另一种暮色。

那个暑假快要结束的时候，程树与蒋果然分别，他说："高三加油，明年暑假再见。"

蒋果然咧着嘴笑，比了个"OK"的手势。

只是"明年暑假"，他却没有见到蒋果然。

6

程树与蒋果然的关系，亲密又疏远，他们共享过许多个快乐的夏日，却没有留下彼此的联系方式，平日里，基本是没有联系的。

程树的暑假开始的时候，母亲没有提及带他去落青那里，是他自己主动要求的："蒋果然高考完了，我想去蒋阿姨那里，接她们过来。"

母亲点点头："我送你去。"

那个房子还在那里，只是明显有些荒废颓败，程树远远看过去，心中便有了不好的预感。果然，他下车之后在门口站定，发现大门已经上了锁，从门缝里看过去，里面没有人，也没有任何生活气息。

程树有些不知所措，正好身后有邻居路过，见到程树，同他打招呼："她们搬走了。"

"搬走了？"

"对，两个星期前搬走的，说是要去城里生活了。"

程树只觉得胸膛受到一记重击，很多个问题堵在胸口——蒋果然的高考成绩怎么样？她会去念大学吗？她们去了哪座城市？为什么不能等他来了告诉他一声？他对她们来说，也是随时可以抛弃的人吗？

程树站在那里，眼泪忽然就流了下来。

母亲走了过来，从身后抱住了他。

程树后来又来过几次，每一次都心怀憧憬，每一次都幻想破灭。

程树回去之后大病了一场，母亲几乎寸步不离地照顾他，十指不沾阳春水的她学着煲汤做粥，笨拙又努力地弥补着自己对他的亏欠。

两个月后，程树答应和母亲一起去美国。

有时候人生的一个片段，需要浓墨重彩地去描述，而有时候，人生数年，寥寥几笔便足以概括。

程树在美国的几年，乏善可陈，读预科学校，考上斯坦福大学法学院。

坦白来说，他很适合学法律，蒋果然和蒋青的离开，好似带走了他生活里仅有的柔情和快乐。那之后的程树，又是理性孤独的一个人，沉醉于别人觉得枯燥的法律条文，可以不被情感左右地观察任何一个案件。

这一年他二十五岁，母亲催促着他恋爱，也给他介绍过几个还不错的对象，程树也尝试着开始，模式化地约会了几次，努力扮演好一个优秀的恋爱对象，但都以失败告终。

有时候忙完手中的工作，已经是深夜时分，他站在阳台上看着外面浓重的暮色，脑海中会忽然浮现出蒋果然的面庞："国内应该还是白天，不知道蒋果然现在在干什么。"

7

年末的时候，母亲被诊断出癌症晚期，在医院平静地去世。

这是程树第二次面临生离死别，他已经能够做到不再让自己痛彻心扉，坚忍沉默地办完了母亲的后事。

思忖再三，两个月后，程树决定回国。

某日午后，在事务所办公室翻看档案的时候，助理来敲门："程律师，前台有人找你。"

他应了声，起身往外走去，远远地看到一个背影的时候，他心中微微一颤。

他走上前去，喊了一声："蒋阿姨。"

是蒋青前来找他。

他把蒋青带到办公室，认真想一想，他们已经有十年未见。蒋青明显地衰老了，短发中隐约可见白发，面庞也消瘦下去。

办公室的门关上，蒋青想要跪下："小树，你帮帮果然。"

程树匆忙将她扶起："蒋阿姨，你别这样，站起来说。"

蒋青坐定，喝了口水："果然嫁给了一个无赖，想离婚脱不开身，麻烦你帮她打离婚官司。"

程树点头："我会的。"

顿了顿，他又问："你们那年，为什么离开？"

他这才知道，蒋青母女的离开，是因为母亲的拜访。

那年暑假，母亲早早就打听到了蒋果然的高考成绩，三四百分，只能上个专科学校。她去找了蒋青母女，先是感谢了蒋青多年来对程树的照顾，接着说道："但毕竟我才是他的母亲，我想让他回到我身边，希望你能理解。"她言辞真切。

“你希望我怎么做？”蒋青有些不解。

“我希望你们能离开这里。”

“离开这里？”

“果然，”程树的母亲转过头去，看向蒋青身边的女孩，“你有想去的城市吗？我送你去香港怎么样？我会给你们一笔钱，让你们能够定居生活。”

说到香港，蒋果然的眼前浮现的，是维多利亚港上璀璨的灯火，她的眼神微微动了一下。

她有没有想过程树呢？也许是有的，但是在那一瞬间，对美丽新世界的向往战胜了她对一个男孩隐约的喜欢和牵挂，蒋果然答应了程树的母亲。

之后便是在香港的数年。

真正到香港生活后才知道，香港不是想象中的乐土。虽说程树的母亲给了她们一笔钱，但人总归不能坐吃山空，蒋果然迫切地想要工作，想要挣钱，但是没有学历，又没有技术，她只能从茶餐厅的服务员换到酒店门口的迎宾，然后再换到服装店里的销售，等等，她换过不少工作。

二十四岁的时候，她匆忙嫁给了一个看上去条件还算不错的男人，想着也许可以靠婚姻获得好的生活。

蒋青就是这么失败的，但这并没有让蒋果然清醒。

男人酗酒赌博，输了一大笔钱，甚至对蒋果然婚前的那笔钱打起了主意。

人越是身处悲惨的境地中，过往生活的美好就越是让人怀念，蒋果然开始频繁地梦见程树。

有一次她尝试着在搜索栏搜索程树的名字，得知他已经是一名优秀的律师，由衷地为他感到高兴。

“是我自作主张来找你的，果然她不知道，但是我不能看着她再过那样的生活了，那个男人一直折磨她。程树，你帮帮我们。”

几日之后，程树便飞往香港，他终于再次见到了蒋果然。

收集证据，提交材料，开庭辩护，几个月的时间，程树来来回回往返了十来次。

小半年的时间，蒋果然在那场离婚官司中得到了相对公平的结果，重新拥有了自由。

但人受到打击，总是会消磨一些精气神的，程树问蒋果然后面的打算，她轻轻叹了口气，说：“我想回家。”

程树点头：“那我带你回去。”

尾声

家中当初自建的房子已经有些破败陈旧，前前后后长满了杂草，程树张罗着对房子进行了修缮，蒋青和蒋果然住了进去。

程树好似又回到了十几岁时，工作没那么忙的时候，他经常驱车过去，有时候帮蒋青做做家务，有时候和蒋果然聊聊天。

蒋果然在香港做过一阵会计，在家休息一段时间后，她思忖着考一个会计资格证，有一技之长傍身，回头再找一个工作。

“可以的，”程树笑着对她说，“我给你准备一套书，你先学着，有不会的地方，我来教你。”

“嗯，好。”蒋果然笑着点点头。

隔了几日，程树带着书过来，往书架上放的时候，看到了最上面一本已有些发黄的《小王子》，他拿下来翻了翻，笑道：“你还留着这个？”

“嗯，一直带在身边。”这是当年他来到这里的第一个夏天时送给她的，这些年兜兜转转，很多东西都丢了，这本书却一直带在身边，偶尔翻起的时候，蒋果然也总能想起自己曾拥有的那些快乐的夏天。

“果然。”程树的心中忽然涌动着莫名的情绪，让他想要开口倾诉。

蒋果然笑笑，对他比出“嘘”的手势，示意他看窗外的暮色。

她知道他想要说什么，她不是愚笨之人，程树为她做了这么多，她当然也猜得出八九分。

但不是现在，不是此刻，也许等她重新构建起自己的人生之后，她会主动牵起他的手。

现在，他们只需要分享这一片暮色。

春心永不移

与光

✽温 故

1

盛欢搬进 HK 战队基地是在中午。

通宵排位的队友们一个个都被教练薅了起来，排成一列，僵硬地跟她打招呼。

盛欢也不介意，主动上前握手，介绍自己道:“你们好，我是盛欢，打中路的，以后请多指教。”

自英雄联盟作为一个职业联赛登上舞台以来，女性作为一个战队的首发这种情况可谓是少之又少，之前只有北美那边出了一个，但现在已经退役了。因此选择女性选手做首发中单，不管是对盛欢还是对整个 HK 俱乐部来说，无疑都是一次巨大的挑战。

教练拍了拍那些似乎还没接受自己即将有一个女孩子当队友的队员，率先朝盛欢伸出橄榄枝：“咱电子竞技，都是拿实力说话！”

盛欢冲他笑了笑，体贴地留出时间给未来的队友们进行消化，自己则跟着俱乐部的接待人员穿过大堂后的小庭院，进入了生活区。

俱乐部也是用了心的，将她的房间安排在了一楼，和住在二楼的男性队友们隔开，推门进去的时候，一眼看见的就是浅蓝色的墙，蕾丝边的窗帘和有着粉色云朵的衣柜。

就……还挺少女的。

不过，哪个少女会跑来打职业啊！

她揉了揉和窗帘同款的蕾丝羽绒被，哭笑不得。

打小盛欢就和其他女孩子不一样，其他女孩子玩的都是芭比娃娃，穿的都是泡泡裙，扎的都是麻花辫，而她玩的是《拳皇》，穿的是背带裤，扎……没头发扎，因为自个儿巴着脑袋给剪了。

家里人后来干脆都放弃把她当闺女养了，房间里任由她摆满了各种机甲模型，白墙黑被配色万年都不换的。

所以自长大以来，盛欢这还是第一次住进这么粉嫩的房间。

正坐在床上看着一堆蕾丝出神，不料脚下突然传来一阵毛茸茸的触感，盛欢吓得寒毛倒竖，正要出声叫人，便听见一声“喵”。

盛欢低头瞧着脚边蹭她正蹭得欢的一团白毛

球，脑子里就一个念头：打中单还送猫？待遇这么好的吗？结果没等她想完，窗边便传来三声轻叩："劳驾，把大黑给我拎出来一下。"

盛欢房间的窗外是一片修剪整齐的碧绿草地，外头围上了白色的栅栏，显然就是禁止人踩踏的，可眼下双手撑在她窗台上的人像是不明白这回事儿一样，熟稔地冲她打招呼："HK 的新中单？"

盛欢点了点头，将脚边叫大黑的白猫抱起来："我认得你，你是 LKE 战队的中单 Sleep。"

打中单位置如果不认识 Sleep 就像学医不知道华佗一样，盛欢眼前这人，是蝉联三届 LPL（中国大陆英雄联盟职业联赛）常规赛 MVP 的人，是绝大多数玩家公认的国产中单牌面。

"叫我陆觉予就好。"他笑了笑，也不谦虚，抬起一只手撑着下巴隔着窗棂打量了盛欢几眼，下颌骨在他的这个动作下撑出流畅好看的线条，"这么小一只，以后赛场上见面，可别被我打哭了。"

"不会的。"一米六不到的盛欢并没有被挑衅到，而是神色如常地将猫送过去，回赠道，"前辈才是，小心别被我把中路打穿。"

"哟！"陆觉予单手拎起还在喵喵叫不愿离开的大黑，一双潋滟似有光的桃花眼诧异地朝她看了看，嘴角又抿出一丝笑，"小朋友，口气不小嘛！"

"那我可等着了。"

2

事实上，盛欢和陆觉予第一次交手并不是在赛场上。她进队磨合了一个星期后，HK 战队便约了和 LKE 战队的训练赛。

LKE 战队基地就在 HK 战队的隔壁，要说个什么事儿都不用打电话，喊一声对面就能听到。

训练赛开打前，两边队员就叉着腰嘻嘻哈哈地放狠话。

当时盛欢才起床洗漱完，脖子上挂着条毛巾，头发还湿漉漉的。她不是很善言辞，这种互骂搞对方心态的环节她做不来，所以就乖乖地站在一旁凑人数，给自己队壮声势。

哪想，对面也有一个划水的，抱着手斜斜地倚在 LKE 训练室的门框上，脚边匍匐着一个蹭裤腿儿的大黑，也不说话，但眼睛却一瞬不瞬地盯着盛欢。

盛欢虽说口笨舌拙，但并不怯场，于是她一边心里嘀咕"看我干吗？我脸上又没写 HK 战队的战术机密"，一边抬头回看过去。

陆觉予像是就等着她这一眼，盛欢看过来的那一瞬，他唇角便扬起了弯弯的弧度，朗声朝她喊："喂，对面打中单的小朋友！"

被所有人行注目礼的盛欢小小地郁闷了一下，鼓着腮帮子说："前辈想干吗？"

陆觉予像是被她这个动作给取悦了，他朝盛欢挥了挥手，颧骨上扬，笑得更欢："没什么，前辈待会儿送你一个见面礼！"

盛欢："……"真嚣张啊！

可是没办法，人家就是有嚣张的资本。训练赛末尾，一场团战爆发，己方团灭，盛欢坐在电脑前看着自己零杀九死的超鬼战绩，有些沮丧。

而 LKE 那边已经操纵着英雄一路高歌猛进推上了基地，只是在主堡被彻底端掉之前，公屏有人发了消息——

【LKE-Sleep】：大黑很喜欢你哦，小朋友。

虽然就这么一句话，但不约而同地，大家脑子里都自动把后面的话给补上了：我也是。

这下不止盛欢，整个 HK 基地的人都沉默了。最后还是教练实在忍不住，趴在窗口冲着对面 LKE 训练室吼道："陆觉予，你这个臭小子，再敢调戏我们中单，看我不收拾你！"

职业选手的作息大都不怎么规律，昼伏夜出，夜猫子似的。盛欢前几天本来也跟着队友晚上通宵排位，只是今天输得有些难看，队友怕影响她的心态，硬是催着她睡觉了。

可盛欢怎么也睡不着，瞪着眼睛直愣愣地看着天花板，脑子里满是今天被陆觉予秀到的种种瞬间。

不过她并不是羞愤，而是在认真地回想自己的失误和不足。

毋庸置疑，那个被称为"国产中单牌面"的男人很强，强到盛欢能清楚地看到横亘在他们之间的巨大沟壑。

黑暗中，盛欢无声地勾唇笑了笑，不过就是因为这样才更刺激，不是吗？

她为什么选择登上这个舞台？就是为了打败更强大的对手啊，不然来打什么职业，待在路人局里虐菜不就好了？

盛欢越想越激动，血液加速流过血管，让她不由有些燥热，她翻身从床上起来，打算打开窗户透透气。

四月末的风有些冷，月亮悬在天际，洒下的光仿佛都透着一股凉意。盛欢手刚攀上窗弦，便看到了草坪外那棵大榕树下颀长的身影。

他的背抵着树干，单手握着手机，修长的双腿随意交叠，头微微垂下，额前的碎发被夜风轻轻吹起。

似乎知道有人在看他，陆觉予偏头，朝着盛欢的方向看来，用唇语问道："好看吗？"

夜色朦胧，盛欢看了好半天才看清楚他在说什么，她点了点头，相当实诚地回道："好看。"

陆觉予似乎也没料到她会这么诚实，微微一愣后，才又笑起来，冲着盛欢摇了摇手机。

被盛欢扔在床上的手机屏幕亮起，是一条"有新好友加你"的提示。

她刚通过，那个名为"一只大黑猫"的用户便立马发来了信息："有没有被我打哭？"

"暂时还没有。"盛欢的手在键盘上摩挲了一会儿，又回一条，"下次我会打回来的，前辈。"

手机又闪了，盛欢都能想象出那人回复信息时懒洋洋又嚣张至极的样子："好啊，我等着。"

3

说结梁子倒不至于，但自那以后，陆觉予便被盛欢当成了一个亟待超越的目标。

她开始疯狂地训练，具体就是早上通宵后的队员们陆陆续续去睡觉了，她在打排位，傍晚睡好的队员们陆陆续续起来了，她还坐在电脑前，像是压根儿没挪过窝儿。

大家都被她这股劲儿给吓到了，眼见夏季赛开赛在即，怕她把自己的身体累垮了，于是纷纷劝说让她歇一歇，出门逛一逛。

盛欢不太会拂别人的好意，加上她想着自己来基地也快一个月了，却一次都没出去过，确实该熟悉熟悉。于是挑了一个下午，盛欢自个儿出门了。

她没什么想买的，就是瞎逛。

基地外不远有条小吃街，各种小吃琳琅满目，盛欢从头走到尾，出来的时候左手一盒章鱼烧，右手一把羊肉串，口袋里还揣着两个蜜汁鸡腿，撞见陆觉予的时候她嘴边甚至还有一抹红辣椒油没来得及擦。

正好出来买东西的陆觉予："……看不出来，还挺能吃。"

盛欢也不拘束，落落大方地递了一串烤羊肉过去，道："前辈要吗？请你。"

于是不大会儿，街头的马路牙子上，一大一小两道身影蹲得整整齐齐。

盛欢嗜辣，羊肉串在干辣椒面里滚了又滚，结果陆觉予这一口下去就呛了嗓子，眼泪都流出来了。

盛欢跑去给他买了瓶水，一边看他喝，一边忍不住说："前辈，你也太弱了。"

她不是故意挑衅，主要是她生在川渝，身边的人吃辣椒都跟喝水似的，还真没见过有谁被辣哭的。

陆觉予灌了大半瓶水下去，好半天才缓过劲儿来，反驳道："不要说我，你带回去给你队友吃，他们谁能吃完一整串，以后中路我直接让你一血好吧？"

这话听着有力道，不过陆觉予被辣红了眼，一层清浅的泪膜还覆在上面，让他看起来像是被谁狠狠欺负了，刚哭过鼻子一样。

盛欢只看了一眼就移开了视线。

偏偏陆觉予像是猜中了她的心思，干脆坐下来，手肘撑着膝盖，手掌托着下巴，勾着被辣得红彤彤的唇笑道："好看不？"

盛欢不接他的话，低头默默地往嘴里塞了一个章鱼烧。

陆觉予恬不知耻："反正那天晚上你都说过一次了，现在有什么好害羞的。"

盛欢："……"

紧接着，他又突然转了话题，问盛欢："你为什么来打职业？"

盛欢愣了愣。她放下手里的东西，认真想了一会儿，才回道："为了赢，为了冠军。"

"嗯，挺好，和我一样。"陆觉予伸了个懒腰，习惯性地挑衅，"不过冠军就算了，它是属于我们战队的。"

盛欢听了这话，也不像以往那般回敬过去，而是低头翘了翘唇角。

陆觉予看了她一眼，问："笑什么？"

"没什么，"盛欢摇头，沉吟，"就是……所有人都会问我，'你一个女孩子为什么来打职业'，只有前辈，问的是'你为什么来打职业'。"

陆觉予微怔，回过神来扬起笑，朝她伸出手："那，盛欢小朋友，我谨代表我个人，欢迎你加入职业圈。"

4

打从有了蹲在大马路边一起撸串的交情后，盛欢和陆觉予的联系便多了起来。

前两天大黑不舒服，陆觉予带着它去看兽医，本来都拎着猫包准备走了，结果路过 HK 的基地，碰上了出来拿快递的盛欢，他硬是把人姑娘一道给拐走了。

看得一旁 HK 战队的队员都一脸蒙，放眼皮子底下的小姑娘，什么时候跟隔壁那送她零杀九死战绩作为见面礼的臭小子关系这么好了？

不过也没时间给他们再细细去观察己队和敌队中单的互动，毕竟英雄联盟夏季赛常规赛即将拉开序幕。

所谓是骡子是马，总得拉出来遛遛，作为 LPL 历史上的首位女中单，盛欢的开场秀不知道被多少双眼睛盯着，但好在她也争气，常规赛开赛第一周，在 HK 战队对阵联盟两支中上游队伍的比赛中，盛欢以漂亮的战绩帮助团队赢下了比赛。

电子竞技，一向靠实力说话。盛欢的实力得到了认可，由她性别带来的质疑声自然小了，相反，结合她性别的夸赞开始慢慢变为主流。

但说实话，盛欢看着网友们那些诸如"谁说女孩子不能打职业""女的怎么了，女的照样把你打趴下"一类的话，第一反应不是开心，而是有些不知所措。

于是到了晚上和陆觉予约好单独打时，她有些心不在焉。

陆觉予估计也感觉出来了，于是没多久，盛欢的手机便响了。

盛欢看了眼来电人，又觑了觑两旁正专心训练的队友，不知怎么竟有些心虚，蹑手蹑脚地一直走到无人的阳台，才接通了电话——

"前辈，有事吗？"阳台有风，将她出口的话吹得很温柔。

电话那头的陆觉予先是停顿了一下，才道："你出什么事了吗？"

盛欢下意识否认："没有啊。"

陆觉予毫不客气地戳破："没有？你技能还每次都放歪？"

"……"盛欢被噎了。她的手指杵着喷漆的围栏，犹豫许久，才道："前辈，你会去看网友对你的评论吗？"

"你看了？"陆觉予也是经历过风浪的人，一听就大致明白了盛欢的心情，"有什么感想？"

阳台外有张椅子，盛欢乖乖地坐在上面，咬唇思索了一会儿，说："就是在想，现在这些夸我的人，等我输了以后会不会回头来骂我？"

陆觉予笑了，声音低低的，像是醇厚的酒："你刚进职业圈，有这种担心无可厚非，但你得想明白一点，像我之前问你的那样，你要知道，你为什么来打职业。"

为金钱，为名誉，或是为了获得别人的称赞和喜欢，还是为了自己，为了单纯的胜利和冠军呢？

盛欢觉得自己好像有些明白了，她吁了一口气，笑道："可是，前辈，网上对我的吹嘘是不是有些太过了？我看到有人说我的精彩操作可以代替你成为新的国产中单牌面呢！"

陆觉予"哼"了一声："没关系，等你输几场就没人会这么说了。"

盛欢再次被噎了："……喂，前辈怎么能这么说呢？"

那头的陆觉予又笑了，而后想起了什么似的，问盛欢："你知道明天是什么日子吗？"

"休赛日？"英雄联盟职业联赛每隔七天便会有一个休赛日。

不过陆觉予显然不是在问这个，盛欢又翻了翻日历："儿童节？"

"对啊。"陆觉予语气懒洋洋的，"所以，要过节吗，小朋友？"

盛欢发现陆觉予很喜欢这么叫她，不过盛欢低头看了看，她除了个子小一点，别的也不小吧……

她嘀咕："前辈要约我？"

陆觉予的声音里有藏不住的笑："约你再打一局怎么样？"

盛欢恍然："哦，前辈你要虐我。"

5

第二天中午一过，陆觉予便摸上了门。

HK战队的队员除了盛欢全都是刚起床，一个个睡眼惺忪，瞅着陆觉予四平八稳地往沙发上一坐，问："咋的，窃取情报来了？"

陆觉予也不理会他们，只问刚洗了头从卫生间出来的盛欢："收拾好了吗？"

盛欢有些窘迫地用干毛巾擦了擦还在滴水的头发："抱歉，我以为前辈得有一会儿才到。"

一旁一脸蒙的队员们看着他们旁若无人的样子不干了："不是，你俩这干吗去啊？"

陆觉予这才赏脸回了话，嘴角扬起一抹不怀好意的笑："约会啊。"

"是这样的……"盛欢觉得自己再不解释，待会儿怕是十张嘴都说不清了，"今天过节，前辈约我出去Solo。"

盛欢和陆觉予已经solo过很多次了，于是一群人一听这词儿，顿时恍然地点了点头："这样啊。"

直到两人出门后，他们才后知后觉地回过味儿来——

"不是，儿童节有什么好过的啊？"

"不是，solo赛网上开个房间就好了，干吗非要出去啊？"

不过说什么都已经晚了，毕竟盛欢已经和陆觉予在基地附近最大的一家网吧里开了两台机子。

网吧的灯光调得很暗，所以大小算得上是公众人物的两人进去时并没有引起骚动。当然，盛欢刚进职业圈不久，也没那个意识，甫一坐定，便打算将自己的大号登上去，还好陆觉予眼疾手快，不然一会儿怕是整个网吧都回荡着"坐在09号机的玩家是来自艾欧尼亚的最强王者"的广播了。

盛欢也有些后怕，本来就小的身子缩在电脑后面，像只受惊后蜷成一团的小刺猬。

陆觉予斜睨着她，脸上是昏暗光线也藏不住的笑。

折腾了一会儿后，两人才用小号登录游戏开始solo。

只是打了几把后，盛欢看着自己所向披靡的战绩，不由鼓起了腮帮子："前辈，你干吗让着我？"

"给你过节啊，不过就今天这一次。"陆觉予懒懒地歪坐在椅子上，语调放沉放缓，"所以，盛欢小朋友，想虐我可得抓紧了，机不可失哦。"

盛欢狐疑地看了陆觉予一眼，警惕道："无事献殷勤，非奸即盗！"

陆觉予难得地被噎了一回。

盛欢宛如钢铁一般直的心思自觉合理地猜测着："前辈是不是想用这个方法瓦解我的斗志，麻痹我的神经，让我以为自己真的能打赢你，然后在赛场上放松警惕？"

"……你刑侦片看多了吧。"

"那不然呢？总不可能是前辈要追我吧？"

"为什么不可能？"

盛欢抖了抖，差点没把手边的一杯水给洒键盘上："前辈在开玩笑？"

陆觉予双手交叉，满意地瞧着一贯沉静的盛欢惊慌的样子，眼中染了笑意："没有哦。"

"……可前辈觉得我会接受一个，送我零杀九死见面礼的人的追求吗？"

陆觉予歪了歪头："我以为你不在意呢？"

盛欢想了想："好吧，我确实也不是很在意，不过我得有一个拒绝你的借口啊。"

陆觉予理直气壮："我一个又帅技术又好的男朋友，你凭什么拒绝啊！"

盛欢又被噎了，借着网吧昏黄的光偷偷觑了眼身旁的陆觉予，是挺帅的，不过……

"我为什么要跟前辈在一起？"

"因为世界赛的奖杯？"陆觉予偏头看着她，弯着眼笑，"如果是男朋友在你面前捧起奖杯的话，会不会没有那么气？"

"……并没有！"

6

休赛日一过，接着又是紧张的赛程。

HK战队这周要和LKE战队打。

LKE 战队的实力属于联盟上游的水平，所以尽管盛欢状态极佳，也抵挡不住对方摧枯拉朽般的战斗力，尤其是陆觉予。

尝过胜利滋味的盛欢这回真有了想哭的感觉。

比赛结束 LKE 战队的队员过来握手的时候，她还坐在椅子上没有起身，不过双方队员都很熟，并不计较，轮到她的时候，对面领头的上单选手还一把把她薅起来，安慰道："没事啊，陆觉予那个混账最近状态好得出奇，换个人来可能还没你打得好。"

盛欢勉强挤了个笑出来。

陆觉予排在第三位，轮到他的时候，盛欢也不知道为什么，脸上的笑突然就维持不下去了。

她低着头，喉咙有些发堵："前辈……"

盛欢以为按他的性子，会戏谑地说上一句："看，果然被我打哭了吧。"

哪料最后他却抬手揉了揉盛欢低垂的脑袋，以一种极认真的口吻说道："打得不错，未来可期。"

盛欢一愣，莫名便红了耳根。

俗话说"内行看门道，外行看热闹"，电竞圈的一票选手都认为盛欢不错，可对于观众来讲，几乎全程被陆觉予压着打的盛欢已经成为他们口中不折不扣的菜鸟了。

可是偏偏好事不成双，坏事倒喜欢凑成一对。

比赛结束后，盛欢的表现以及陆觉予揉她脑袋的动图都上了实时热搜。

于是网友们在骂盛欢之余开始扒起了她和陆觉予的关系，一时间，什么"盛欢是为了追陆觉予才来打职业的"，又或是"盛欢能进 HK 做首发绝对是因为陆觉予"之类的话甚嚣尘上，但更多的则是在质疑盛欢打假赛。

虽说俱乐部第一时间已经出面辟谣，教练一早又把她的手机收了，但盛欢多少也知道了一些。

她自己是没什么，倒是对被她带累的陆觉予感到歉疚。

不过这份歉疚在陆觉予大半夜摸到她房间外敲她窗户时就消弭无踪了。

盛欢看着被他揪住后颈皮正徒劳地挣扎着的大黑，有些无语："前辈这是干吗？"

"看不出来吗？"陆觉予挑了挑眉，将大黑从窗栅栏里给盛欢塞过去，"给你送猫啊。"

盛欢忙顺着毛撸了大黑两把权当安抚，只是依然没懂他的意思："送猫做什么？"

"陪陪你，安慰一下你今天被我伤到的心。"说着，他双手往窗沿一撑，隔着窗栏往盛欢的方向凑近，笑得蔫儿坏，"不想要猫的话，我也可以啊。"

六月下旬，天渐渐燥热起来，盛欢悄悄吐了一口气，努力平复自己被风吹得发热的脸，扭头闷声道："前辈别开玩笑了，网上都传成什么样子了……"

"我没有开玩笑。"陆觉予敛了笑，站直了身体，隔着窗栏认真地看着盛欢，眼中似有满天星光，"大黑很喜欢你也好，欢迎你来到职业圈也好，或者是我想追你也好，这些话都不是玩笑。"

上次在网吧里，盛欢只当陆觉予在逗她，加上之后他也没有再提过这件事，所以盛欢压根就没将它放在心上，可如今他郑重其事地又说起来，倒让盛欢有些招架不住，抱着猫顿时慌了手脚。

"前、前辈，你……你……你为什么呀？"

陆觉予失笑："什么为什么，喜欢一个人哪有为什么？"

说罢，想是看不下去盛欢拧着眉头纠结不已的模样，他又好心地补充道："非要原因的话也不是没有，我就喜欢你那股说要打败我的自信劲儿。"

盛欢："……前辈，我怎么觉得你是在讥讽我呢？"

偏偏陆觉予笑得欢快，露出明晃晃一口白牙："想听花言巧语啊，那你好好考虑一下。"

答应了就说给你听。

7

职业选手一般会和平台签合同，每个月直播满规定的时间。不过大多数选手都不爱直播，因此都是攒到月末疯狂补时长。

陆觉予就是其中之一。

不过这回才七月初，陆觉予却难得上了线，还把直播房间名设置为"有事要说"。

尽管 HK 俱乐部出面辟了谣，但那份声明只是针对质疑盛欢打假赛的，对于盛欢和陆觉予的关系并没有做出回应，所以这段时间以来，两方粉丝骂战无数，再加上其他来路不明的网友掺和，整个电竞圈被闹得乌烟瘴气。

所以陆觉予这是摆明了要讲点什么的架势，顿时让网友们激动坏了，满屏弹幕刷过，直播间的人数瞬间暴涨。

但陆觉予仍不着急，而是慢悠悠地开了把游戏，打完以后才优哉游哉地挑了个弹幕念：“Huan 是不是给你放水了？”

Huan 是盛欢的职业 ID 名，陆觉予念的时候不好好念，含在嘴里黏黏糊糊滚了一遭，才回道：“以我的技术，还要她放水？这位朋友，你是在黑我吗？”

回完了，又看到一条弹幕：“Huan 和 Sleep 是关系很好的朋友吗？”

陆觉予往后仰：“关系很好是没错，不过不是朋友。”

立马有网友反应过来，发弹幕问：“不是朋友那是什么？”

陆觉予单手杵着下巴，笑着反问道：“你们不是挺能扒的？猜猜看啊。”

“盛欢真的在追你？”

陆觉予竖起食指左右摆了摆：“不，是我在追她，单方面的，还没成功那种，懂了吗？谁说追她就要让着她了，你们难道不知道自然界雄性动物求偶都会在雌性面前展示自己强大的一面吗？总之，大概就是这么个意思。”

“所以啊，别说什么假不假赛，恋不恋爱的，你们谁要是有能耐不妨去问问，她如今最大的梦想是什么。不过就算不问她，HK 的队员估计也知道，对，这位网友说到点子上了，‘把我打倒’。”

陆觉予播了一会儿就下线了，也不管自己那些话引起了多大的震动，拎起窝在沙发上的大黑就撸了起来。

不一会儿，LKE 俱乐部基地探进来一个小小的脑袋：“前辈，能出来下吗？我有话想跟你谈谈。”

陆觉予挑了挑眉，依言走过去，颀长的身躯倚在门框上，挡住了也是刚知道他俩有点什么的 LKE 其他队员们想要八卦的目光，用只有两个人能听到的声音道：“你要是想道谢大可不必，毕竟除了恋爱，我和你也没什么可谈的。”

盛欢鼓着脸瞪他，许久，像泄了气的皮球，说：“那就……谈呗。”

陆觉予展眉笑开，揉了揉她的脑袋：“考虑清楚了？”

盛欢垂着脑袋，声音细细的：“不知道，不过并不讨厌前辈啊。”

而且对于成为他女朋友这件事，她好像并不排斥。

盛欢没有谈过恋爱，所以不太懂喜欢一个人是什么感觉，但以她对自己的了解来说，不排斥大抵就是喜欢了。

“那——”陆觉予声音温柔起来，他隔着碎发摸了摸盛欢有些发烫的耳朵，笑道，“不妨试一试。”

8

因为赛制的原因，HK 战队和 LKE 战队再次对上已经是九月份的季后赛了。

对于 HK 战队来说，能进季后赛着实超出了许多人的预期，毕竟大家都认为联盟史上的首位女中单就是外强中干，撑不了多久，谁能想到盛欢竟一路杀进了季后赛，甚至成为三个世界赛名额的有力争夺者呢？

说实话，盛欢也没有想到。

经过一个赛季的磨砺后，盛欢明显不复初入联盟时的那股无畏劲儿，但同时却有更多的东西沉淀下来，让她渐渐成了一个更加沉稳可靠的选手。

当然，这一切得归功于——

“嘿，小朋友，准备好被我打得哭鼻子了吗？”

盛欢瞥着趴在篱墙上对她勾手指的男人：“前辈，前天训练赛我可是单杀你了。”

“单杀能说明什么问题？这是一个团队游戏，问题不大。”陆觉予拍拍上衣兜，孜孜不倦地挑衅，“哭了记得来找我拿纸巾，我专门为我女朋友带的。”

两边的队员怒目而视，对这种明撕暗秀的行为感到十分愤怒。

盛欢脸皮薄，红着脸回敬：“你小心，别让我把中路打穿。”

“小朋友，口气不小嘛。”陆觉予则没皮没脸多了，定定地瞅了盛欢好一会儿，才笑道，“那我可等着了。”

旋转木马的奇幻梦游

✻方栀柒

沈清苔常常想，不同状况、不同地点的时间流速是不一样的。

数学课的时间就像黏稠的蜜糖，落下一滴要等足三次日落；而课间的十分钟就像一阵清风，只够蝴蝶扇动五下翅膀。

大城市里日新月异，街角的咖啡厅可以在第五天变成一家早餐店；而小镇的空气中，数十年如一日地飘荡着同一种微甜。

1

三十年前建好的员工宿舍，因工厂搬迁渐渐褪去热闹的外衣，成为小镇上一个老旧安静的小区。出了小区，便是早已荒废的工厂、田野和矿山。因为人烟稀少，只有大马路旁有一个小商铺，里面摆着寥寥几样日用品。

从马路旁一条乱石子路走进来，可以看见一片白墙青瓦的三层小楼，混着几个低矮小院。每栋小楼里蜗居着三四户人家，大多是已退休的老人和牙牙学语的小孩。

沈清苔的爷爷奶奶，就住在其中一栋小楼里。

自升上高中后，她很喜欢周末过来消磨时间。从走下公交车的那一刻起，时间似乎就按下了倒退键，她总能触碰到那快活无忧的童年。若不是相熟的长辈们头发渐渐花白，她只怕会以为，这是个“不知今夕何夕”的世外桃源。

小区进门右手边第三栋楼房前，有一棵四季开花的夹竹桃树。爬到二楼半转角，刚好可以平视它的粉色树冠。沈清苔最爱拿上一本书，坐在楼梯上待一个下午。看书看累了，便任由自己沉醉在粉花绿叶的美景中。

小区中央有一个废弃的篮球场，场边种着几棵足有四五层楼高的梧桐树。太阳温柔的好天气，沈清苔会坐在看台上，透过高大的梧桐树看破碎的阳光和蓝天。这里的年轻人不多，小孩也不常出现，只偶尔有几只小狗在场上嬉戏。

在这里，她可以短暂地逃离课业的压力，任由自己将重重的书包放下，呼吸几口带着草木香的空气。

这个周末，沈清苔帮朋友保管着相机，得到使用允许后，准备将小区的美好保存下来。她先是拉着爷爷奶奶当模特，可只拍了几张，爷爷便急着出门与好友打牌，奶奶则被笑呵呵的邻居奶奶拉去聊些家长里短。

她抓拍了几张长辈的温馨日常，便溜达着出门，准备去见那些花草好友。

她拍小院中缀满晶莹桃胶的桃树，拍郁郁葱葱、无花无果的橘子树，拍院前攀上支架的丝瓜藤，拍蚂蚁和其他昆虫，拍掩盖在香樟树后的不知名小楼，拍高大的梧桐树，拍树下的小狗，还爬到三楼拍最爱的夹竹桃树冠。

最后，她将相机放在楼梯上，准备给自己拍一张花前写真，可还没等她想好动作，三楼的门忽然打开了，一个男生出现在门后。

时光轰然后退又瞬回，眨眼间，记忆从南到北完成了一次奇幻梦游。一阵风轻柔地掠过花叶，落到沈清苔的头发上。她放下正在比“耶”的右手，尽量自然地撩了撩耳后的碎发。

“听到声音时，我就猜到是你。”男生看了看地上的相机，挑了挑眉，“我帮你拍一张？”

沈清苔压下莫名的尴尬与羞赧，点了点头。

2

沈清苔略有些拘束地坐在沙发上，午后的阳光穿过玻璃落在书桌上，有细碎的尘埃在屋内轻扬。

“你什么时候回来的？”她问。

肖毓从冰箱里拿出一瓶牛奶，插上吸管递给她后，才慢悠悠地回答：“今天上午，我过来陪陪奶奶。”

两人都是在这个小区长大的，两年前陆续随着自己的爸妈搬去了离这有半个小时车程的城区。

沈清苔没有多问，反倒是肖毓坐到一旁的凳子上，饶有兴趣地拿过相机。得到沈清苔的同意后，他随手翻看起里面的照片。

时间被按下了暂缓键。沈清苔咬着吸管，在心里默默数着他们有多久未见面了。三天，还是四天？仔细回想，其实并不久，但以往相遇都是在人来人往的校园中。他们同级不同班，有着各自的好友圈，上次在操场遇见，也不过是简短地打了个招呼。

像这样自然又亲近的交流，起码要追溯到两年前了。

“拍得挺好的。不过下次可以思索一下构图，用镜头去寻找你想要表达的重点。”

肖毓常常会在朋友圈分享自己的摄影作品。他并不追求装备，却凭借一双善于发现美的眼睛，随手都能拍出不一样的风景。

为了让她看清相机里的画面，肖毓微微侧身靠近她。他穿着一身白色运动套装，碎发自然随意，显得少年气十足。他身形修长，捧着相机的手隐隐发力，淡青色的筋脉在他的手背上微微鼓起，双腿支撑着双肘，身子歪斜却很稳当。

"像这棵桃树，你站的这个地方刚好有两面墙，和房檐结合起来，就是一个天然的取景框。"

"拍梧桐的话，因为梧桐过于高大，很难拍出全貌，可若是走得太远，又表现不出梧桐的美感，这个时候就可以选择放大局部细节。"

"这张小黄，竟然拍出了威武霸气的感觉。"

小区里的小狗都是以自身颜色命名的。小黄、小黑、小白、小花，这四个名字几乎可以让所有小狗顺从地摇尾巴。

"你以前不是最怕虫的吗？怎么对着毛毛虫、蜜蜂拍了这么多？"

沈清苔听见问话，才收回散漫的思绪。她有意炫耀自己的成长，于是一字一顿地说："只要它们不冲着我来，我就不会怕了。"

肖奶奶回来，热情地留沈清苔在家里吃饭。饭后，三个人一起在小区里散步。路灯暗沉，微风袭人，沈清苔绞尽脑汁，也没找到多少话题。等回到爷爷奶奶家，她将相机里的照片导出来，做好二次裁剪后，发给肖毓看。

"二次构图后会不会好一点？我明天按照你说的重新拍一次。"

肖毓回了个点赞的表情包。

沈清苔到最后才点开他为她拍的那张照片。她穿着浅绿色的条纹衬衫，有些拘谨地站在花树前，表情紧张得似笑非笑，眼神却清亮又温柔。不知是因为那阵突如其来的风，还是因为那个突然出现的人。

3

回到学校后，时间陡然快起来。大家脚步匆匆，似乎被不知名的怪物追赶着。沈清苔感觉自己就像是奇幻乐园加速的旋转木马，看似一直在走，其实是在原地转圈。

唯一不同的是，她和肖毓的联系增多了。在学校里遇见时，话题会从学校的美景延伸到周末的去处。沈清苔会将自己拍的照片分享给肖毓看，也如愿以偿地得到了许多指点。

某个周末，他们还约着一起去"扫街"——拿着相机到某条街上去抓拍。他们拍静止的花草树木，拍川流不息的人与车，用镜头捕捉树叶从枝头落下的瞬间，以及风牵引万物摇摆的千姿百态。

直到月考来临，他们的联系才淡下来。沈清苔将相机还给归家的朋友，埋头扎进了学海。

"学海无涯勤可渡，书山万仞志能攀"，这句话是她的座右铭。她偶尔会觉得自己不够聪慧，面对书海只能采用最笨的办法，偶尔又会宽慰自己，只要以勤奋作桨，她就可以遨游至任何地方。

月考成绩出来不久，学校迎来了一年一度的运动会。沈清苔被同桌撺掇着报了铅球。在她面目扭曲地将铅球扔出去的时候，肖毓在众人的欢呼中拿到了第一个短跑冠军。

颁奖仪式上，满头大汗的肖毓和身旁的同学有说有笑，沈清苔站在围观的人群中欢呼鼓掌。风起的某个瞬间，沈清苔恍然觉得她与肖毓相隔好遥远。

她和他站在不同的人群中，在这欢喜的时刻，没有第三个人知道她和他是儿时好友。那些朝夕相处的时光被禁锢在那片老旧的小区中，如同老照片般渐渐褪去了鲜活的色彩。

他们的关系似近非近，似远非远，比普通同学多了一点回忆，却又达不到好朋友的程度。

"先走了。"简单的颁奖仪式很快结束，肖毓特意过来和发呆的沈清苔打了声招呼，然后被众人簇拥着去参加跳高比赛。

沈清苔心头的惆怅转瞬就化成了烟云，反应过来后，她对着他的背影大喊："肖毓，比赛加油！"

肖毓回过头，举起右手笑着向她挥了挥手。

时光在这一刻有了更浓重的色彩，无数繁花在枝头绽放，留下一缕缕熟悉的馨香。喧闹的操场、五彩的看台、摇曳的树枝，奇幻乐园的旋转木马放慢脚步，一点点啃噬着阳光的碎片，脚下踢踏，走出了一条缀满星光的康庄大道。

艳阳下，少女伸出两只手充当取景框，在记忆中定格下这美好的瞬间。

而记忆永不褪色。

春心永不移

▶▶……✽莫 须

▶▶▶ “好，以后我做什么都在你前面。”

偷草

中医院的老家属楼二楼，秦不移用黑色手包挡着脸，脚步急促地穿过长廊。

老家属楼一层十户，每户门都朝同一边开，大家共用一个走廊，即使是日光正盛的中午，碰到人的概率也很大。

屏住呼吸走到熟悉的窗台前，秦不移趁无人之际，伸出手，飞快地扯下一片叶子。

就在这时，距离秦不移不足五厘米的窗户后面突然出现一张脸，那张脸因窗户的反光而显得格外瘆人。秦不移吓得一哆嗦，退后了两步，紧抓着手中的叶子喊起来：“鬼啊……”

“鬼叫什么！”窗户被推开了，也还好，在其他住户出来一探究竟之前，秦不移看清了窗户里的那张脸，原本拖得老长的尖叫声戛然而止。

没有了玻璃反光的干扰，秦不移得以看清，那是一个面色红润、精神抖擞的少年，他穿着干净的白衬衫，双手撑在窗台上，像看傻子一样看着自己。

就在秦不移犹豫着要不要和对方打个招呼的时候，少年的视线落在她的手上。他扬了扬下巴：“偷草？”

“是……也不是……”秦不移不知道该怎么解释，两年前，外婆患中耳炎，经人介绍认识了住在这里的田医生，田医生九十多了，但医术高明，只摘了窗台上一片叶子让外婆拿回去碾汁滴耳朵，没几天外婆的病就好了。

后来他们带着礼物上门道谢，田医生没收礼，说是一片叶子的事，以后有需要再来摘就好。

这不，最近秦不移的弟弟又患了中耳炎，但田医生去年辞世，秦不移妈妈带弟弟去其他医院开了几次药都没治好，想到田医生家窗台上的叶子，不知道房子无人居住后，还有没有叶子摘，就让秦不移来碰碰运气。

少年听完秦不移笨拙的解释，直接将其中一株小草连根拔起，递给她：“这是虎耳草，拿回去种着吧。”

“谢谢！谢谢！”秦不移本以为自己贸然来访会被对方斥责，没想到这人心肠这么好，她忍不住问道，

"你是谁啊？你怎么有这里的钥匙？"

"这是我爷爷的房子，我叫田恪之。"

田恪之和秦不移一般大，今年高考结束，九月将要入学中医院，为了生活更自由，他打算提前把爷爷的房子收拾出来，方便开学以后住。

免费拿了人家一株草，秦不移有点不好意思，她想了想，说："我帮你一起收拾屋子吧。"

▶ 盛夏有春心 ◀

秦不移这人没什么大的优点，就是干活勤快，那天下午她帮田恪之收拾了两个小时，愣是把积满灰尘的房间打扫到可以拎包入住。打扫结束之后，田恪之高兴得都想把整盆虎耳草送给她。

"用不了那么多，一株足够了。"秦不移不是贪心的人，只要弟弟的中耳炎能治，她干多少活都乐意。更何况在这两个小时的干活与交流中，两个人聊得还算投缘，离开时田恪之还主动加了秦不移的微信。秦不移忍不住在心里窃喜。

回家之后，秦不移时常看着田恪之的微信头像想找他聊天，但找不到好话题。田恪之这个人无趣得很，朋友圈半年都不更新一条，秦不移连点个赞的机会都没有。

不过就在一个星期之后，秦不移居然再次见到了田恪之，在她报名的驾校里，他俩和另外两个人轮流驾驶一辆车在驾校里绕圈。

"这么热的天气你怎么也想起来练车？"轮到其他人练习的时候，秦不移好奇地问。田恪之抿了抿嘴："假期没事，闲着也是闲着。"

竟然会有人觉得假期闲？秦不移暗暗咂舌。短短两个月她玩都玩不够，要不是被妈妈逼着报名，她才不会来。

说话间，车上另一个学员突然捂着胸口做干呕状，他嘴唇泛白，眼睛也不受控地向上翻着，因为头部撞到玻璃窗发出了声响，教练从后视镜看过来，马上叫正在练习的学员停车。

每年夏天在驾校中暑的学员不少，教练轻车熟路地叫他们把人扶到阴凉处，但田恪之速度更快，已经从书包里拿出藿香正气水，然后给他按起了穴位。

可是……

秦不移很没头脑地问："你为什么会随身带藿香正气水啊？"

"那应该带什么？"

"我以为中医应该随身带那种银针或者是就地摘草……"

"不是每个地方的草都有神奇功效……"

秦不移在田恪之面前狠狠秀了一次智商下限，原以为这就是结束，没想到不知道是田恪之的处置有了疗效，还是秦不移的絮絮叨叨吵到了对方，中暑的学员脸色看起来好了不少，谢过田恪之后，自己照着他的方法按起了穴位。

田恪之空下来，起身看了秦不移一眼，然后伸手从她头发上摘下一片不知从哪里粘上的针状叶子："比如这种就没有。"

秦不移刚才为了看清田恪之的手法，站得离他很近，此刻他一起身，才发现两个人之间只有不足十厘米的距离，秦不移能清楚地看见他眼里的光和鼻尖细碎的汗珠。

也许是十八年来没谈过恋爱的缘故，心动才会来得如此之快，此时明明是盛夏，秦不移却感受到了一阵绵绵春意。

▶ 是谁状态不对 ◀

发觉自己对田恪之动了"贼心"之后，秦不移再也不为需要早起去驾校而感到苦恼，她甚至主动早起准备早餐，想在田恪之面前表现一下贤惠淑良。

秦不移晚上躲在被窝里偷偷给田恪之打电话："小田同学，你是比较喜欢吃西式早餐还是中式早餐？"

田恪之是躺着的，慵懒的声音里微微带着些沙哑："我都可以，早上一起吃？"

秦不移咽了咽口水："我打算早上自己做早餐，给你带一份？"

"好啊，你也太厉害了吧！"田恪之的语气有些惊喜。而得到夸奖的秦不移羞涩一笑，开始想入非非："还行，这不是要把身体吃健康一点避免发生白天那种情况嘛。小田同学，如果我像今天那个学员一样中暑，你也会喂我喝藿香正气水吗？"

"当然，我包里还准备了好多呢。"

“那要是我晕倒了喝不了，你是不是要给我做人工呼吸啊？”

秦不移问出这个问题的瞬间，感觉自己的脸皮已经离家出走了，田恪之的一阵沉默，更是让她忍不住想扇自己两耳光。

糟糕，太急躁了。

秦不移试图解释：“我只是对医学产生了一点好奇心！”

田恪之长长地“嗯”了一声，声音明显变轻了一些：“如果真的有需要的话，那必须做。”

得到田恪之这样的答复后，秦不移第二天整个早上都在想装晕的方案。到底什么时候晕比较合适呢？要找一个相对来讲自然不做作的姿势，还要晕得好看……

因为满脑子的胡思乱想，秦不移被教练骂了无数次：“你是要给大家表演跨栏吗！”

“嗯……嗯？不是……”

“那你还不绕过那条杠。”

“哦……”

“这大白天的你开什么远光灯？照鬼吗！”

“不好意思……我以为我打的是转向灯……”

好不容易熬到自己的练习时间结束，换另一个学员接着练习。坐回后排座位后，秦不移收到田恪之关心的询问：“怎么了？你今天状态不好？”

秦不移在想，要不自己干脆趁这个节骨眼装晕算了，可是她发现田恪之的状态看起来好像比她还糟。

田恪之脸红了，但秦不移可以确定他不是看自己看脸红的。

还别说，田恪之白皙的脸上带着均匀的两团红晕，看起来还挺可爱。秦不移打开手机相机给田恪之看：“你快看看你自己，怎么了？”

“不知道，刚才注意力都在你身上，现在好像有点头晕，犯恶心。”

秦不移一听这话，火速从田恪之的包里翻出藿香正气水，立马送到他嘴边：“快喝，要是你一会儿晕了，我给你做人工呼吸！”

可是田恪之对自己的身体还是有一定的判断能力的，他轻轻推开秦不移的手：“我好像不是中暑。”

以后我都在你前面

在医院陪田恪之挂水的时候，秦不移本就不太聪明的脑袋更加想不通了。

吃了自己做的早餐，让喜欢的男生进了医院，她这也算独一份吧？

早上秦不移准备早餐的时候父母还未起，她看见餐桌上放着的金枪鱼，以为是昨晚拿出来解冻的，没想到是不新鲜了准备丢掉的……

秦不移做了三块鱼饼，因为分量不多，她全给了田恪之，自己只吃了一份火腿三明治。看着田恪之把鱼饼吃下肚时，秦不移还在心里小小地自我感动了一下——她对田恪之可真好，这下她该怎么收场啊……

秦不移一直苦着张脸，吊水的田恪之反过来安慰她：“只是轻微的食物中毒，你别太放在心上，我知道你给我带早餐是好意，不会怪你的。”

秦不移疯狂点头：“我真没想毒害你，那……你明天还吃我做的早餐吗？”

秦不移犹犹豫豫地看着田恪之，但田恪之沉默了，这份沉默让秦不移很受伤。

不过就在秦不移要泄气的时候，田恪之还是开了口，他像是鼓起了莫大的勇气，说出来的话一字一顿、铿锵有力：“吃！当然吃！”

在秦不移看来，田恪之的样子不像要吃她做的早餐，倒像是要慷慨赴死。她只能咧开嘴干笑，祈祷自己第二天能扭转他对自己的看法，消除他的心理阴影。

后面几天早上秦不移给田恪之带的都是粥，夏天粥凉得慢，有时他们要等到到达驾校之后，其他学员开始练习的时候才能吃上。秦不移和田恪之并肩坐在驾校简陋的小亭子里，端着塑料饭盒，感觉他们像两个为了生活努力的工友。

虽然第一次的爱心早餐害田恪之进了医院，但秦不移之后还是补救得很成功。田恪之每天都会夸赞她的手艺，也觉得总是白吃她的早餐很不好意思。

科目二考试前一天，田恪之在练车结束回家的途中对秦不移说：“如果明天我们一把过，晚上我请你吃饭吧。”

“好啊！”秦不移觉得田恪之这个前缀其实加得没什么必要，毕竟大家都是年轻人，他俩简直就是教练提高通过率的希望。

第二天秦不移紧绷着神经超速度完成考试后，迈着雄赳赳气昂昂的步伐走出考场，却发现考场外没有说好会等她的田恪之，教练也不知道跑哪儿去了。

好吧，考试过了，田恪之跑了，她找谁说理去。

秦不移没打通教练的电话，绕着考场附近陌生的居民区转了好久，迷路了……

后来接到田恪之电话的时候，秦不移站在烈日下很茫然，田恪之的语气听起来有点紧张："你到哪儿去了？"

"出考场到之前教练停车的地方，然后左转再右转再左转再左转之后，继续右转……的一棵树下。"秦不移这如同绕口令一般的介绍说完之后，田恪之石化了："你跑那么远干什么？不是说好门口集合吗？"

秦不移感觉自己有点委屈："这不是出来没看到你们，你都不等我……"

田恪之沉默片刻，缓缓说道："那有没有可能，是你出去的时候我还没有考完呢？"

没有，肯定没有！

秦不移现在有点绝望，她努力给田恪之描述周围的景象。庆幸的是，五分钟之后，田恪之出现在她面前。

好家伙，原来她绕着这一片转了一个大圈。

田恪之原本拧着眉头，但见到秦不移那一刻，他的眉头舒展开来，甚至有些忍俊不禁："你怎么像只兔子一样待不住，下次在原地等，我说找你肯定会找你的。"

秦不移为了田恪之请的晚饭，今天属实是超常发挥，S路甚至没踩离合直接过，教练都没想到有学员考得这么快，自己跑一边看人家打字牌去了。

"那你下次考快点，谁知道你这么慢。"

"好，以后我做什么都在你前面。"田恪之的眼神突然变得很温柔，"走吧，去找他们，要跟着我。"

▶ 情绪病 ◀

不管怎么样，考试过了，田恪之也该兑现承诺了。

晚上田恪之请秦不移吃饭，在她大大咧咧地说出"随便"之后，田恪之带她去了一家新开的东北菜馆，吃铁锅炖大鹅。

抵达那家店的时候，秦不移其实已经觉得自己尚未开始的暗恋，可以结束在今晚了。

下午田恪之找到她时对她说的那番话，秦不移还可以想入非非一下，可但凡田恪之对自己有一丁点兴趣，也不会带她来这样的馆子吧。

秦不移真怕田恪之一会儿在招呼她吃饭的时候，举着瓶啤酒跟她说出一番豪言壮语："来吧，老铁，干杯！"

好在臆想中的情节并没有出现，田恪之很绅士地用开水烫了碗筷，然后给秦不移介绍这家店的招牌菜。

秦不移随便点了一锅大鹅和一份蔬菜，吃饭的时候尽量让自己看起来优雅一点，不把油星子溅到衣服上。田恪之好像看出她有点拘束，体贴地问："怎么了？你好像有点不自在？"

秦不移凑近他，小声地说："隔壁桌那大哥发一次言，站起来三次了，我真怕他突然转过来拿酒瓶哐哐砸我脑袋。"

田恪之往那边看了一眼，似乎意识到自己单独带女孩子来这种地方吃饭颇显奇怪。他挠了挠头，很不好意思地说："放心吧，有我保护你，你不管他就好了……吃完饭我再带你去一个好玩的地方。"

似乎是为了补救，之后田恪之给秦不移夹菜倒茶越来越勤快。

冒着大汗吃完这顿硬菜，秦不移带着一身油烟味儿和田恪之走进附近的一幢大楼。不抱任何期待的她推开店门的一瞬间，竟然感到一丝小小的惊喜。

这是一家手作店，全店都是极具少女心的装饰，各种各样的小物件让人眼花缭乱。秦不移在心里暗戳戳地想，一个大直男能找到这么精致的小店，一定是做了很多功课吧！

秦不移面露羞涩，迈着轻快的步伐向里面走去，看起来很面善的店主小姐礼貌地对她说了声"欢迎光临"，随后越过她朝田恪之笑："又来了？几天不见你又晒黑了不少。"

"没办法，练车呢。"

秦不移看着那琳琅满目的货架，忽然不知道该伸手拿哪一样比较好。看来田恪之是这里的熟客，那他上一次是带谁过来的？又做了些什么？如果她也选择重复的东西，他应该会觉得很无聊吧？

秦不移从来没有哪一天像今天一样，如坐过山车般地感受到了悲喜欢愁等数种情绪。她的心不断在期待和失望中反复被抛起又落下，她感觉自己像个被人牵着走的傻瓜。

▶ 僵持 ◀

床头摆着那株绿油油的虎耳草摆件，秦不移已经连着对它说了三天的话。

那天在手作店秦不移本来选好了奶油胶，她问田恪之："奶油胶你玩过吗？"

田恪之点点头："玩过，我可以教你。"

话音刚落，秦不移转头就拿了身后的超轻黏土。

秦不移不想做田恪之和别人一起做过的东西，她把超轻黏土拿在手里搓了又搓，捏成让他们结缘的那株虎耳草。

田恪之显然还记得那株虎耳草，看到成品之后连连夸赞她，可是当时就连夸赞也无法让她开心起来。

那天晚上，秦不移心事重重地回到家，对着虎耳草发了一通牢骚。之后三天，因为考完科目二之后要预约到科三考试才能练车，秦不移没再和田恪之见面，微信上他们也没有聊天。

秦不移骂了虎耳草三天，终于下决心让这份喜欢烂在肚子里。可是第三天晚上，吃晚餐的时候妈妈突然跟她说："上次送你虎耳草的那个男孩，你是不是加了他的联系方式？"

秦不移闷闷地"嗯"了一声，妈妈又说："你问下他，小孩鼻炎有没有比较好的调理方子？他是田医生的孙子，应该也不差，咱们到时候给人家问诊费。"

"一会儿我把微信推给你，你自己问。"秦不移有气无力地说完，就被妈妈毫不客气地打了手："叫你办点事这么难？你们年轻人更好沟通。"

弟弟的中耳炎去医院检查过，是鼻炎引起的，各种西药也用过了，但没什么起色，妈妈想再找找门路。毕竟事关自己亲弟弟的病，秦不移还是主动给田恪之打了电话。

电话接通的时候，秦不移听见那头传来熟悉的店主的声音，田恪之的声音反而很小："喂，怎么了？"

秦不移尽量假装无事发生，用欢快的语气问道："找你问点小事，在哪呢？"

"上次带你来的手作店。"

田恪之说药不能随便开，还是先面诊比较好，秦不移也按照他的指示，拉着自己弟弟到那家手作店。推门之前，秦不移原本已经酝酿好见到情敌该有的悲伤情绪，但当她看到田恪之身边只有她一半高的小姑娘时，她瞬间无语。

"姐姐，你的脸怎么在发光？"小姑娘指着秦不移问，田恪之很体贴地及时相助："姐姐是仙女，仙女都会发光。"

秦不移的弟弟"呵呵"了两声："根本不是，晚上出门还化妆，化得又不好，像个鬼一样。"

秦不移有点尴尬，好在田恪之已经很温柔地把弟弟拉去一旁，让她再次感受到了过山车结束一轮后的心有余悸。

▶ 有几个好妹妹 ◀

田恪之有一个比他小十几岁的妹妹，田恪之作为家里唯一一个闲人，便肩负起安排妹妹课余活动的责任。他找了好久，才找到小姑娘喜欢的这个地方，于是每个礼拜都带她来做手工。

秦不移的弟弟面诊结束后，田恪之妹妹的台灯摆件也做得差不多了。四个人一起去河边散步，两个小孩到处疯跑，秦不移就和田恪之一起坐在台阶上。尴尬再次降临。

田恪之的灵魂发问，秦不移还是没躲过："我这几天每天给你发消息，你怎么都不回我？"

是的，在秦不移伤春悲秋、自我消耗的这几天，田恪之每天都发来消息，只是田恪之发来的消息都好无聊，秦不移觉得他是在"钓鱼"自己。

"早安，今天天气真好。"

"早安，夏季注意防暑。"

"早安……"

秦不移搓着手干笑着："你这不是群发的啊……"

"当然不是！"田恪之瞪大了眼睛，"我哪有那么闲！"

"那你又不说找我什么事。"

"当然是先打个招呼，你回我了我再说什么事。"

"所以，你本来找我有什么事？"

"不练车当然是约你出去玩啊。"

两个人你一言我一语地聊着，牢骚一股脑地吐出来，之后又都被风吹散，心便轻盈了许多。只是很遗憾，这三天的大好时光，因为秦不移的误判和小肚鸡肠，她没能和田恪之一起度过。

一个连续三天发早安消息，一个大晚上在出门前“极限化妆”，在那个夜晚结束之后，两个人之间便多了些暧昧气息。

刚好科目三考试时间也约上了，教练又开始每天带他们练车，秦不移依旧每天早上给田恪之准备爱心早餐，田恪之偶尔会回请午饭或者晚饭。只是不知道是不是因为每天练车消耗的精力太多了，他们之间的关系十分平稳地发展着，始终没有出现什么特别的进展。

秦不移其实还挺享受暧昧，但她害怕田恪之的这份暧昧不只给自己，于是她寻找各种各样的机会，试探田恪之身边还有没有其他关系亲密的同龄女性。

坐在后排等待其他学员练车的时候，秦不移看见田恪之一直在回聊天消息，她目光不受控制地往那边瞟：“大清早的，跟哪个妹妹互诉衷肠呢？”

田恪之微微一笑：“表妹，问我物理题。”

得，上回亲妹这回表妹，他到底有几个好妹妹？

秦不移清了清嗓子：“做你妹妹有这么多福利啊？那你介意再多一个吗？”

“你不会说是你吧？”秦不移的小心思一下就被田恪之戳穿，“你就别了，我可不要没有血缘关系的妹妹。”

虽被田恪之拒绝，但秦不移并没有不开心，毕竟这说明了田恪之也没别的“妹妹”在身边，那她当不当“妹妹”，好像也就无所谓了。

秦不移又问：“那你每天早上除了妹妹们，还会和谁说早安吗？”

田恪之那边的聊天终止，收起手机，很好笑地看了她一眼：“我只和你说，毕竟妹妹们都不会给我做早餐。”

好吧。秦不移撇撇嘴，早餐换早安，没亏，但绝对也没赚。

▶“卧龙凤雏”齐齐挂科◀

连续挨了教练好几顿骂，秦不移终于达到可以参加考试的水平了。科三考试前一天，他们早早去熟悉完场地就回家了，教练让他们好好放松一下。

秦不移闲不住，给弟弟熬汤药。辛夷、苍耳子、鹅不食草，这是田恪之开的三味中药，田恪之让她每天给弟弟熬出来熏鼻子用。弟弟熏得久了，对田恪之的印象越来越深刻。

“姐，要不你把那个中医哥哥发展成男朋友吧，现在看病好贵，药也贵。你要是有个中医男朋友，我觉得咱家生活水平会有质的提升。”弟弟说话的时候不自觉地抬头，秦不移一把将他的脑袋按回养生壶里：“你的思想病了，我改天让他给你治一治。”

“我说真的，姐，那个哥哥好温柔，他看起来和你好配哦。”

“但是他并没有想做我男朋友的意思呢。”

秦不移开玩笑般说出这句话时，没想到弟弟胆大包天，竟然直接抢过她的手机，点开田恪之的头像就发了段语音过去：“哥，我姐想找男朋友，你有兴趣吗？”

秦不移怀疑自己平时给他喂得太饱导致他胆那么肥，跳起来抢过手机就要撤回那条消息，可是因为太过着急，她把“撤回”点成了“删除”……

田恪之的名字下方出现“对方正在输入……”的提示，秦不移连忙发语音过去：“别听他瞎说，我这种仙女向来无欲无求，我俩在玩呢。”

田恪之的输入动作停下了，又过了好一会儿才发来消息：“看来今天不练车，你在家挺闲。”

秦不移有点不知道该怎么回，田恪之的电话又打了过来，秦不移接起，干巴巴地问：“干吗？”

“明天早上教练五点接人，你就别做早餐了，我给你带吃的。”

“好啊，你最好拿红色的饭盒装着，这样我们才能开门红。”

田恪之笑出了声：“能不能不要迷信，怎么，科三你紧张？”

“还行……我妈说科三过了的话，满足我一个愿望，这会儿是有点心理负担。”

“没事，”田恪之安慰道，“要是你没过，我满足你一个愿望。”

田恪之这语气像在哄小孩，但是对秦不移来说很受用。

秦不移的心态不是很好，她知道田恪之是在安慰她，她想了想，说："我不占你便宜，你要是没过，我也答应你一个。"

"好。"

第二天早上，田恪之用红色饭盒装了蛋糕带给秦不移，牛奶买的是旺仔。

可是这顿早餐并没有给他们带来好兆头，秦不移垂着脑袋从考场出来，就得到了田恪之也挂了的消息。

教练得知这个消息后，差点被气晕过去，他黑着脸咬牙说道："你们两个'卧龙凤雏'，是故意的吧？"

秦不移第一次起步没打灯，重来一次起步又没打灯，田恪之第一次会车开了双闪，重来一次会车又开了双闪。这要不是故意的，好像都说不过去……

教练是秦不移妈妈的同学，回去的路上，秦不移灰溜溜地缩在后排座位上听着教练打电话告状，田恪之递来一颗喜庆的旺仔牛奶糖给她压惊。

秦不移天真地问："你妈妈和教练认不认识？"

他们练车的驾校是新开的，学员不多，基本都是熟人介绍，要是有人陪着一起挨骂，秦不移感觉自己会好受一点。

可是很遗憾，田恪之摇了摇头。

▶ 愿望实现 ◀

车上挨教练一顿骂，回家挨妈妈一顿骂，挂科的秦不移很委屈。

还好，晚上田恪之邀请秦不移去江边看灯会，顺便满足承诺她的愿望。

秦不移特地洗了个头，选了条好看的裙子，抵达河边的时候才发现今天是七夕，河上漂着的彩灯都是鸳鸯、喜鹊一类。

秦不移十分满意这个氛围，看见田恪之的时候，觉得自己和他宛如牛郎织女。

田恪之给秦不移带了果茶，冰镇后的葡萄汁吸一口，酸酸甜甜，驱散了身体里由于闷热空气带来的烦闷。

田恪之看起来情绪不高，秦不移被他带着看了一路的灯，他也没说几句话。秦不移忍不住问道："你今天是不是起太早了，状态不对？我以为你能考过的。"

"也许吧……其实我也以为你能考过。"田恪之有些犹豫，"不过挂科我也很开心……"

田恪之其实想委婉一点地说出他想要那个实现愿望的机会，但秦不移很直接地点破："你是故意的。"

这下田恪之不知该怎么答了，他木讷地反问："那你呢？"

"我也是故意的。"

秦不移不想再维持这份暧昧了，她患得患失了一个暑假，说到底是不清楚自己在田恪之心里到底是一个什么样的位置。

要是早知道田恪之这么慢热和含蓄，秦不移可不会等这么久。

早上教练先把田恪之送回家，之后秦不移好奇地问教练，田恪之为什么会选在他们驾校，教练呵呵一笑："那还不是看你在朋友圈给我宣传，过来就问我老带新的话，你有没有介绍费。"

秦不移这才知道，田恪之根本不是太闲，而是因为自己，才选择来驾校学车。

可是他光做不说有什么用啊！秦不移又不能撬开他这张嘴！

秦不移不像田恪之这般沉得住气，她想马上得到一个结果："快说吧，你有什么愿望？你说完我还要说呢。"

而田恪之看了秦不移一眼，又低下了头，因为不敢面对她，闭上眼装作虔诚许愿地问道："我想让你做我女朋友，这个愿望能实现吗？"

秦不移张了张嘴，她没想到憋了整个暑假没表露任何消息的田恪之，选在这样一个浪漫的节日里勇敢了一次。

秦不移抑制不住自己的欢乐，甚至想马上扑到田恪之怀里。但她忍住了，她尽力维持着自己的风度，冲他笑了起来："好巧哦，你和我撞愿望了。"

听到这个回答后，田恪之睁开眼，惊喜地把秦不移拉进了怀里——

还好，还好，他们为了实现这个愿望做出的一切努力，都没有白费！

摄影/繁星 Swan 模特/叛逆的捡捡唯

旧岛看月亮

✽之子于归

你就像是月亮，高高挂在天上，追逐的永远是璀璨的银河，而我只是一座被遗忘的旧岛。

1

又是一年冬，北城下起了今年的第一场雪。

江眠刚刚结束工作，离开办公楼回家，路上便飘起了小雪。

雪花在路灯下飞舞，煞是好看。江眠心思一动，从大衣口袋里拿出了手机。

她拍好照片，准备给林渐发过去，却在即将发出的那一秒，忽然想起，她已经很久没和他联系了。

江眠微微抬起头，有雪落在她脸颊，凉凉的，透进了她心底。

雪花跌进她的眼里，她眨了眨眼，雪花化成了水，濡湿了她的眼睛，她却倏然笑了起来。

“没关系的，”她小声地对自己说，“只要这个冬天过去了就好了。”

2

“喂，同学，你能不能扶我一下。”眼看着林渐就要从她面前走过，江眠连忙开口叫住了他。

他停下脚步，回过头打量了一下四周，发现并没有什么异常，便继续往前走。

这走势不对呀。

江眠想着，然后立马从雪地里爬起来，快走几步上前拦下了林渐。

“你怎么不理人呢？”她小声抱怨着。

“有事吗？”

林渐一脸茫然地看着眼前这个突然出现的，穿着臃肿的白色棉服的少女。

江眠忍不住瞪他一眼，气愤道：“我刚刚那么努力地叫你扶我，你为什么不扶？”

林渐顺着她手指的方向，看向不远处那个人形雪坑，再转眼看着站在自己面前的人，开口：“你不是都起来了吗？”

江眠撇了撇嘴，人却羞赧着没说什么。

林渐也没等她回应，转过身继续往前走。

忽然，一个雪球打到了林渐的后脑勺，让他不由得发出“嗞”的声音，因为冷气顺着脖颈侵入了他的身体。

林渐转过头冷眼看向罪魁祸首，她手里还拿着一个没扔出去的雪球，佯装无辜地冲他摇摇头，表示不是自己干的。

早自习预备铃在此刻响起，林渐没再理会江眠，转而往教学楼走去。尖子班的老师要求学生必须在预备铃响前全部到齐，而他已经迟到了。

一个奇怪的人。这是林渐对江眠的第一印象，而且两人并不认识，她有些过于自来熟了。

但江眠是认识林渐的，他在一中很有名，因为他中考成绩全市排名第二，更是重点班的尖子生。

而江眠认识他，是在半个月前的某次放学后。那天下着大雨，她刚走到教学楼下，还没将伞撑开，身边就出现了两个身影。

江眠用余光瞥了眼，发现自己不认识。

“林渐，我忘记带伞了，你可以送我一段吗？”女同学面带笑意地问。

“抱歉。”他语气平淡地回绝，然后撑伞离开了教学楼，留下女同学满脸尴尬。

可真够冷漠的，江眠望着他远去的背影摇了摇头，然后邀请女同学和她共用一把伞。

她当时只觉得林渐这个人挺好看的，但之后在学校她总能听见林渐的名字，同学提起他都是一脸钦佩，各科老师也会毫不吝啬地夸赞他，除了语文老师。

江眠和林渐是同一位语文老师。江眠是语文科代表，她有时去办公室交作业，就会看见语文老师既惋惜又恨铁不成钢地批改林渐的作业，还见过老师将林渐喊来办公室，问他是不是对自己有意见。

“林渐，都说了这句古文不是这个意思。”语文老师长叹了一口气，“说实话，林渐，你是不是对我有意见，不然为什么这次期中测试，只有语文没及格。”

“抱歉，老师，是我太差劲了。”林渐语气平淡，却说得很诚恳。

江眠正巧在一旁找卷子，听见这话，没忍住笑出了声。她声音其实很小，但林渐就站在她身边，听得很清楚。他疑惑地望向她，似是不解她的笑点在哪儿。

语文老师这才发现江眠也在，再一看林渐，实在是不明白人和人的差距怎么就那么大。

“老师，要不我帮忙给林同学补补课。”江眠笑着开口。

这声音有些耳熟，片刻后林渐皱了皱眉，他这才想起来她就是早上用雪球扔自己的那个人。

“不……”

“我看行，就这样吧。”

不等林渐回绝，语文老师就做主安排了他们每天下午补习的事。

3

林渐是一个很好的学生。

这是江眠给他补习了一个月后得出的结论，但是他的语文水平是真的很差劲，一篇古文花了半个月才堪堪将它背完，更别提让他理解其中的意思了。有时江眠想狠下心让他多抄个十遍，但一对上他那双黑曜石一般的眼睛，她就把这个想法抛诸脑后了。

但好在新的一次月考，林渐的语文成绩突破了及格线。他也因此向语文老师提出终止补课，并再三保证自己会继续保持下去的。

彼时距离这学期期末考试还有一个月，高一下学期就要填文理分科表。

不出所料的话，林渐是要选理科的，江眠也选了理科，但她的理科并没有文科出彩，所以她需要多下功夫。

江眠着急提高自己的成绩，也没在意补课一事，但没想到期末考试，江眠竟然破天荒地考进了年级前五十名，也因此和林渐分到了一个班。

高二开学那天，江眠早早来到学校，在班上占据了有利位置，也顺带着给林渐占了位置。她预想得过于美好，却忘记了班主任说过要按照名次选座位。

林渐第一个进教室选了位置，江眠是倒数第三个进去的。她站在讲台上，环顾四周，发现林渐斜后方还有空位，于是她快走几步坐到了空位上。

等到放学，江眠才有空找林渐聊天。她跟在他身后出了教室，并且一直在林渐耳边叽叽喳喳地说个不停。但林渐却好像没有听见一般，自顾自地思考着物理老师额外布置给他的题。

“林渐，那我们明天再见咯！”

不知不觉，两人走到了十字路口，江眠大喊着向他告别，却换来林渐的颔首。

她是清楚林渐的性格的，他不爱说话，大部分时间都是在做题，所以哪怕他并不会回应自己，她也没有为此感到沮丧。

第二天下午，课表显示有一堂微机课，并且班主任通知可以照常上课，一时间众人欢呼雀跃。

等到预备铃响，整个班的人都齐刷刷地聚在微机室门口，等着老师来开门。

没过一分钟，老师就来开门了，并叮嘱一定要穿鞋套，没穿的就回教室上自习。

江眠跟着同学一起答“明白”，然后她笑着摸了摸自己的外套口袋，但什么也没有摸到。

她明明记得自己早上把鞋套揉成团放进口袋里了，怎么现在找不到了。就在江眠因为自己要回教室上自习而神情沮丧时，眼前突然出现了一双鞋套。

她抬头，是林渐，他又往前递了递，示意她接下。

“谢谢你。”江眠惊喜地一把接过，然后又想到了什么开口道，“对了，你应该有备用的吧？”

林渐点了点头，在看见她穿好鞋套进了微机室后，自己却转身下楼回了教室。

等到老师把微机室大门关上后，江眠往周围看了看，才发现林渐没在。她低头看了一眼自己脚上的鞋套，心想该不会是林渐没有备用鞋套吧。

一想到林渐把鞋套借给了自己，江眠便觉得坐立难安。等到下课铃响，她第一个冲出了微机室。

江眠气喘吁吁地跑到林渐的座位前，向他道歉。

“对不起，林渐，早知道我就回来上自习了。谢谢你。”她既觉得抱歉，又为此感激林渐。

“不需要。”林渐表情淡漠，举起刚刚做完的试卷说，“恰好我有了更多的时间来做题。”

江眠脸上的感激瞬间变成尴尬，原来是她自作多情了。

那天放学回家，他们走出校门没多久，就在路上遇见残疾人乞讨，江眠将身上所有的钱拿给了他。

“你这样做是没有意义的。”等到他们走过那条街后，林渐忽然开口。

“虽然我知道我能做的不多，但遇到了，”江眠眼中带着笑意，“能帮就要去帮一下呀。”

林渐只是淡淡地看了她一眼，脸上却没什么表情。

4

时间倏忽而逝，冬天也来得悄无声息。

经过新的一次考试，江眠得以顺利和林渐成为同桌。今年她的农历生日在元旦，就是明天。为此她还特意旁敲侧击地告诉林渐，说如果有人能送自己生日礼物就好了。

也不知道林渐有没有听懂她的暗示，她期待了很久。可是等到第二天，林渐却没有任何表示。

“唉！”江眠叹了口气，用眼角余光瞥了一眼正在做题的林渐，加大了声音说，“我妈说今晚要为我准备大餐。”

说完，她又看了眼林渐，见他没有丝毫表示，她想了想，不如干脆直接说吧。

“林渐，我的生日礼物呢？”

林渐停下笔，转过头茫然地看着江眠，他想了很久，也没想起任何关于江眠生日的事。

“抱歉，我……我忘记了。”他有些无措。

“那你能记住什么？”她生气了。

“牛顿第一定律，万有引力定律和相对论……”见她脸上表情越发难看，林渐不由得闭上了嘴。

“我不管，你答应了要送我礼物。”江眠开始胡搅蛮缠，其实他并没有答应过。

林渐陷入沉思，他绞尽脑汁地想着“解题思路”，但无论他怎么预设，最后得到的都是“无解”。

林渐觉得江眠比任何一道物理题都要难。

那一整天，江眠都没有在他耳边叽叽喳喳，整个人安静得不像话，而且她还特意用书本在课桌中间堆成“城墙”，阻挡两人交流。

明明这份安静对林渐来说应该是求之不得的，可是他却觉得无所适从。

晚自习前，林渐在食堂吃完饭回教室，路上看见有人在送苹果，他随意地看了一眼，两人先是表情严肃，然后女同学一脸羞涩地将贴着便签的苹果送给了男同学，下一秒男同学就控制不住地笑了起来。林渐不由得多看了几眼，顺势看见了便签上的字。

原来只需要四个字就能哄人开心呀。

他似乎明白了什么，回到教室，找出便签写上四个字后，越过“城墙”，递给了江眠。

江眠不甚在意地接过，她先是淡淡地瞄了一眼，下一瞬灼热感顺着脖子席卷到了脸颊。她满脸通红，似是不可置信。但她眨了好几次眼，纸上还是那四个字——蒹葭之思。

之后，江眠将便签收好，默默推倒了“城墙”，又一如既往地和林渐交流。林渐看着书本被江眠重新放回桌肚，暗想这四个字还真管用。

某天下午，橘黄色的暮光穿过教学楼，投射到楼道，台阶上洒下一大片落日余晖。

林渐被物理老师叫去办公室商量竞赛的事，江眠想到语文作业还没从办公室抱来，就跟着他一起往办公室走去。

他们走到楼道就看见了这样的美景，林渐走得很慢，而江眠留恋落日，也不由得放慢了脚步。

迎面走来一大群穿着篮球服的少年，就在彼此将要错开时，他们却突然停下脚步，拦下了两人。

“去哪儿呀，林大学霸？”一人抱着篮球问得吊儿郎当，脸上还有一丝调侃的笑意。

还没等两人回答，其他人跟着起哄：“我看是去约会吧！”说完，哄笑声便不绝于耳。

林渐一心沉浸在之前还未解出来的难题中，只觉得他们聒噪，皱了皱眉，也没有注意他们说的什么，随意“嗯”了一声。

却不知跟在他身后的江眠听见这声“嗯”，脸颊倏地染上一抹绯红。

事后江眠扭捏着，去问林渐，发现他一脸困惑，她才知道他并没有将这件事放在心上。她摇了摇头，在心里笑话自己想得太多。

5

时间的手撕下了许多张日历，高三来得悄无声息。距离高考还剩两个月时间，班上的气氛已经越发紧张。

这天早自习前，班上的同学突然嚷嚷着要折纸飞机放飞梦想，于是下一瞬江眠就看见满教室的人都跑到窗户前，放飞纸飞机。她也从课桌里拿出新本子，撕下两页，折了两架纸飞机。

“林渐，快来，我们也来放纸飞机吧。”她小跑着到了讲台那边的窗户处，招呼林渐过来。

林渐迟疑片刻，还是放下笔起身走到江眠身边。

江眠见状，笑着朝他递来一架纸飞机，嘴上还催促着：“他们都说飞得多远，梦想就有多远，林渐，我们的纸飞机肯定是飞得最远的。”她说得很肯定。

“这是没有意义的。”林渐虽然这样说，但还是伸手接过了纸飞机。

之后他随手一扔，那架纸飞机飞得很远很远，瞬间就没了影。

江眠也笑着将手中的纸飞机扔出去，但出乎意料的是，纸飞机没能飞起来，而是直接跌落在她脚边。

她的笑意瞬间凝固，脸色难看极了。

见江眠哭丧着脸，林渐皱了皱眉，破天荒地多说了很多话。他花了几分钟解释纸飞机飞行的原理，最后让她别放在心上。

但那天江眠的情绪前所未有的低落，等到放学了她还是一副闷闷不乐的样子。街灯照着两人，将他们的影子拉得很长，林渐看着地上江眠低着头的影子，莫名有些难受。

他不自觉地停下了脚步，抬头望了眼天空，忽然发现了什么，不由自主地上扬了嘴角。江眠不知道林渐已经停下了脚步，一时没注意，一下子撞到了他的背上。她下意识地道了句歉，然后摸了摸自己被撞得有些痛的额头，继续往前走。

“江眠。”他蓦然叫了她一声，“你看，星星好亮。”

江眠抬起头，确实有一颗星星分外明亮，它就在弯月旁边，却没有被它遮住光辉。

她一下子就来了兴致，惊喜地说：“是真的耶，那颗星星真的好亮，而且……”她笑了笑：“这还是你第一次让我干什么，真是不容易，等回家了我就写日记去。”

“嗯，就写‘4月6日，星期一，天气晴朗，心情愉悦，因为林渐那个冷漠鬼让我看星星’。嘿嘿。”

彼时，她为他少见的主动而兴奋不已，却不知离别就在眼前。

6

两个月后，高考结束，高三的生活也彻底结束。江眠打电话约林渐去南山看荷花。

“明天下午两点，别忘记了哟。”她在电话里再三强调。

但是林渐并没有来。

那天江眠在南山等到了晚上八点，林渐都没有出现。

她给他打了很多通电话，却始终无法接通。

等到第二天，一大早江眠就出了门，她想去找林渐问个清楚。她是知道林渐家住址的，从她家过去只需要十几分钟。

江眠按了好多次门铃，才听见门内有人走动的声音。

门一打开，她就迫不及待地开口询问："为什么昨天……"

江眠没说完的话卡在了嗓子里，因为她看见林渐脸通红，明显状态不佳的样子。

她伸手摸了摸他的额头，很烫，是发烧了。江眠赶紧把林渐拉去了医院。

在医院输了几个小时液后，林渐的精神明显有所好转。

"抱歉。"他看着为他忙前忙后的少女，有些愧疚。

江眠却冷哼一声，说："发烧了为什么不来医院，而且你都烧一天了。"

"我以为只要睡一觉就好了。"林渐的眼睛湿漉漉的，就像是雨后荷叶上的露珠一般，惹人怜爱。

江眠一下子就心软了，便不再说他。她蓦然想起林渐父母在国外工作，所以他常年都是一个人在家，不清楚也是正常的。

"那你前天去干什么了？还把自己搞发烧了。"她长叹了一口气，只觉得林渐很笨。

"南山看荷花，但你没来。"

江眠从他的话里还听出了一丝委屈，但她转念一想，不对呀，她明明约的是昨天。

"林渐，你是不是又记错了！"

说这话是有依据的，寒假的时候，江眠约他去看演唱会，但那次她一个人看完了整场演唱会。事后她生了好几天的闷气，直到一周后，林渐打电话问她在哪里见面的时候，她才知道是他记错了时间。

想到这儿，江眠又觉得好笑，明明在学习上聪明得不像话，但偏偏在其他方面，他的记忆力特别差劲。

江眠默认林渐和自己填报了同一所大学，所以她一直没问过林渐。直到大学报到的那天，她才知道，原来他俩并不在同一所大学。

江眠在N大报到完，就跑去隔壁的C大找林渐。

她到C大报到处，发现他被人簇拥着，其中不乏C大的老师，都在夸赞他物理学得太好了。

江眠刚想默默离开，林渐忽然看见了她，朝她递来个眼神，之后他对身边的老师说了句什么，便走出了人群，来到了她身边。

"江眠，你找我有事吗？"他问。

见周围人一直盯着他们，江眠不自在地将林渐拉到报到处，直到避开人群后，她才不满地问："你怎么会来C大？我们不是说好一起去……"话刚说到这里，江眠倏然想起，当初她提起自己要考N大的时候，林渐说了句C大的物理专业更好。

而且林渐也从没有给过她确切的回应，这只能算是她一个人的一厢情愿。

所以，她只是笑了笑，说"没什么"，眼神却暗了下去。

林渐见她兴致不高，想起自己之前经过校门外的街道，看到有个老爷爷正在卖棉花糖。

于是他拍了拍江眠的胳膊，示意她跟自己走。

约莫十分钟后，他们找到了卖棉花糖的老爷爷。林渐犹豫了一会儿，最后买了兔子图案的棉花糖。

直到棉花糖放在江眠手上时，她才反应过来，林渐是在哄自己开心。

她张开嘴咬了满满一大口棉花糖，不算好吃，甚至有些腻，但她却觉得前所未有的甜。

7

知道林渐要出国的那一天，北城恰好下起了第一场雪。

江眠一个人裹着围巾出了校门，她想到了林渐刚刚拒绝自己的逛街邀约，说有个课题还没结束。

三年来，林渐答应她的次数屈指可数，每次不是实验未完成就是课题没做完。

算了，江眠心想，既然他出不来，那自己就拍了照给他看看吧。

她刚把照片发过去，迎面就走来两个女生。就在她们将要擦肩而过时，江眠听见了林渐的名字。她迟疑了一下，脚步一顿，转而跟在了两人身后。

“说起来，C大的留学名单下来了吧。”

“早就下来了，我前几天还看见里面有林渐。”

“林渐呀，我知道他，物理特别好那个，他出国不是应该的吗？”

……

后面的话江眠没再听下去，她停下脚步，一脸迷茫，她不明白，为什么林渐从未提过留学一事。

就算无关其他，但两人总算是朋友吧，有什么是朋友也不能说的吗？

雪还在下个不停，江眠已经无心看雪，她快速转身，小跑到C大校门口，打电话约林渐出来。

“课题还没……”电话那头，林渐还想拒绝，江眠却立马打断他的话。

“是很重要的事，林渐，”她言辞恳切，“我想见你。”

数十秒的沉默后，那边“嗯”了一声。

五分钟后，林渐就出现在了江眠面前。

他显然出来得很匆忙，只穿着一件黑色大衣，脖子裸露在外面，白得发光。

江眠眨了眨眼，将围巾取下给林渐戴上。

“是什么重要的事？”围巾还残留着一丝温热和一缕若有似无的茉莉花香，林渐忍不住轻嗅了一下。

“林渐。”

江眠看见他戴着自己的米白色围巾，整个人柔和得不像话，便将自己来时的想法忘了个干净，倏地喊了他一声，心里升起了一股巨大的勇气，她想是时候了吧。

总该是时候了吧。

她抬起头，紧盯着他。

“如果，如果我看你看过的书，听你听过的音乐，走你走过的路，那……”那么这样的我，算不算多靠近了你一点？

而林渐脸上的神情始终是淡淡的，并没有因为她的话，产生任何变化。

江眠就这样止住了话头，她忽然觉得没必要了。

她想起高三那年折纸飞机一事，似乎命运在那时就对她和林渐做出了判定——他乘梦万里，踪影难觅，而她跌落云间，黯然失色。

“林渐。”江眠再一次喊了声他的名字，没等他回应就继续说，“你就像是月亮，高高挂在天上，追逐的永远是璀璨的银河，而我只是一座被遗忘的旧岛。”她哽咽着，无声哭泣，泪水顺着脸颊流进她的口中，她尝到了苦涩的味道。

漫长黑夜里，她亮着一盏不肯熄灭的灯，等着一艘不回航的船。

最后结果无非是，灯灭了，旧岛被海水淹没，了无痕迹。

“我……”她强压下嗓子里的哭腔，“我不想随着时间的消逝，一步步被海水吞噬。旧岛也想要看星星的，所以林渐，我就不跟着你了，祝你……祝你一路顺风。”

“也祝你，得偿所愿。”她最后这样说。

她一直在等，等他停下，等他回头。

等到最后，她开始怀疑自己的喜欢，对他来说是不是一种负担，留学一事就像是一个契机，让她彻底认清了现实。

而现在，她终于决定不再等了。

毕竟这么多年，他一直在往前走，从未想过回头。所以他从来不知道，她追赶他的身影有多么努力。

8

来美国后的很长一段时间，林渐都在失眠，他会无端想起很多高中的事——比如校门口的积雪，比如曾经做到一半的物理试卷，又比如江眠。

最开始发觉自己和平常人不太一样是在小学。林渐不喜欢和别人交流，大部分时间都在做题，不管多难的数学题，他总是数十秒就能得出答案。为此老师打电话给他的父母，商量要不要让他跳级一事。

林渐的父母很忙，打电话也只说了句“看着办就好”，就挂了电话，留下老师尴尬地看着林渐。

最后来到学校的是林渐的奶奶，她拒绝了老师，说他也只是个普通人，不需要做另外的安排。

离开学校后，奶奶带林渐去医院做了测试，结果出来，医生诊断他有阿斯伯格综合征，最主要的特点就是情感交流障碍，不能体会他人的情感。

奶奶看着他，一脸担忧，怕他不合群，林渐却不甚在意，他巴不得天天待在角落做题。

后来中考因为语文作文没写完，他低了别人三分，成了全市第二。

一中什么都很好，除了有江眠。她很奇怪，也很聒噪，偏偏语文老师找她给自己补习。

每次他写物理试卷，写到一半，江眠就会捧着课本出现，让他背诵，还威胁他不照做就把他的卷子全部藏起来。

这威胁其实一点用也没有，因为林渐有很多套卷子。但他还是妥协了，大概是因为已经很久没人缠着自己说话了。

高二分科，两人成了同班同学。也是从那之后，他身边到处都有江眠的影子。

在没遇见江眠前，林渐就对自己的未来做了很好的规划，C 大是其中一个目标。他不喜欢做计划之外的事。所以填报志愿的时候，他迟疑数秒，最后还是选择了 C 大。

在 C 大的三年，他一直忙着学业，闲暇时也会和江眠见一面，但两人见面的次数屈指可数。

直到那天，他接到江眠的电话，她的声音急切，林渐第一次暂停做了一半的课题，离开实验室去见江眠。

彼时林渐已经在实验室熬了好几个夜，头脑昏沉，意识有点模糊，所以她说了很多话，他并没有全部听懂。

他只记得她说自己是旧岛，他是月亮。可明明，对于林渐而言，江眠才是那轮明月，而他才是那座旧岛。

但江眠没有给他说话的机会就离开了，再之后他就联系不上她了。后来，他开始准备留学的相关事宜。

去年他来美国留学，彻底失去了江眠的消息。

元旦那天，林渐从实验楼出来，发现校园里的情侣较平常更多。

他也没多想，继续往租的公寓方向走。公寓离学校不算太远，走路只需要半个小时。

天渐渐昏暗下来，走到一半，林渐忽然听见了呼救声。他循声望去，有人抢劫。

他本是准备径直离开的，可就在那一刻，他耳边忽然响起了江眠的声音，她说："我知道我能做的不多，但遇到了能帮就要去帮一下呀。"

所以林渐先拨打了报警电话，然后回过头将被抢劫的妇女护在身后。

对峙过程中，劫匪用刀刺伤了他。

林渐失去了力气，一下子倒在了地上。明亮的街灯让他忍不住眨了眨眼，腹部的伤口很痛很痛。

尖叫声、警车的鸣笛声以及救护车的声音不绝于耳，周围喧闹极了。

林渐却感到前所未有的安静，他的意识开始变得模糊，半梦半醒间，他忽然想起一桩旧事。

高三那年放纸飞机，江眠的那架纸飞机没能飞出教室，他看见她脸上沮丧的神情，心里一慌，一大段解释纸飞机为什么飞不起来的话从他口中说出。

现在再回想，他明明想说的是，江眠，别难过。

但好像已经来不及了，有雪落进他眼里，好似泪水。

然后，他慢慢地，慢慢地闭上了眼睛。

尾声

元旦那天，今年的第二场雪悄然而至。

这天恰好是周末，江眠被好友邀约去逛街，她站在路边等待好友，迎面走来一群学生。

"昨天的那张测试卷真的好难呀。"女生抱怨道。

"那还不是因为你笨。"男生打趣着，然后往前小跑了几步。

"你好烦哟。"女生瞪着他，跟着去追。

"好了，你俩别打情骂俏了，再不走，苹果就要卖完了。"一旁的朋友催促着两人。

……

穿着校服的少男少女，嬉笑着从她身边跑过去。江眠下意识地勾起了嘴角，她想到了自己的高中，好像也有过这样的时候。

"去哪儿？"鹅毛般的雪飘下，从她的眼前坠落，江眠倏然开口。

但无人回答。

只有风，只有风路过她身边。

江眠也不在意。

好一会儿，她看向不远处明明灭灭的街灯，才自己轻声回答。

眠于玫瑰，眠于雪

✻水生烟

①

山里的春天来得比较迟。

一路上，陆灿阳开着车窗，感觉气温至少比市里低了五六度。

市里公园的桃花已经开败了，山里的杏花枝上才刚涂上了星星点点的粉红。但只要一夜春风，那些饱满却收敛的粉红就会撑不住地绽开成团团浅粉，晕开了，涂匀了，像是给路边、山旁上了一层轻妆。

两个小时前，心神郁郁的陆灿阳下错了高速口，他信马由缰地往前开，等到发觉这条洁净的柏油路通往一个名叫望春山的景区，索性驱车直入。

望春山仍在开发中，村口的公共停车场正在建，大概因为是周末，游人不少，大大小小的车辆都停在路边。

陆灿阳在一棵大槐树下找到了停车位，挨着一家民宿，门边的木牌上写着墨色字“有间小院”，字体圆拙，十分可爱。

就是这里了。陆灿阳想着，视线一转，才看见大槐树下的两个人，女孩举着块牌子正朝树上挂，中年男人一抬手就扯下来了，于是他俩争执起来。

陆灿阳一时搞不清他们在争辩什么，偏偏他又踩在停车线上，于是探头问："这里可以停车吗？"

女孩的反应快一些，抬手朝他挥了挥手里的木牌：免费停车！

男人跟着反应过来，喊道："停车十元！"

陆灿阳忍不住笑了："你们到底谁说了算？"

"当然是我，我是老板！"女孩声音脆亮地说着，让出位置来，顺手将那男人也拉扯得退后了两步，在男人不满的抱怨里，她瞪着眼，"叔，你别跟我捣乱！"

起风了，老槐树的枝杈轻轻碰撞，发出微响，像是正在唤醒沉睡的枝芽。

"有间小院"不算小，是改建过的三层楼房，除增添了现代化设施之外，仍保留着山里人家的洁净素朴。

给陆灿阳办理入住的是位银发挽髻的奶奶，爱笑，整个人看上去既亲切又温暖。

奶奶给他推荐了三楼靠边的那间房，说清早一推窗，正对着远处的两山垭口，刚好能看到红亮亮的朝阳喷薄而出。

先前院外与人争执的女孩走进来，边走边打量着手里的花束，折了小小的一枝香槟色洋牡丹簪在奶奶的发髻上，又将剩下的一整束插进花瓶。

奶奶正与陆灿阳说话，被打扰到了，就转头嗔那女孩一眼，脸上的笑容也愈发灿烂。

女孩穿着宽松的牛仔衬衫，袖口直卷到了上臂。她的笑容温煦，却自持，也像三月。

后来的陆灿阳常想，哪怕到了垂垂暮年，他也会在梦里见到当时的自己：透窗而来的明亮春光里，身高一米八的男青年忽然羞涩起来，他手脚无措，心底慌乱不已，像春之惊蛰，像银瓶炸裂。

②

陆灿阳不是特意出来游玩的。

二十年前，父母离婚的时候，他五岁多，记忆是一些模糊的碎片，在脑海里时常闪现。

母亲离家时，头也不回地朝前走，留下小小的他在身后声嘶力竭地号哭。

后来，父亲再婚。再后来，听说母亲也再婚了，去了别处生活。

在十多年时间里，他没有见过亲生母亲一面，甚至失去了联络。

平心而论，继母待他不错，但他心里总牵念着亲生母亲。他有时甚至会想，母亲之所以没有音讯，是不是因为身体不好、生活艰难?

他毕业后留校任教，工作刚稳定下来就想方设法找到了母亲的居住地和联系方式。

那串号码保存在通讯录里，他不敢拨通。他已经忘记了母亲的声音。

于是他索性寻了个空，径直找了过去。

看起来母亲过得还算不错。他拘谨地坐在沙发上，无处安放的目光一遍遍掠过母亲的家居、衣饰、面目表情。对于他的贸然到来，她显然尴尬多于惊喜，这让他心里很不好受。

后来他从母亲家里出来，心情复杂地开着车，结果走错了路。

陆灿阳在"有间小院"安顿好，发觉肚子饿得咕咕叫，才想起午饭忘了吃。

到了餐厅，店主秦葳葳礼貌且为难地告诉他，厨师刚下班走了，奶奶却热情地说："我和葳葳正准备吃饭，不介意的话，你和我们一起吃吧？"

那是下午三点钟，春阳流金般照耀着小院内外。

陆灿阳一辈子都不会忘记那餐饭，因为他在饭桌上哭了，而且哭得十分狼狈。

当时，奶奶一边给他盛饭，一边唠家常似的告诉他，因为要忙店里的事情，她们祖孙俩一直都错开时间吃饭。

主食是黏糯的黄米饭，菜有两个，韭菜炒蛋和腊肉红菜薹，因为多了一个人吃饭，秦葳葳又快手快脚地做了一道荠菜豆腐羹。

"菜是自家地里长的，蛋是走地鸡下的，孩子，你尝尝。"奶奶一边说，一边又将菜盘朝他面前推了推，"你不要客气，这顿饭不收钱，是奶奶请你吃的。”

也许是饿惨了，陆灿阳觉得饭菜香极了，奶奶在旁边不时搭话，气氛温暖而祥和。

直到秦葳葳半开玩笑地念了两句诗：“夜雨剪春韭，新炊间黄粱。”

这句诗本来十分应景，可陆灿阳却蓦地想起了诗中的另外两句：“怡然敬父执，问我来何方。”

他联想起母亲乍见他时的陌生眼神，心里猛地一抽，眼泪夺眶而出。

他本以为，这样的一顿饭会出自母亲之手，类似的安慰也会是出自母亲之口，然而……

他哭得像个孩子，可他控制不住，压抑的情绪终于找到了突破口。

奶奶安慰地轻拍着他的背：“好孩子，是不是遇见难事儿了？”

直到他擦干泪水，秦葳葳才笑着说：“原来我们家的饭菜，还能把人香哭了呀？”

陆灿阳点点头：“是啊！”

③

山村的夜晚似乎来得早些。

暮色刚拉开朦胧的雾纱，院里院外的树枝上就亮起了无数星星形状的黄色小灯。

后窗里望得见一片菜园，秦葳葳正拉起水管，准备浇灌覆盖着塑料薄膜的菜畦。

陆灿阳觉得自己应该去帮个忙。可他想要接过水管的时候，她却看着他笑了：“别弄脏了你的衣服。”

陆灿阳刚才一鼓作气地奔下来，这会儿倒有些不好意思了，好在暮色如雾，没人看得出他脸上的微红，他说：“今天下午……很失礼，不好意思！”

秦葳葳把手中的水管举高了些，看水雾扬洒，像菜园里局部有雨。

微风轻轻吹来，空气里氤氲着泥土湿润的气息，淡淡潮意扑在脸上清凉而舒爽。

她问：“那你现在好些了吗？”

淅淅沥沥的水声里，他提高了声音：“好多了！”

秦葳葳也释然一般，声音脆亮了不少：“帮我关一下水龙头！”

“虽然我不知道你发生了什么事，但失恋失业失亲失自由都是人生至苦，熬着，都会过去。”他们朝院子里走时，秦葳葳这样说，又笑了笑，“不好意思，我又班门弄斧了。”

“不，没有，你说得很对。”陆灿阳局促而真诚地说，忍不住又问，“这里只有你和奶奶？你父母呢？”

“不在了。失恋失业失亲失自由，除了自由，我都失去过。”秦葳葳坦白道，声音很轻，“你知道那种夫妻搭帮跑长途的大货车吗？十年前在西南，他们一起离开了。”

“对不起！”陆灿阳心里一酸，他看着她，猜测着她的年龄，愈发心酸，“对不起！”

“你看，我是不是比你更惨？”她仰脸看他，初现的星光全在她眼里，晶莹如泪滴，“幸福是比较出来的，所以不管你遇到什么，都会过去的，开心点！”

她边说边朝前走了，陆灿阳跟上她的脚步，认真地纠正着：“我不想和你比较这个！”

秦葳葳笑了：“我是在安慰你，听不出来吗？”

隔了好一会儿，她已经走远了，他才低声说：“谁想要你这样的安慰。”

第二天，陆灿阳从望春山下来时，已经是中午了。天气和暖，他只穿了一件白色T恤，将脱下来的深蓝色衬衫搭在胳膊上，刚好虚掩着手里的东西。

小院餐厅已经客满，连奶奶也在帮忙。

有人在和秦葳葳搭话，问她民宿的名字是不是出自庄子的《养生主》：“以无厚入有间，恢恢乎其于游刃必有余地矣。”

秦葳葳笑容温和，却不肯多言：“不是。”

奶奶笑着接话：“山里孩子，哪知道什么庄子、村子，就是随便起的名儿。大家慢吃，需要什么尽管说话。”

陆灿阳抬眼去看墙上写着“有间小院”的木牌，转头时，刚好对上了秦葳葳的视线。

目光相碰的瞬间，很奇异，仿佛没有交流任何内容，又好像相知若干。

陆灿阳掀开搭在手臂上的衬衫，露出了在景区门口买下的两枝淡粉色辛夷，大约有八九个花头，枝节舒展，十分漂亮。

他随手捡了个空酒瓶，将辛夷花插进去，放在窗台上。

④

下午，陆灿阳午睡起来，散步出了小院，见大槐树上“免费停车”的牌子又被换成了“停车十元”，昨天见过的中年男人正坐在树下玩手机，不时抬眼望一望路过的人和车。

陆灿阳去车上拿了点儿东西，也是闲来无事，就走到树下和男人打了声招呼。

大槐树不知长了多少年，粗壮的根系遒劲，纠缠着嶙峋石块，直伸进泥里、水里。

他问这树有多少年了，男人答了，又问他从哪里来，他也答了，一来二去，两个人就聊了几句，男人很快就开始向他抱怨秦葳葳了，摇头叹息着：“我这侄女啊，傻！到这里来的客人，谁会缺这十几二十块钱？”

陆灿阳不好接话，只是笑。

一抬眼，他看见一个女孩骑着粉色电动车转过弯路，正朝这边过来，因为戴着头盔，他不太确定是不是秦葳葳，就问他：“是你侄女回来了吗？”

他没想到，男人朝路上张望了一眼，回头就想往大槐树后边躲，觉得陆灿阳站在那里有些碍事，他还推了他一下。

陆灿阳本来就对地形不熟，又被什么东西绊了一下，趔趄着，踩到了河岸边，随着刷啦啦石子泥土的一阵响，他的一条腿顿觉清凉，幸亏他眼疾手快地抓住了一截凸起的树根，不然整个人都要滑进水里去了。

秦葳葳丢下电动车跑过来，一边伸手拉他，一边对呆若木鸡的叔叔喊道：“愣着干什么？快来帮忙！”

除了脚踝擦破皮流血，陆灿阳没受什么伤，但衣服鞋子全脏了。

他觉得十分狼狈，回想自己落水的整个过程，他郁闷得一个字都不想说。他自认虽算不上运动健将，但从小到大的体育成绩至少是达标的。

秦葳葳要带他去医院，他执意不肯，嘴里只有一句话：“没事没事！”

他卷着一边裤腿径直朝小院里走。擦伤还是有点疼的，不过他咬牙忍住了——咬牙时，他又发觉嘴里有土，咯吱响。

行吧，也忍了。他一边走，一边听着身后的小秦老板教训她叔叔，她戳着他别在腰上的钱包：“数数你这仨瓜俩枣，够不够赔人家的医药费？”

陆灿阳觉得又好笑又无语。他看见她的粉色电动车倒在地上，两个小纸箱和三四个快递袋也散落在地。

微风轻拂，似乎毫无愁绪和苦痛，明明很狼狈，却又让人生不起气来。

陆灿阳上楼就把自己关进卫生间洗漱，秦葳葳敲了敲门，提高声音告诉他，医药箱给他放在门口了。

等他从卫生间出来，发现自己又有了新窘境——脏了的衬衫和裤子已经塞进水盆，而他没带换洗衣服。

算了，他想，索性就不出门了。

又过了一会儿，房门再次被叩响，陆灿阳应了一声，飞快地跳到床上，扯上被子盖住了自己。

然而门外的人像是深知他的窘境，房门没有开，只传来秦葳葳的声音：“衣服给你放在门口了。不太好，你将就着穿。”

听着脚步声渐渐远了，陆灿阳蹑手蹑脚地打开房门，取回了他的新衣和新鞋。

嗯，小秦老板说的确实不是客气话，附近的镇街不大，可挑选的衣帽服饰更是有限，她买给他的新衣和新鞋都是假冒的某个运动品牌，而且假得很明显。

陆灿阳失笑，拿起手机给秦葳葳发了条消息：“谢谢！”

⑤

第二天早晨，陆灿阳准备离开了，穿着他的冒牌衣裤和冒牌鞋，洗过的衣服和鞋子还晾在阳台上——不是他忘了收，而是他知道自己还会回来。

吃早餐时，秦葳葳问他：“脚还疼吗？”

他摇摇头。其实早上起来不止皮肉疼，连筋骨也像抻到了似的，酸疼。

时间还早，餐厅里没几个人，秦葳葳看着他，看着看着，她就笑了，却努力抿平了嘴角。

陆灿阳知道她是想起了自己昨天的狼狈样子，有些不好意思，低声道："不许笑！"

秦葳葳却笑出声来："不好意思，以后你来，我全部免单。"

"说话算数？"

"当然！"

"这还差不多。"陆灿阳一本正经地板着脸，说着，却又装模作样地问，"带朋友来也能免单吗？"

秦葳葳仍笑，答得认真："朋友可以打折，你免单。"

陆灿阳对这个回答相当满意。

回城的路上，他看见路边的杏花全开了，像一树一树的粉团，衬在蓝天白云下，轻轻柔柔的，煞是好看。

他回到学校，就被许多工作包围了，加上他并不是个话多的人，而秦葳葳显然更加敏感内敛，所以在将近半个月的时间里，除了问候他的脚伤，两个人再没说过别的话。

只是，在许多时光间隙里，望着窗外的蓝天流云，陆灿阳明白自己心里的眺望。

一天晚上，他从衣柜里拿出次日要穿的衬衫时，不小心碰掉了挂在一旁的冒牌运动衫，他捡起它，心底忽然漫出了勇气和冲动，他想联系她。

世间所有的搭讪都无聊至极，关键在于面对的那个人是谁。

陆灿阳问她"有间小院"名字的来处，秦葳葳回复他，是《养生主》中的两句。

一来一回，陆灿阳相信在秦葳葳眼里，自己与普通游客确有不同。至少，他们可以是很好的朋友。

他们的联系渐渐多起来，也开始了解对方的一些事情。

秦葳葳二十二岁，大一没读完就退学了，当时是因为要照顾生病的奶奶。

奶奶出院后，秦葳葳没有再回学校，她做过公司前台、化妆品推销员、便利店收银员，直到望春山景区开发，她带着奶奶回到老家，用父母留下的赔偿金开了这间民宿。

刚拿出那笔钱时，她很忐忑，想到父母，有时候就忍不住大哭，奶奶安慰她："不怕哦，奶奶在呢，我们葳葳什么都不怕！"

说到这些时，她告诉陆灿阳："等到真的出发了，也就顾不得害怕了，因为没有回头路，只能硬着头皮往前冲，遇到什么便是什么。"

因为改建了老宅，叔叔便觉得这民宿有他一份，因此常来探看，总想插手经营。

开门做生意，免不了遇见这样那样的困难，最直观的便是客人的刁难和搭讪，除此之外，还有同行竞争，甚至食客的醉酒斗殴。

她说："我有时候也会想，如果当时没有退学，现在会不会好一点……"

但凡陆灿阳勇敢一点，嘴甜一点，或者说他再圆滑一点，他大概会说"你已经很好很好了"。

因为他心里就是这样想的，只是他不习惯这样讲话，也说不出口，因此他问："你需要我帮你做点什么吗？"

⑥

槐花开时，秦葳葳给陆灿阳发了段视频。

奶白色的花串和着风，在绿叶间轻轻摇荡，镜头稍远处，河岸边多了一道红白相间的隔离栏杆，衬着白花绿叶和蓝天，愈添了美感，当然最重要的，是增加了安全性。

陆灿阳觉得一颗心像飞起来了，他没注意自己正走在校园甬路上的脚步，也轻快得像是快要起飞，他说："暑假快来吧！"

他吞下了半句话：暑假快来吧，我要到你那里去！

陆灿阳选了一些望春山和"有间小院"的照片发在自己的社交账号上，就有朋友和学生问："这是什么地方？"

他逢问必答，不厌其烦。

人家问："提你打折不？"

他就答："你去试试看！"

这年的春与夏，因为望春山的景色不错，也因为景区的宣传力度够大，客流量持续高升，连带着周边住宿、餐饮的营业额也很可观。

“有间小院”因为洁净诚信和审美不俗得到了颇多赞许，在一些游客的短视频里，秦奶奶被称为“簪花奶奶”，以美丽、亲和与热情出圈。

秦葳葳则有些回避镜头，她的身影即便出现在视频里，也只是闷头做事，她常穿着浅色衬衫和牛仔裤，洁净朴实得像一棵岁岁年年长在河边的树。

暑假刚开始，陆灿阳就直奔望春山而去。

电话里，他对秦葳葳说，那些墙角的花、河畔的柳、菜畦里的芽尖，与其让别人拍，不如我们自己来拍！

秦葳葳直言，她不擅长，也顾不上，并且有些惧怕网络流量。

“我帮你。”陆灿阳说，又小心地追问一句，“你愿意让我帮助你吗？”

出发之前，他苦学了一番视频剪辑和网络传播，并虚心地向比他年轻几岁的学生请教，惹得两个男生调侃：“要不您把我们带上吧？管饭就行。”

他认真道：“说好了，如果需要帮忙的话，我给你们打电话！”

陆灿阳一到，“有间小院”久不更新的网络账号很快就发布了新的照片和视频。他偶尔也直播，去望春山脚下拍溪水野花，在老槐树下等着蝉鸣停歇，又鸣声四起。

秦葳葳不再跟他客气，不拘客房、餐厅和前台，忙不过来的时候，她就会叫着他的名字，喊他过去帮忙。

陆灿阳很享受她的态度，觉得就像家人一样。

奶奶有时会笑着嗔怪她：“真是的，把我们小陆教授支使得团团转！”

陆灿阳就赶忙解释：“不是教授，奶奶，离教授还远着呢！”

“早晚会是。”奶奶笑眯眯地看着他，就像是看自家孩子一样——或许她心里在想，虽然他现在还不是自家孩子，但早晚会是。

陆灿阳和秦葳葳并没有太多单独相处的时间，除了店里的事情，他们的交流并不多，但总有那么一些时刻，哪怕隔着身影，他们的目光也会相撞，挟着不经意间产生的电流；哪怕隔着嘈杂声，也会精准辨认出对方的嗓音，然后随着那声音的内容或笑或皱眉。

他仍然住在之前住过的房间里，看得见朝阳跳出两山垭口，能遥望莽莽苍苍的远山。

有时候他觉得，在这渺然无际的人间，这一生，他和他心中的情感，就像山中的一株植物，宁静而汹涌，从发芽到蓬勃，再从丰盛至凋零……

⑦

八月中旬，有时明明是响晴的天气，忽然就会下起一阵雨来。雨也是晴天雨，一朵黑云镶在蓝天上，气势不足的样儿，倏忽便被风撕扯了个干净。

一天下午，也是在这样的一阵雨后，陆灿阳蹲在半干半湿的槐树底下，饶有兴味地给直播间里的朋友拍重新出工劳作的蚂蚁，连秦葳葳骑着小电动取快递回来了也没发现。

秦葳葳没注意他在做什么，一边朝他走过来，一边说：“太惨了，你看我！”

陆灿阳转过头，看见她身上、衣服上沾满了泥巴，不由得大吃一惊，他来不及下线，也忘记了镜头，只顾着问：“这是怎么了？摔哪儿了？”

随着他站起身来，手机镜头扫到了秦葳葳裹满泥巴的鞋和小腿，接着朝向了天空，她说：“一个小男孩突然从院子里跑出来，我躲得急了，摔进了旁边的水田里。”

镜头角度晃了几晃，视角仍是蓝天白云，直播间里的人看不到陆灿阳正蹲下身查看她的膝盖，在女孩灵巧地跺了跺脚，表示自己无碍之后，他调侃道：“幸亏摔进水田里的那个人是你，要是人家小孩子可怎么好……”

正是这句话，让直播间里的一些人吵翻了天，热度空前高涨。

一些人在骂“渣男”，一些人喊着“小秦姑娘快跑”，只有一小部分人在试图维护。

陆灿阳赶忙关了手机。他既恼火又沮丧，因为自己被骂，更害怕给秦葳葳帮了倒忙。

他不是杞人忧天，直播中的小插曲很快就被一些无聊的人断章取义、过度分析了，关于“有间小院”和秦葳葳的一些猜测和言论渐渐出现了不太友好的声音，中间不排除恶意竞争者的推波助澜。

秦葳葳很快做出了回应。

在她上传的视频中，向来回避镜头的她第一次呈现自拍角度，她微笑着，感谢大家一直以来的关注和鼓励，她说陆灿阳是她请来帮忙的朋友，他们之间相处得很好，所以常会开玩笑打趣对方，但不存在男女朋友关系……

友好的评论数量开始上升，很多人都在赞美秦葳葳的颜值，鼓励她和簪花奶奶一起多出镜。不知道哪个知情人又透露了她的家庭情况，于是评论区就被抱抱和玫瑰花刷满了，以及“加油”的字样。

陆灿阳松了一口气，同时深深地感到失落。

他自卑于自己的勇气不足、能量弱小，像几个月前从亲生母亲家走出来一样，再次难过于自己的打扰和不被需要。

尽管秦葳葳仍然像之前一样，在回廊或餐厅里，眼睛亮亮地看着他，连名带姓地叫他的名字，跟他说：“快来帮我一下！”

他仍郑重地跟她道歉。在一个繁星满天的夜里，他们从镇上办事回来，车子刚拐进通往望春山的路，空气似乎一下子静谧湿润了起来。

他们在路边站了一会儿，风中隐约吹送着稻花香，两人随意地聊着天，仿佛时光当真静好，并且会一直静好下去。

忘了在哪句话的间隙，他忽然说：“对不起！”

她转过脸看着他，笑了。她比他矮了差不多二十厘米，她微仰着脸，星光夜色雕塑着她的侧脸和肩颈的弧线，美好得让他语塞。

她看着他，笑道：“干吗说这个？我也从来没跟你说过感谢，不是吗？”

如果当时的陆灿阳能够勇敢一点，在那长长的半分钟里，如果他能牵起她的手，后来的一些事，也许就会有所不同。

可他好像只是恍惚了一下，稻田里蛙声成片，喧闹得仿佛他的心跳。

远远地，有萤火虫提灯飞过，她仍然笑着，却已经转过身去，她说：“走啦！”

⑧

那年的国庆节，陆灿阳被学校里的事情绊住，没能成行。

而秦葳葳似乎渐渐习惯了镜头，偶尔也会拍一拍山溪草木的照片和视频，镜头一转，她笑着和大家打招呼，有些羞涩，却笑得真诚，让人更添好感。

她半开玩笑半认真地对陆灿阳说：“很多事是逃避不了的，终究还得自己面对。”

陆灿阳的失落更深，又带着隐隐的愧疚和心疼，十分复杂。

天气冷起来，景区进入暂歇阶段。

陆灿阳听说，有电商传媒的负责人正在和秦葳葳接触，有意向与她合作，包括但不仅限于“有间小院”的餐饮食宿，以及望春山周边林农产品的购销。

陆灿阳上网一查，就找到了那个青年企业家的信息，当真是一表人才、天之骄子。

他心酸地想：如果有这样的人真心助力，秦葳葳可以少吃多少苦、少走多少弯路？

而自己，又能给她什么呢？

他们仍然偶尔聊天，像朋友一样——却又不完全一样，许多话如同隔靴搔痒，如今又添了一层隔膜。

陆灿阳盼着她能主动提起和年轻企业家有关的事情，却又生怕她提起。

过了些天，他终于还是等不及，主动问起。

秦葳葳的语气淡淡的：“我还在考虑。”

他问得含糊，她答得也含糊，一来一往，也不知是在说工作，还是说感情。

寒假第一天，刚好遇上大雪，寒风凛冽，将雪花横扫在车前玻璃上，飞棉扯絮一般。

他说放假就去看望她和奶奶，却没有告知具体时间，又因风雪，她们没想到他会来。

他怕她们担心，便悄悄地上了路。

出城前，他买了一束红玫瑰，他想要对她说一些话，那些心事在他的胸腔里，已经发酵得醉人。

路况不好，天也黑得早，陆灿阳到达“有间小院”

的时候，已经是亮灯时分了。

一辆越野车落满了雪，停在他惯常停车的地方。

他盯着那个彰显尊贵的车标看了一会儿，抱起花束走进了小院。

透过餐厅的玻璃墙，他看到三人正吃着火锅聊天。热气腾腾里，他望见网页上见过的年轻企业家的脸，不知秦葳葳说了什么，他仰起脸笑。

一明一暗，陆灿阳站在秦葳葳看不见的地方，默默地看着她。

后来，他将玫瑰花插在门边攒起的雪堆里，开车离去。

第二天早晨，秦葳葳在雪堆里看到了一大束红玫瑰，花瓣上落了一层雪，看上去分外娇艳。

抬眼，是雪后如洗的天空，蓝得净澈深沉，无边无际，如同大海倒悬。

她看着那刺眼的蓝，有些微微的眩晕，揉了揉眼睛，满手的泪。

她怎么会不明白，昨夜的那个人，为什么顶风冒雪而来，又为什么顶风冒雪而去。

他多思敏感，他误会了。但他不索要解释，她又如何解释?

说到底，每个人最珍重的，还是自己，体察最真切的，也是一己之心。

每个人，都是一座建筑，自我、亲人、社会，一点点添砖加瓦，一点点泥沙浇灌，长成了如今的模样。勇敢也是，怯懦也是；自尊也是，自卑也是。

⑨

后来，陆灿阳为那一夜的返身离去而深深后悔。

他想，他当时应该开门进去，嘴甜地叫一声“奶奶”，再深深地望向日思夜想的女孩，将大束红玫瑰捧给她，如同捧出自己的心。

他应该勇敢地与面前的另一个年轻男人对视，就算拼不起身家，他至少有一颗真心。

可是，一个人常常要到有了一些年纪、经历了一些遗憾和悔恨之后，才能变得自信、嘴甜、脸皮厚、有一点钱。

可等他到了这个年纪的时候，他已经找不到她了。

当时，那束红玫瑰因为受了雪冻，很快就凋落了，而他，音信全无。

秦葳葳很生气。尽管冷静克制了那么久，但她也只是一个二十多岁的女生，她一气之下把他的联系方式全删了。

第二年、第三年，又一个秋天，陆灿阳再去望春山时，她已经不在那里了。

她叔叔说，她把小院租出去了，租期十年。

至于她和奶奶去了哪里，叔叔摇头，说不知道。

离开望春山后，秦葳葳去学了酒店管理，在一家星级酒店工作，很快又从领班升至经理。

后来有一天，陆灿阳外出开会，在主办方的安排下入住，他拎着行李刚要离开前台，听见有人叫他的名字。

那陌生而熟悉的嗓音，让他再次听到了心底银瓶炸裂般的声响。

他回过头去，看到穿着灰色职业装的秦葳葳站在那里，她看着他笑，自信而优雅，她说：“好久不见！”

那天晚上，他们一起吃饭，然后散步归来。

灯光夜色里，真正成熟的男女终于可以敞开心扉，说一说这些年的不甘和不解。

后来他问：“你喜欢过我吗？”

她微微扬头，像当初在稻花边。她仍如那时转过脸，声音很轻：“我有男朋友了。”

不是他想象过的，那青年企业家或者其他身家相仿的年轻人。

秦葳葳的男朋友是个警察。当年，有两拨人在小院里打架，动了刀，是他和同事出的警，她吓得发抖时，他跟她说：“别怕！”

临走时，他把手机号码留给她，他说：“别担心，有事给我打电话。”

秦葳葳没有给他打过电话。

又一年，他和同事一起出任务，在她工作的酒店，他一眼认出了她，笑着打招呼：“是你啊！”

他的笑容豁达明亮，让人心安，于是她也笑了，发自肺腑。

那是另一个，恰逢其时的故事了。就像今年的稻麦，只开今年的花。